Otranto

谷口伊兵衛 訳

オートラント綺譚

ロベルト・コトローネーオ

Roberto Cotroneo

而立書房

解題

小説『オートラント綺譚』は日本の読者にはすでにお馴染みのイタリア人作家ロベルト・コトロネーオの第二作である。本小説のジャンルはどう規定すべきか？　より厳密には、おそらく、これを〝観念小説〟とか〝引喩小説〟と呼んだり、〝認識論流派の思弁的寓話〟と解釈することにあるのだろう。ロベルト・コトロネーオははなはだ興味深い作家であるし、本書に携わっていて、訳者にはさまざまな理念——哲学的・芸術的・倫理的なそれら——と結びついた、ますます新しい下位テクストの諸層が目につく。

このイタリア哲学者の新しい小説の内に、生きた人びとの性格のドラマを探し求めるのは無用だろう。彼の関心は別のところにある。隣接世界——現実世界および非合理な世界——と接触するという問題、二つの世界どうしの境界的な、副次的地帯の問題、そして、この地帯に置かれた人間の行動が彼の関心なのだ。

運命とは何か？　創造とは何か？　真実とは何か？　これらの概念はどう定義されるのか、またこれらに到達する方途はどこに横たわっているのか？　こういう問題は新しいものではないし、これらに対してはたいそう明白な答えが知られている——「真実はなかんずく、汝の頭をたいそう強く痛めるため、汝が死について考えるのが怖くなる、ということにある」。ブルガーコフのイエシュアの実質上はなはだ人間的な反駁が、逆説的には、コトロネーオの女主人公ヴェッツリのひらめきと呼応している――「神も人も理性も真理にはかかわりがないとしたら、いったい何にかかわりがあるのか？」
ヴェッリは最後にダッシュし、理解およびひらめきの力を自身の内に発見して、そこには別の出口がないことを悟り、運命と呼ばれる力に服従せざるを得なくなる。彼女は恐怖を免れて、運命の意のままに置かれる、境界地帯に針路を見いだしている。彼女は境界地帯からあの世の圏へとかなり傾斜している。つまり、現実の人間の状態を拒否し、幻影の状態を帯びることにより、自己犠牲へ向かうのだ。小説の観点からははなはだ異常なことではある。なにしろ小説にあってはわれわれの意識におなじみのあらゆる特色が混ぜ合わされるものだからである。自己犠牲の動機づけがここではキリスト教道徳の枠内（愛、慈悲、ないし贖いのための自己犠牲）ではなくて、むしろわれわれがとっくに忘れてしまった古代の道徳の枠内――つまり、宿命によって規定された、ものの秩序を攪乱する勿れ――で解決されているのだ。作者の思想の一つによれば、この秩序は純粋の恣意、偶然によって決められており、あらゆる思想を欠いている。したがって、「さいころゲームの神」なるイメージが出来《しゅったい》することになる。人の論理の欠如によりつくりだされたこの論理に反抗することは、とても考えられないのである。

グノーシスの教説、プラトン哲学、通過儀礼、〝移行地帯〟と端的に結びついた作中人物に馴染みのない読者に対しては、この小説が語ることは、それが語りうるよりもはるかに少ないであろう。とはいえ、これを読めば、やはり面白くなるであろう。なにしろこの小説には、コトロネーオに特有の秘密、不可解なことへの感覚があるし、しかもこの語りの特殊な〝中枢〟はいつも作者の非凡さを見せてくれるからだ。この点で、本格的に有能なこの作品の本質は、そこではテクストやさまざまなレヴェルの下位テクストの均衡が見つかるという点にある。そして、このことは〝通暁した〟読者にも、〝通暁していない〟読者にも独特の興奮をひき起こすのである。

（О・И・イェゴローヴァ）

イタリア語版　裏カヴァーより

あるオランダ人の女修復師が、イタリアでもっともオリエント風な都《まち》オートラントにやって来て、大聖堂の舗床一面にある十二世紀の大規模なモザイクの修復に従事することになる。そこで彼女は気づき始めるのだ――ここに現われているのが偶然によるものなのではなくて、幾世紀を経て予期しない、暗示的な途を歩んできた、謎に満ちた一家の歴史の糸をたどったのだということを。

『プレスト・コン・フオーコ』が音楽に関する小説だとすれば、『オートラント綺譚』の中心的位置を占めているのは光である。これは、北部および南部地方の光だ。レンブラントの明暗、城や都《まち》の壁の日陰である。だがこれはまた、正午の、兆候や悪魔を生じさせる光、キリスト教徒およびアラブ人の神秘な光でもある。『オートラント綺譚』、これは夢についての、運命の実現についての書なのだ。そこの作中人物はすべて、語り手の空想の成果と受けとめてよい。ダイヤモンドをカットでき、海に姿を消す母親。フランドルの名匠たちや、南部の鮮やかな光について夢想した者の生涯をたくみに模写することのできた芸術家なる父親。さらには、オートラントをかかわりのある場所――地の果て（finis terrae）――、残酷な偶然の子たらしめた、悲劇的な自己犠牲、事件、いけにえの儀式を呼びかける、都《まち》にさまよう幻影たち。

女主人公の声は、サレント地方にこのオランダ芸術家を赴かせた事件を物語る、別の声の対位法の反復なのである。

こういう声のからまりは小説全体を通して続いている。ちょうど、パンタレオーネ司祭のモザイクが聖堂の舗床全体を覆っているみたいに。しかも、それの線描画の意味が明らかにされるのは、真実と偶然、聖なるものと必然についての語りの終わりになってのことにすぎない。ロベルト・コトロネーオは伝説と運命、ゴシップと予言、夢と予感、のモザイク的な小片に取り組んだのだ。彼は容易ならざる色彩の錬金術を再現したのであり、彼は風景から消えてゆく鮮やかな閃光、人びとの生活、不安な影のたわむれ、そして書物の行間に刻まれたいかめしい言葉を照らしだしたのである。

オートラント綺譚

Roberto Cotroneo

Otranto

フェデリカ、
そのシンボル・カラーのために

πᾶν γὰρ τὸ φανερούμενον φῶς ἐστιν

顯さるる者はみな光となるなり

パウロ「エペソ人への書」5-13

I

悪魔たちが姿を現わす決心をする、あの正午の時間をもう知っていた、と言っておこう。日光が火花の雨みたいに天頂から振り注ぎ、空のまわりが一面に青で満たされる——そんなことはオートラントでしか見られない——とき、よそなら空が色褪せて見えるものなのだ。この青空の下、この影を黒ずませる太陽の下でなら、入り組んだ街路を通り、階段や坂を昇り、厚い壁や難攻不落の門扉の前を歩くこともできたのだ、と言っておこう。この都市はトルコ人が舞い戻って来て、またも首切りをやりかねぬ、との恐怖から建設されたのである。大聖堂の前の後期ゴシック風な透かし細工による十六本の線から成る、正面玄関のこのバラ窓——一度ならず私には不可解に思われた——が、このときに影の幕を降ろして、これを円にし、訪問者たちを眩惑させるこの白い石と対照的に黒い染みを作りだすかのようだった。この濃青色の空が、輝く太陽にもかかわらず、地平線にねばねばと癒着する粘りをときおり与えた、と言っておこう。そして、この城壁都市を取り囲む海が街路の間から小さな広場に姿を現わして、遠くからの波が城壁で砕けて立てる低い響きが鈍く感じられた。もっとも、このような瞬間に浪がぶつかり合うなぞと想像する人はいまい。風のそよぎもないのに。ホメロスの話では、オデュッセウスは順風で航海したのだが、それからこの風がまるで魔法みたいに止んで、神が波を眠

らせたようになり、まさにそのときセイレンたちに出くわした、とのことだ。

それは正午のことだった。今もまさに正午なのだ。八月の正午だ。私も一つの幻影を探し求めることにする——私にあり得ない慰めをもたらすために、かつて居たことのない場所に私を連れ出してくれる幻影を。このとき太陽は進行を中止して、サチュロスたちやその姉妹たちを眺めようとした、と言っておこう。こんな言い方をしたのも、正午は静止の時なのだし、私の感じでは、垂直に振りかかるこの光の雨、光線で捕らえられてしまい、万物を押しつぶし、私の肩も負傷したみたいに焼けているからだ。この小さな八月の熱い広場には何も存在していない——さながら私と彼女（オートラント大聖堂）だけしか居ないみたいだ。彼女は光の神から送られた熱の矢から、私を保護してくれている。こんな言い方をしても、みなさんは不思議がらないで頂きたい。万事が明らかで輝いているように見えるところには、謎が秘んでいるものなのだ。夜中のものになろうとしながらそうとはならない、幻影だらけのこの都市で、正午の悪魔を一度ならず見かけたと思ったこの場所で、私はさらなる探求を続けることにする。

ほんの一回でも、一瞬でも、人から一切の安定を奪ってしまうこうした光に眩惑された私のひとみの輝きが言わんとすることを、——幻影が私の眼中に見て取ったとすればの話なのだが——私はきっと語ったであろう。この目、この澄んだ明るい私の目の中を見たのであれば。地下聖堂の柱頭みたいに、僻遠の地からやって来る、この地の人びとには知られていない黒い色の目と私の目がすれ違ったときに。でも、彼らは私の目をじっと見つめたわけではなかった。正午になったとき私の目が何を見たのかを、また、司祭パンタレオーネのモザイク舗床のはめ石に私が何を読み得たのかを、きっと彼らの多くは知りたがったことであろう。

私の皮膚はここ数年のうちにより黒くなった。当初は赤くて焦げ茶色をしていたのだが、今ではもう跡形もない。自分が思ったよりも、この太陽によく耐えているのだが、私の顔、私の身体は太陽で変えられてしまった。しかもその熱は目標もゴールもない、狂ったレースみたいに、この都市の石の通路をすり抜ける風によって緩和されている。冬のオートラントは荒涼としており、万物が膨張し、元の寸法を失っている。私はここで一冬を過ごすために、僅かな人びとと会話したり、顔を調べたり、また夜中に襲ってきて、半醒半睡の状態で或る意味を帯びているかに見えながら、それから太陽が白い家並みの屋根から顔を出すや否やなくなってしまう、さまざまな夢を想起しようとしたりした。私はみんなから尋ねられたとしたら、白状したであろう。サレント地方のギリシャ語の葬送歌で言われている、*Vasilicò platifidda, me ta saranta fidda. Saranta s'aagapisane'vo irta ce s'pira*（おお、四十枚の葉を有する、広大な葉っぱのバジリコよ。四十枚の葉が汝を愛したり、余は来たりて汝を手に取りたり……）さながらに、私はあまり誇張することなく言ったことであろう、彼らを困惑させることなく、落ち着いてゆっくりと。

そして、私は遠く時間を溯るのだった。まるで海岸沿いでの恐怖の退屈な説法みたいに繰り返される、望楼の周りでの華やぎさながらに。太陽を反射する曲がった刃の遠くのきらめき、敵の船を偵察する、黒い用心深い目にはちょうど良い。私は言ったことだろう——見ろ、ここを誰かが通り過ぎ、そして何かを語ったのだ、しかもモザイクにはちゃんと、*Rex Arturus* と刻まれている、と。きっとそう言ったことだろう。だが、今は私はいわば壁にそっと触れようとしているのだ。さながら風を閉じ込めたり、それを砕くために自分の身体で楯を作ったりして。しかも一見生で満ちたこのポンペイで、もう一人のグラディーヴァ〔J・V・イェンセン（一八七三－一九五五）の大衆小説の女主人公。彼女はポンペイの彫刻を眺めていて、その若者に魅せられてしまう。〕でもあるかのように、わたしはゆっくりとしなやかに歩を進めるのだ。今や私はここで自分自身だけで証言しているのであり、はたしてどれほどそれが役に立ちうるのか、ある場所の、しかも時間を持たぬ時間の唯一の真証人となることがどれほど正しいのか、もう知るよしもないのだ。私の虹彩の色をなくさせるのではないかと恐れつつも、城壁の天辺からここの海をいくどか眺めるのだった。虹彩はモザイク床のはめ石を読もうとする骨折りで色褪せていたのだ。こうして地平線のもっとも青い地点を懸命に凝視したため、私はほとんど気分が悪くなり、私の視神経はゆっくりと収縮させられていった。まるで私の虹彩の放射状の繊維を色彩と生命で飽和させることができるかのようだった。そして、ある日私はとうとう信ずるに至った——暗示力とはかくも大きいのだ——、虹彩の模様は言わば私の大聖堂のバラ窓のそれを模写しているのではなかろうか、と。

私はそう言っておこう（たしかにこう言っておきたいのだ）——ワイシャツを着た男性諸氏はいったい何をご存知なのか、あなたたちの名前が胸ポケットの上に小文字で縫いつけられているのを忘れてしまったことをご存知なのか？　と。いや、あなたたちは尋ねもしなかったことをご存知なのか？　こんなことは全部あなたたちに言っておきたいところだった。でも私としては冷たい光、空が正午の力に抵抗するのをまだ止めようとしない、朝の光を待ってそうしたかったのだ。あなたたちは私ににっこりと微笑して、私の頬をなでただけだった。あなたたちの間には合意のまなざしすらなかったし、せいぜい敬意ぐらいはあったのかもしれない。あなたたちのハンドブックには、悪魔や目をくらませる光のことは何も書かれていない。見知らぬ言語をいきなり話せても、すぐに忘れ去られることを知っている人びとについては何も記されていない。その日、私は繰り返し続けたものだった——*Ilieme, ma mi pai, mino na di posson en'oria tuti pu agapò* と。そして発音しながらもそれがどういう意味なのか、私はさっぱり分からなかった。そしてあなたたちは私に訊いた、いったいどこでギリシャ語を習ったのか？　と。それで私は答えた、私も分からないのだ、と。ある者は（それでもなおささやいた——彼女は困惑した。私としてはあなたたちの理性、あなたたちの医者としての理性を信用していた。それで、私は卒倒しながらも、祈願した。その祈願のことばを私は知らなかったのだが、それでもとにかく言えたのだ。こんなことは私の生涯でかつてないことだった。

Ilieme, ma mi pai mino na di posson en'oria tuti pu agapò. あなたたちの理性はこれをすべて呼び上げる。混乱状態に陥る。失神、震え、そして無意味な文しかない。私はあなたたち全員を眺めた。私の口からは一言も出てはこないだろう。それでもあなたたちが私から何らかの意味を探し求めたものだから、私は読み取ったのだ——あなたたちは遠くに、結局のところその場に居合わせないという選択をしたのだということを。

私がオートラントに到着したとき、影が何なのかを知ったように思った。父はまだ私が幼女だったとき、絵の描き方を教えてくれた。父はアムステルダム王立美術館の絵画を写すことで生計を立てていた。フランス・ハルス、ヨハンネス・フェルメールや、とりわけレンブラントを写していた。私たちの小さい居間には、父のもっとも成功した『夜警』の写しが掛かっていた。ツーリストたちの言では、父の絵は原画と区別がつかない、とのことだった。すると、父は微笑して、相違点を私に示し、絵筆の動かし方が違っていたり、色彩がマッチしていない、こう言う僅かな点だけでも間違わないためには十分なのだよ、と教えてくれた。ある日、父は王立美術館ではなく、ロンドンのナショナル・ギャラリーにある絵を私に手渡した。影の深い、小さな絵であって、高い窓が空間を満たしており、一人の男がテーブルに座して読んでいるところを表わしているらしかった。父の描いたこの絵を私は何時間も眺めたままでいて、影を生じさせているこの光の中で私は我れを失うような夢を見ていた。数年後に、私はこの絵がレンブラントの門弟のものだと知ったが、当時はありのままのこと——光、コントラスト、高窓、読書しているらしい後景の男——を見ることができただけだった。この瞬間まで、私は輪郭のぼやけた、軽い影に引きずられてきた。北方では影は光のかすかなほつれであって、四方八方に届くことはなく、したがって、なおも輝いてはいても、もう力を失っており、灰色の点しか残さない。北方では光は感性の媒介、妥協みたいだ。ところがここでは逆に、それはレンブラントの門弟が描いた光に似ているのである。私がアルフォンシーナ門を通ってこの都市に到着して数日してから、突如くっきりと引かれた一本の線に気づいた。こちら側は盲点——太陽の輝きによる完全な眩惑——であり、向こう側は突如出し抜けに、まるで空間が時間の属性ででもあるかのように、闇、漆黒の闇だ。それで、私はそこで感じ取れるものを把握すべく、中央の線に留まろうと努めた。

オートラントに到着するや否や、私は父親を再訪した。老いているが柔和であり、身軽で、空間把握の感性を有していた。パステル・カラーをした、小窓付きの我が家——ちょうどレンブラントの門弟の絵の父の模写が私に示してくれていたのとそっくりだった——に在宅中の父に再会したのだった。父はその模写を自慢げに私に示しながら、当時はまだきらきらと透明な目をしており、欲望対象に執着する力もない幼女の私が、いつの日か必然と欲求の力を知りうるようになり、大地を光と影に区分したり、世界を横断していて、いかに世界がしばしば暴力的でもありうるかということの尺度を与えるさまざまな線に区分したりできるようになることを望んでいるかのようだった。

この絵は父が私のために持ち込んだものなのか、とみんなに尋ねたいところだった。そう言えたとしたら、自分の言葉遣いで訴えたであろう。そう、パパ、どこで模写したの？　と私は尋ねたことであろう。いつものやり方で。その瞬間だけは、私は幼女に戻ったことであろう。私の声は一変して、かぼそく、かん高く響いたのではなかろうか？

私が迎え入れられた場所の窓は、堅い鉄格子でいばっていたのだが、これは昔からの習慣に過ぎなかった。しかも不規則な石畳の舗装の上にゆがんだ網目を張り出していた。格子の影とても漠然たる枠を残さず、まるでメスの刀みたいにくっきりしていた。いや、私は決心したのだ、昔からずっと彼らが熟知しているに違いないことは言わないと。そして私は疲労困憊して眠り込んでしまった。たしかに、私が眠ったのは遮蔽してくれる屋根の下だったのだが、でも睡眠に身を任せるにはもっとも危険な正午時のことだったのだ。そんなことを欲したのではなかろうが、幻覚の出現に特典を与える時間がくるときに、眠るのが危険なことは自分でも考えてはいたのだ。影を、つまり魂を奪われるときに眠るのが。私が繰り返し言っていたことなのだ——あんたらはみんな、物を見る能力がまったくないし、あんたらは世間が確実な構図の庭園だとでも思っているんだ、と。あんたらは私を口数少なく、しかも不安げにじっと見つめてきた。あんたらは私にほとんど興味のない、あんたらの選び出した手順に則って私の考えを再編成したんだ。それでも私は確信してきたのだ——あんたらの計算は結局のところ正しくはないだろうし、あんたらの手順がほとんど役に立たず、あんたらの疲れた、あんたらの図式が善意でなされたものにせよ、私がとてもそれに収まり得はしないことを。私はあんたらのお節介な目を見て、そんなのはみな無駄なことだったとあんたらに言いたいところだった。私を眠らせるのには二、三の親切な言葉だけでよかったのでは？　正午の時間に眠ることがどういうことか、あんたらに分かっていたのでは？　私が野原に少しも動き出すようには見えず、乾燥した壁がか細い線を描き、太古からそこにずっとあるかのように見えるときに？　正午の時間には、生の形がことごとく消え、風が奇跡のように、神々から贈られた息吹のように感じられるものだ。この時間には、蝉が姿も見せずに鳴き声を立てるのだが、それも突如無の中に消え去ってしまう。あんたらに言ったとおり、正午とは生ける者たちに彼岸の世界に行き着くことを可能にする時間なのだ。あんたらが習慣どおり微笑んでいるうちに、ライラックの針状葉が黄色がかった液を吸い込んでいた。私がテッサロニキのエウスタシオスを引用すると、あんたらはその意味を理解できない、ギリシャ名の薬品の入った箱を笑いながら閉じてしまった。

でもあんたらは親切だったし、いつものようだった。私に眠りをもたらすはずの注射は痛くなかったし、むしろ熱くて快適だった。正午の時間に眠りに就こうとする者を誘拐する悪魔たちも、私の殺し屋たちの対抗力のなさを前にしては無力になるであろう。悪魔たちは私の哀願するような、幸せそうにすら見える目つきを、きっとうかがったことだろう。なにしろ私は長く、たぶんはなはだ長く時間を消し去ろうとして、この神々と闘う人工的な睡眠の中で、私の考えを立て直したり、人生を整えたりしようとしたからだ。まずはナショナル・ギャラリーのあの絵にある途方もない影や、父親がこのコピーの素晴らしさを見たときの、その満足した、驚き顔を皮切りにして。原作よりもきれいだった。こう思ったのは、私がロンドンで原画を見たときだった。その時は私をすっかり興醒めさせたとは言えない。しかしながら、私が何年も眺めてきただけに、それは知り尽くしていた絵のコピーにすぎなかったのだ。私にはしかも、未完成な、あまりぱっとしない仕上げ方も見つかったのだった。

親に対する子の愛情の暗示か？　同じことは何年も後にパンタレオーネ司祭のモザイクでも、私に起きたのだ。そのモザイクは私がいつも想像してきたよりも弱いように思ったし、モザイク細工の石の小片が私にはより弱々しく、相互にあまりにも距たっているように思われたのだった。この壮大な舗床が、入念な修復だけでは治らない、当時の病を露呈しているかのように思われたのだ。だがそれから、私は頭が混乱したのだ（まさしく混乱したのだ、いわば魔法にでもかかったかのように意志を消し去ってしまうような、防御しがたいことが生起したとでもいうように、私は混乱してしまったのだ）、私は光と風に酔っ払ったかのように混乱したのだった。そして私はこれらの路地を彷徨し、階段を登り、壁や塔にもたれたのだった。まるで私が年代測定ができもしないような時代に戻ったり、何でも消去したりする力があるかのように。そして、遠い波の冠水の反復は、これまで聞いたこともない、それでも、いつか突如暗誦できそうな、あの消えてしまった連禱に酷似していたのである。

私はコーグ＝アーン＝デ＝ザーンに生まれた。アムステルダムから十キロメートル離れた所だ。生家から百メートルの所に、世界でもっとも美しい風車博物館がある。オランダでは風が努力している。それは生産を助け、粉碾き機を動かして粉にし、エネルギーを放出させる。オートラントでは風は肉感的だ。それはどこへでも吹き飛ばす葉っぱみたいに、思いを散乱させる。私が生まれた場所では、太陽はよく蒼白かったり、欠けたりしている。ところで、私が今入り込んだ都《まち》では、蝉の鳴き声が沈黙と入れ替わりながら響いている。私が育ったのは、風車と濃緑の風景との間だが、今私が目にするこの平地では、地面が赤く、オリーヴの樹にはねじ曲げられた幹がついている。戸籍簿の私の名前はありふれていて、ヘレネだ。母があまり考えることもしないでそれをつけたのだった。父としては、住みたかった森林地域の名を取ってヴェリュヴェにしたかったらしい。でもオランダ語 Veluwe は《不毛の地》を意味するし、それでは縁起が良くなかったであろう。昨晩私が見た夢の中で、父は私を抱き寄せながら言うのだった――さあ、行きなさい、そして影に生気を授ける光を見分けられるようになったときに戻って来なさい、と。

眉の上にかすかな痣のある、やや優しい金髪の医者が、私の片手を取り、親指で私の背中をさすった。低い話し方は、シチリア人と見間違いかねないほど強いサレント〔オートラントはイタリア東南端のサレント半島に位置しており、ここの住民はサレント方言を話している。(訳注)〕訛りだった。この地で私を識れば、私が何者であれ、きっと判断力をなくしたに違いないことが分かるはずだ。でもそれは日射病にすぎなかったのである。オートラントの八月はとても暑いのだ。日射病でしかなかったのだ。ほかには？　そして、南部の日光の熱から身を守るのにどれほどの代償を要したのか？　金髪の医者が言うには、私は虚脱状態に陥っており、私はショックを受けたのだ、とのこと。医者は汚れた白色の狭いベッドの上に、私に横になっていてくれという。そのベッドはいろいろの容器で囲まれており、注射器、絆創膏、脱脂綿といった、何でもがその中に詰め込まれていた。遠くの部屋からは幼児の泣き声が聞こえる。金髪の医者が私に心配に及ばない、あれは破傷風の治療にすぎないのだと安心させてくれた。どうやらその幼児は犬に噛まれたらしい。

目の前のモザイクを再び眺めると、たくさんの犬、その他の四つ足の動物たち、人の頭をした獅子、ミノタウロスたち、ヒトコブラクダたち、翼のある龍、驢馬たち。噛んだり、渋面をしたり、吠え立てたりしながら、大聖堂の身廊全体を鈍い咆哮で満たしているスフィンクスたちが。金髪の医者が言うにはあれは破傷風の治療にすぎないのだとのこと。幼児もほとんど泣き止み、私の動物たちが驚かすように吠え立てだした。まるで寄せ集められたモザイクの石の小片を食べたり、噛み砕いたり、ばらばらにしたりして、私にとってはたいそう苦労した仕事を破壊したがっているかのようだ。ある夜、そのモザイク細工がすべて混ぜこじゃにされて、絵がもはや見分けられなくなったという夢も見た。でも金髪の医者はこの夢については何も知らず、にっこり微笑むだけだったが、それでも私のことをよく識っていた。誰でもこの都《まち》では私のことを識っていたのだ――オートラントでは身を目立たなくするのは困難ではないし、さながら幽霊みたいに城壁の上を彷徨しようと幻想を抱けるにしても、私が数年前からここに来ているということを。

高齢の医者は私をほんの僅かしか眠らせなかった。その日の午後遅く、太陽は窓から射すように入り込んでおり、まるで彼の白いワイシャツを燃やすかのようだった。私が彼を見やる間に、彼はほかの人びとと同じようなしぐさをし、そしてほとんど私には目もくれずに、私に行ってよい、と繰り返すのだった。みんなから見ても、私はもうかなり良くなっていたのだ。私はみんなのように、落ち着き、理性的になったのであり、私が再び冗談を言ったり、笑ったりし始めていた。彼らが「博士さん、モザイクはいつお披露目になるのです?」とか、「貴女のような北方の方がこんな太陽に慣れていないのも不思議はないですな……」と私に尋ねかけたりしたときに。

私としてはこう言ってやりたいところだった――悪魔たちが姿を現わすのを好むこの午後の時間には、あなたたちだってまごつくかもしれませんよ、と。

彼女がいまだに知り得ないものを探している間に、私は海上高く突き出たあの城壁の上を再び彷徨した。私が異国の女の都《まち》に到着するのを目にした初日に、私は彼女だと見分けていた。その髪の毛は同じだったし、太陽だけが明るい色調を添えることができる色合いのようになものを帯びていた。

この異国の女を眺めていて、当時、ほんの一瞬だけ彼女を眺めようと私が振り向いたあの日の彼女の外観のことを考えた。トルコ人たちの激高のせいで私の眼前から彼女が連れ去られてしまう、数日前のことだった。

私は都《まち》を去る前に振り返ってみた。すると彼女は私に注意することもなく、突っ立ったまま、頭を後ろに向けた。この動きは私に躊躇させた。彼女は頭を振り向けざま、髪の毛を肩に垂らしたのであり、それから目を閉じたのだった。彼女はもう私のことを思ってはいなかった。私の夜は過ぎ去っていた。

私がなぜ振り返ったのかは誰も知るまい。確かに彼女は私を見つめはしなかった。私が見た空は色褪せていった――さながら紺碧でも薄れうるかのように。そして私は海を凝視した。万象が静まっている、と私は思った。完全な沈黙だ。彼女の髪の毛のサラサラという低い音を除いては。

海の波はかき消されたようだ。その波の音を待ちかまえている神に飲み込まれたのだ。このあり得ざる沈黙を打ち破ろうという浪の音を待ちかまえた神によって。

II

管理人が私の軽い亜麻織物《リネン》の衣を入念に観察した。「あなたをお待ちしていました。さあ、どうぞ。何かお見せします」。彼が指しているのはモザイクのことだと思って、私は微笑んだ。ところが彼は私を殉教者たちの礼拝堂に案内しながら、ラテン語の銘文を指し示すのだった――《*Hoc lapide cives sua guttura turcis frucanda ob Christi deposuere fidem. A. D. MCDLXXX*》. 彼はずっと微笑みながら、私にこう訊いた。「ラテン語はご存知ですか?」それで私は翻訳し始めた――「西暦一四八〇年に、市民たちはこの石の上に首を乗せて、キリストへの信仰のためにトルコ人により切断されたり」。首を乗せたのは、切断されるためだったのだ。生贄にされる動物みたいに。いかなる残忍さも感じられはしないで、ただ運命への忍従だけだ。いかなる叫び、悲鳴、絶望もなく、万事は聖なる落ち着きをもって行われたかに見える。オートラントはトルコ人により占領されたのであり、そしてキリスト教信仰を断念しないために、住民たちはみな首を刎ねられるに任せたのだ。全員で八百名の殉教者が。遺体は一年以上も天日に曝されたままでも腐敗しなかった――摩訶不思議なことに、カラーブリア公アラゴンのアルフォンソにより、トルコ人が放逐されるまでは。そのときになって初めて、殉教者たちは埋葬され、遺骨は大聖堂に移されたのだった。

切断されるために、頭が乗せられたのだ。

大生贄だった。なかんずく、正午の生贄だった。少なくとも、正午に殺された彼らのうちの最初の者にとっては。けれどもこういう生贄の落着の話はおそらくすべて真実ではあるまい。伝えられているところでは、トルコ人が叫び声を上げながら都《まち》に攻め込んだとき、その叫びで鶴たちはナイル川の熱い水に潜り込んだし、キリスト教徒たちはひどく怯えて、常ならざる戦闘や大虐殺の血に動揺したため、捕らえられる前にほとんど死んでいったらしいのだ。

管理人は私にその断頭の石を示してくれた――満足げに、ほとんど誇らしげに。誰でもオートラントにやって来ると、気づかされるのは、オートラントが殉教者たちの都《まち》であり、殉教者たちが凄まじいやり方で殺害されたということである。キリストのために、キリストとともに、キリストの名のもとに、それは果たされたのだ。そして大聖堂の中には、かの八百人の骨が高い聖骨入れ箱の中で輝いているかのように見える。オートラントにやって来た人はすぐさま感じるものなのだ。そこでは一四八〇年以来、鈍い反響みたいに哀歌がこう訴えているのを――八百人もいたこと、そして彼ら以前にも母の胸から引き離され、一部はのどをかき切られ、一部は突き刺された乳呑み児たちがいたのだ、と。お腹をきつく結わえられた妊婦たちは、未熟な胎児をまだ血の中でぴくぴく動いているのに無理やり分娩させられたのだ。ほかの女たち、なかでも処女たちは、まず衣服を尻や恥部の上に巻き上げられ腰のところで結びつけられてから、トルコ人の手のつけられぬ性的衝動にさらされ、その後でほとんどすべての女が殺されたのだ。若干の、超美女たちはハレムの後宮の淫蕩のために留保された。敵の手で生け捕りになった男たちは、太守の前に引き出されてことごとく断首された。イドルンティーノたち〔イドロ川沿いの住民は、イドルンティーノと呼ばれている。（訳注）〕の軍指揮官フランチェスコ・ズルロは、捕らえられ、武器を取り上げられてから、二つに切断された。彼の軍隊で助かったのは二十名だけであり、しかも彼ら自身、どうやってこの大虐殺を逃れたのか分からなかったのである。家の中の大壺や瓶の中に納められていたオリーヴ油は、ことごとく破壊されて、水みたいに都《まち》を流れたのだった。

二十人ばかりは奇跡的に戦闘を免れたが、ほかの多くの者は捕虜として連行された。家の壁の上や、狭い横町の階段の上には、この血の跡がどれほど長く見られたことか？　この残酷な証拠を誰が消せたであろうか？　トルコ人は一年以上もオートラントを占領したのであり、ここからほかの征服へと出発したのである。伝説によると、殉教者の遺体――彼らだけ――は、一年以上もずっと遺棄されながら太陽にも大気にも風にも腐敗されることがなかったという。ほかの遺骸は海に投棄された。けれども、何も知らずにオートラントを訪れると、散歩しているうちに悪魔が出没する感じがするものだし、イドルンティーノ（都《まち》の住民）たちでもあまり安全だとは感じていないのである。おそらくそれゆえに、当地ではよそよりもお化けの話に満ちているのであろう。悪魔が存在するとしたら、ここはそれで満ち満ちている。なにしろここでは何千もの人びとが虐殺されたことを忘れられないからだ。

モザイクはこの都《まち》の秘密の扉を私に開けてくれることであろう。この幻に絵の美を復元することに私が成功したとすればの話だが。どれほど多くの人物が言わば無から、しかも血肉を備えた人間として私の前に姿を現わし、ここの誰も知り得なかったようなことについて私に語りかけるようになろうとは、まだ知る由もなかった。そして、こんなことは私が絵を少しずつ修復するにつれて起きたことなのだ。彼らはいったい何ものだったのか？　幻、正午の悪魔？　それとも、普通の人間なのだが、彼方に由来し、少数者のために内密で伝えられた暗黙の知により縛られてきたのか？　私が到着して数日後に、私のドアをノックして、私がモザイクの多くの人物のうちからどこで司祭パンタレオーネの顔を発見することになるかを伝えようとした、あの老人はいったい誰だったのか？　彼はのび放題の白い髭をたくわえていた。毛髪はくしゃくしゃで、目は狭い裂け目みたいだった。瘤だらけの枝みたいな、粗い、不規則なステッキを支えにしており、足にはサンダルを履き、皮膚は赤色で、頬は緋色で、スミレ色の毛細血管を浮き出させていた。私は彼にいかなる恐怖も感じなかった。その目つきは安心させるように、澄んでいたし、歯が欠けた口はまるで微笑の見せかけを隠そうとしているかのようだった。彼は私のドアを強くノックして、遠方から来たのだと言い、私がガラティーナを知っているかどうかと訊いた。私はそれがオートラントの地方都市だということを知っていた。彼は微笑んで「確かに、確かに」と言った。私が何ものかを彼はどうやって知ったのか、なぜ遠方から私の家にまでやって来たのか？　私はもう立派なイタリア語を話しはしたのだが、彼が私に言わんとしたことをすべて完全に理解しているわけではないのでは、と恐れていた。すでに第一の見かけからして、私は悟ったのだ――私がやりとげようとしている修復と、いまだに私がその輪郭を摑みきれていない個人史との間に関わりがあるに違いないことを。ガラティーナのその老人はオリーヴ油の一瓶を私に差し出して言うのだった。「これは上等のオリーヴ油です。でも、注意なさってください。オリーヴ油の瓶を割ると不幸を招きますから。この都《まち》にもそれは不幸をもたらしたのですよ」。

私は沈黙し、彼ももう何も言わなかった。彼は立ち去り、目で追うと、階段を降り、手のひらを返す間に姿を消してしまった。あれはいったい誰だったのか？　ここでは、そのことを気にする者はいないらしかった。数日してから、私は一人以上の者にこの挿話を語ったのだが、無関心にぶつかっただけだったし、いずれにせよ私の話に聴き入った人びとの顔には、いかなる気がかりも見られなかったのである。私が家主から借りたこの部屋は、大聖堂広場を見渡しており、バラ窓を中心に抱く配置になっていて、それが私の窓をうかがおうとしているかのようであり、私はどの瞬間でも、この教会がそこに、ほんの数歩のところにあることを私に思い起こさせる。しかも私の家主は、あの老人がガラティーナからやって来たこと、ときどき何時間も大聖堂の中でモザイク研究に費やしていることにもついには言及したのだった。

私はもともと船乗りで商人の家系だったし、奇異な目つきや外国人には慣れていたので、ガラティーナの老人のことはもう考えなかった。今日でも不思議に思うのだが、あの幻に続く数日間、あのやや腰のかがんだ人物が、私の窓の前から城へと通じた狭い階段に沿って誰かをうかがっている様子だったのを、もっと注意深く観察すべきだったろう。でも今となっては頭の中に残っているのは、漠然としたシルエットだけだ。当時私はすぐに別のこと、あのおとなしい、金髪の医者にも語る気にならなかった、いろいろの話に翻弄されたのだった。なにしろ謎が私的、個人的になるのはときたまあることなのだ。慰めを見いだしたり、恐怖を共有したりするために、そんなことを他人に語っても何もなりはしないのである。理性が人を差し向けかねない牢獄というものも存在するし、しばし私は非合理の自由空間で生きることを考えたのである。

ここではありとあらゆる伝説がうごめいている。それらは北風とともに海からやってくるし、誰がそんなものをかきたてるのかは知るよしもない。ちょっと訊いてみるだけよい。誰も何も告げられはしない。海が少し暗くなり、空の色があの目をくらます眩《まぶ》しさを失うや否や——そのことに私はすぐさま気づくことになる——人びとの目つきが変わるのだ。大聖堂の脇の扉口《ポルターユ》の上に見られるサレントの高位聖職者たちのレリーフ像みたいに、それらは硬直するのだ。引き波が高くなると、海が人の耳を閉ざすし、塩気が鼻につくし、目は何も探さなくなる。ここでは、毎日ますます執拗に自問することができるだけなのだ——急ぐこともなく、都《まち》の横町をぶらついている人びととは、いったい何を考えているのだろう、と。

「この祭壇をご覧なさい。オートラント司教は、トルコ人による名だたる殉教の筆頭にここで断首されたのです。」

彼が殺されたのは教会の中であって、都《まち》の丘の上にある、ミネルヴァ神殿の中にある石の上ではない。アフメドは首を横に振った。いや、ステーファノ・ペンディネッリ——司教はこう呼ばれていた——は殺害されたのではなく、恐怖で亡くなったのです、しかも後でやっと彼の頭が切断された。でも、オートラントでは、彼が亡くなる前にトルコ人が改宗してくれるように長くて熱心な説教を行い、その後でやっと殺害された、と人びとは信じたがっているのである。

アフメドという名前は、イドルンティーノたちに虐殺命令を出したトルコ人高官《パシャ》の名だ。彼に初めて会ったのは、私の到着後一カ月してのことだった。黒髪で、黒肌で、それほど高齢ではなかった。真っ黒な虹彩は白目を奇妙に目立たせていた。私が殉教者通り《ヴィーア・デイ・マルティーリ》を通っているとき、彼が近づいて来た。私は怖かった。「ここのモザイクを救出しようとでもいうんですかい？」と彼はさげすんで訊いた。私はびっくりし、一瞬、歩を速めるべきか、どの方向へ向かうべきか分からなかった。都《まち》へ戻るべきか、殉教者教会に前進すべきか？　そしてまだ私が決心する前に、彼は言ったのだ、「私はアフメドという者です」。私は彼の顔を見つめて、微笑に気づき、オートラントでは息子にこんな恐ろしい名前を付けられるとは、人びとにユーモアの感でも備わっているのか、と思った。彼は愛想がよかった。「貴女のお名前は存じています。でも、貴女のお友だちは、私を別の名を使っているのではありませんか？」そのとおりで、私と一緒に仕事をしている級友たちは、私をオランダのみんなと同じく、ヴェッリと呼んできた。私の父がこの名前を思いついたのであり、その後、誰も私をヘレネと呼ぶことはなくなった。だから、アフメドがそう呼んでいても、私の愛称を知っていても何の不思議もなかった。私が驚いたのはただ、彼がそこでこんなふうに私に話しかけたことだった。あまり人通りの多くない場所で、しかも暑くて日に照らされたこんな時間に。今日私に不思議に思われるのは、そのとき起きたことについて、納得のゆく理解ができなかったということだ。それに、私としてはこうも言えたであろう――誰もアフメドを自称したり、またオートラントのような都《まち》の中を絶えずうろついたりすることはできない、と。翌日、私がチェッカーボードの描かれているモザイクの箇所に注目していたとき、もう一度彼に会いたいという烈しい欲求に襲われて、私は思わず知らず、あの夏の午後のことを思わないではおれなかった――ある友人が黄色の紙の上に書かれた詩を私にもたらしたときのことを。それは彼の年齢相応に、無邪気な詩だった。恋愛詩というよりも、わらべ歌に思われた。でも、そのわれべ歌は彼が私のために書いたものだった。私は当時十六歳、彼は十四歳だった。通りに面した窓は開け放たれていた。そしてひとりの女性がその間ずっと私たちを眺めていたので、彼のヒップを締めつけていた私の両脚から、私は彼を解き放した。私は長くて深いため息をついた。その詩の中で暗示されていたことを実際に行ったかのようだった。でも、その詩は無邪気なことば遊びにすぎなかったのである。

何年も経ってから、当時私がどうして抑えがたい衝動を覚えたのかがとうとう分かった、とあの金髪の医者に言ったものか？　私が一語も理解できぬあのギリシャ語の小詩を朗唱したとき、それがあのときの若者の詩と同じリズムに則っていることに私は突如気づいたのだ。そして、私はエロティズムが言葉と一緒に結びついた特別のやり方で反復のうちに生きており、またそれが何を意味するかはたいした役割をはたしていない、と思った。あの日、あの若者は私がどうしてこんな情念に駆り立てられたのかを把握してはいなかった。また、私たちを眺めていた女性も、心の動揺を隠すかのように、急ぎ家の中に入ってしまったのだった。そして、通りへ伸ばすはずの洗濯物も忘れたのだった。

私からあらゆる抵抗を奪おうとする、あの熱い液体が私の血管の中に流れたとき、きっと私はアフメドのことを夢みていたのだ。ときどき思うのだが、アフメドはお化けだったらしい。彼を見た人はいなかったみたいだし、私が彼と一緒に通りを歩いたときも、私は独りぼっちだったみたいなのだ。でも、オートラントでは起こりがちなのだ。とりわけ、アフメドのような男たちとか、ガラティーナ出身の私の老人や、誰かから送られたみたいに突如姿を現わすほかの多くの人びとにあっては。なにしろあのモザイクのどのはめ石も、まるで符合の遊びみたいに、大聖堂の扉口《ポルターユ》の外に双子がいるからだ。それに、ある夕方アフメドが共犯者のような顔つきで私に語ったことを忘れられはしないのだ。それはさながら、私を怖がらせるのを彼が面白がっているかのようだった。「百年前まで、この城壁の外ではまだマラリアが蔓延《はびこ》っていて、みんながそこを見捨てていたんです。僕はそれをまだ覚えています。オートラントは何百年間もお化けが出没する空の回廊地帯だったのです。今ここで生きている人びとは絶えずこれらのことを語っていますが、それはこれらをどこに探すべきか、もはや知らないからなのです」。

彼は実際、「僕は憶えているのです」と語ったのだが、私はそのことで別に驚きはしなかった。私は確かに無邪気にも思ったのだった——私が再びモザイクのはめ石の配列に取りかかれば、不安から逃避することになりはしまいか、と。

できるものなら、私は自殺したことだろう。彼女を海に連れ出して、ユリカモメの叫び声が彼女を深みへと押しやるのを期待したであろう。海底の流れがざわめきながら、彼らの骨を巻き上げるのを望んだことだろう。彼女が顔を出したり沈んだりするのを私がながめている間に。

私は彼女を敵対的な海に連れ出したことだろう。僅かなきっぱりとした合図で、彼女を納得させたことだろう。彼女は一言もいわずとも、導かれるままに身を任せたことだろう。いつものように、ほとんど私を見つめることもなく。

そのかわりに、海はブドウの絞り汁の色になった。大気はオリーヴの絞り滓の臭いがしていた。ユリカモメは姿を消していた。叫び声だけだった。殺し屋や虐殺者の。この叫び声の中に、どれほどの苦痛、どれほどの興奮があるのか、私はもう見分けられなかった。殺害にどれほどの快楽があるのか、内臓が破裂するのを聞くとき、どれほどの恐怖と苦痛があるのかを見分けられなかった。

今日でも、この石畳の街路は、命にしがみついた人びとの汗が浸み込んでいるのが感じられる。どんな良識にも反することだ。

でも、彼女のためには、私は水死を望んだことだろう。舵輪を回すことができ、上手回し〔風に逆らって進んだり、ジグザクに帆走したりするのを可能ならしめる、船の進路。(訳注)〕を見張ることのできる者に、私は祈ったことだろう——彼女にこんな死に方をさせないでくれ、と。

Ⅲ

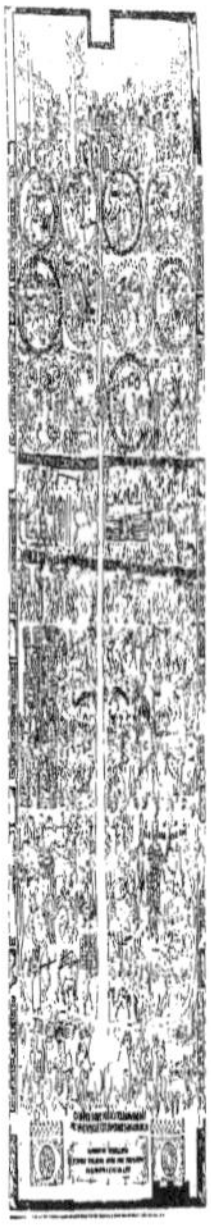

静寂の中で私の腕時計の秒針が刻々の音を立てている。この軽やかなカチカチという音が私を苛立たせたり、私の注意を奪ったりすることもときにはありうるようだ。その音を聞き、もっとよく聞こえるように腕を耳に近づけてみる。なにしろここでは時間が存在しないかのようだし、オリーヴの森を横切っている道路をゆっくり歩む間、腕時計が唯一の手がかりだからだ。時間がここでは不動であり、しっかり固定しているのだ。時間がここでは時計をただ、正確なカチカチという音を聞かせるのに役立つだけの、無用の玩具にしてしまう一枚岩と化してしまっているのだ。

カチカチという音に聞き入ってみる。私が腕時計をしているのは、時間が存在することを思い起こすためである。すべての証拠がその逆を告げているにせよ。しかも大聖堂では身廊がどんな物、どんな物音をも拡大させる。時間がどのようにして過ぎ去ってゆくのかを分からせてくれるのは、光だけなのだ。ここではすべてのことが一様に経過するし、人はスパートしたり、減速したり、疾走したり、疲労しながら、長く待ったりしている。時間は走り去りながら、同時にじっと滞留している。このオリーヴの山道を散歩していて、何時かと自問しても無意味である。大聖堂の中に居るべきか？　私を探しに来る人でもいるだろうか？　私が道に迷ったとでも思うだろうか？　また、私がここの土地の一人になったとでも？　みんなが道に迷い、そして再発見されるこういう場所では、いったいどんな違いがあるというのだ。

「貴女を探している殿方がいることをお知らせするわ」と、昨日ひとりの女性がイドロ川の橋の上で私を呼び止めた。私は怖くてその女性の顔は見なかった。信じてもらえようが、ここ数行に意味があろうが、こんなことはみな誰でも書けようが、あるいはまた、いつも混乱した私の心の秩序に、書き物の秩序が私をもたらしてくれるとでもいうように、錯覚するのをこの書き物が役立つだけだとしても、そんなことはみなどうでもよいのだ。でもガラティーナ出身の老人の言によると、修復を任せられるのは、黙って教会の中に入り、気づかれることなく立ち去れるような人物だけだ、とのことだった。

私たちがモザイクを剥がす前に、モザイクの線描の撮影に着手していたとき、私の目が痛みだしたあの日に、何と答えるべきだったろうか？　私は「十三カ月間奴隷だったのだ」と誰かが私の背後で言うのが聞こえたのだ。私が振り返ってみると、誰も見当たらぬようだった。でも、その声はいまだ後陣にまで響いているようだった。十三カ月間奴隷だったという言葉はいったい誰が言ったのか？大聖堂の中を見ても、どこも影しか見当たらない。あの日にいたのは一人だけだった。一緒に作業していた技術者の一人が何かに驚いたかのように立ち止まり、一瞬私のほうを見つめて、何かお助けしましょうか、と尋ねた。私の具合が悪かったのか？　きっと、修道士かと思われる、背の低い痩せた男を見て、私は蒼白になったらしい。目にしたのは、老人で、ひどく老いているらしく、びっこを引いていた。私は近づこうとしたのだが、彼は笑いながら後ずさりし、それから何かを口ごもり始めた。

それは当初は分からなかったが、そのとぎれとぎれの言葉がだんだんはっきりとなり、意味を帯びてきた。「もう儂を捕らえないでくれ、もう儂を捕えないでくれ」と、彼は叫んでいた。私は周囲を見回したが、さながらその年齢が何の役も果たしていないかのように、走り去ったのだった。それから、誰も身動きする者はいなかったし、各人が何事もなかったかのように、作業を続けていた。そのとき、私も走り出し、右側の後陣を通り抜けて、殉教者たちの礼拝堂にたどり着いた。鉄柵は閉じられており、それで私はその柵につかまり、そこから鉄柵越しに礼拝堂の中を見ると、彼は並べられた頭蓋骨を収めている大きな聖遺物匣《こう》の前に跪いていた。きちんと順番に並べられた頭蓋骨のこの何百もの空の眼窩からじっと見つめられているようで、私は初めて恐怖を覚えた。私は叫んだのだが、誰も応えはしなかった。もう一度叫んだのだが、無駄だった。にわかに暗くなり、ファサードのバラ窓を通る光ももう見られなかった。もう夜になったのか、どうしても日中がこうも迅速に終わってしまうのかは、私には言えない。この瞬間、私は汗びっしょりで震えながら目覚め、ベッドから跳び出し、家の中を走って、見つかった明かりすべてに点火し、こうして広場に面した窓に行き着いた。何時なのか分からないが、すべてが静まり返っていた。ただ私の腕時計のカチカチ音だけは、精密なクォーツ細工にもかかわらず、時間が経過しなかったことを告げていた。広場は照明がついており、大聖堂の石壁は黄ばんだ反映を照り返していた。大聖堂本体は暗くて無人だった。一四八一年の或る夜、オートラント解放者の、カラーブリア公により大聖堂の中に運び込まれた殉教者たちの無傷の遺体から発散する燐火の反映があのバラ窓から垣間見られたことを私が当時すでに知っていたかどうか、私には言えない。だが、それがどうしたというのか？　いずれにせよ、私はそんなことは考えなかったし、そして、私が落ち着きを覚え、悪夢を手なずけることに成功したと思えるとき、外を見ると、ひとりの男が広場を横切ってゆっくりとやって来るのが見えたのである。修道士のようだったし、背が低く、フードをかぶり、びっこを引いていた。私は身震いし、彼が振り返り、私の窓の上を向いてくれるのを待った。彼がきっとそうするものと私は確信していた。そしてその時点では私はきっと彼を再認することになるものと確信していた。でも彼は振り向くことはなく、城に通ずる狭い通路に消えてしまった。私は腕時計を眺めもしなかったのだが、翌朝になれば、きっと誰かが見つかり、その人がよく知らない老修道士がこの都《まち》に住んでおり、夜中に祈りながら散歩するのを好んでいるのだということを説明してくれるであろう。特別に変なことも、気がかりなこともなかった。管理人は私を刺すように鋭く見つめたので、私が実際に言えることは、私が用心深かったこと、私が彼に尋ねたのは、ほかの人びとも何かに気づいたのではないか——ひょっとして誰かが窓から私たちの作業を、あたかもモザイクの監視員ででもあるかのように監視しているのではないか——ということだけである。「思い込まないようになさってください。モザイクのはめ石のことだけ考えてください」と彼は言うのだった。それで私ははめ石のことだけを考え、欠けている部分をどう埋め合わせられるか、あたかもそれが私の唯一の救済策ででもあるかのように考えたのだった。私は自分自身に言いきかせ始めた——完璧な修復だけがやり出した作業を移動させたり、磨いてから、すべてを置き直したりするという冒瀆を改善してくれるだろう、と。

これらの行では、私は時間を消去しようと努めている。あるのはただ、ここで私が急いで焦点合わせしている省察がなされる元となった光だけだ。錬金術師が固有の諸元素を支配するのと同じように、光がオートラントを支配している。私がほかの感覚を奪われながらも、私の考えを支配しながら、それを時系列に則してではなく、色調に則して秩序づけているみたいに。私がオートラントに到着したとき、いったい何が起きたのか？　それから数日後には何が起きたのか？（まさか私はそのときスーツケースを解体したわけではあるまい。）その後の、はるか後の出来事と結びついた何かが起きたのだ。私が博物館の階段の前の広場で突如抱いた印象、それは鐘楼が燃えており、しかも近隣の家々に、教会にまでも燃え移ろうとしていることだった。なにしろここではよくあることなのだが、強風が吹きつけていたからだ。（私の知る限り、今でも思い出せる限り）ガラティーナ出身のあの老人との邂逅のことはすでに述べたにせよ、この火事の幻覚についてはなかった。付言しておくと、このことについてはあまり記憶がないし、きっと私は人事不省に陥っていたらしい。なにしろそれも夢だったのであり、この夢からやっとのことで目覚めたのだからだ。とはいえ、太陽はぴんと引かれた直線で広場を切り取っていた——影と光、影と光で。だから、同じ時間に属していたに違いないし、色彩も同じだったのだ。私の衣服の色も。いや、これらの行に時間は存在していないし、とどのつまり、オートラントにも時間は存在しないのだ。一四八〇年八月以来、ここではすべてが静止したままなのだ。

ナイル川の生暖かい水中にユリカゴメが潜るときどんな鳴き方をするのか？　そんなものは聞いたためしがない。その狭い横町はどんなに静まりかえっていたことか。上下するこの横町は循環していて、終わりがないように見える。まるで空間は膨張しながらも、横町を抑制したり、いつも同じ地点に通じる入り組んだ細道を形づくったりすることができるかのようだ。なにしろ、オートラントは小さいし、想像しうる以上に小さいのだから。とにかくそこを彷徨し始めると、どの横町も絶えず違った外観を帯びてくるように見えるし、実際にそれらが変化するとは言わぬまでも、不可解な動機から生起する奇跡に直面したときのように、疎外感を抱くようになるのだ。人が往き交う道は決して同じではない。光が形も、人の想像力も絶えず変えてしまうからだ。

オートラントでの私の道のりは、まるで私が複線の生活をしてきたかのように、いつも二重だった。そして私がモザイクの各部分をきちんと並べていると、突如として外へ飛び出したくなることがあったし、しばしばそうしたこともある。でも私はバラ窓から射し込む光が、さも空気でもあり、吸い込むことができるかのように、よく見つめたものだった。さながら、これらのはめ石の間で、私が求めていた質問への答えが見つかるにいたることを承知でもしているかのように。どうして私はオートラントにやってきたりしたのか？　ほんの偶然のせいだった。だって、絶えず変色する狭い海によりオリエントから分け隔てられたヨーロッパのこの片隅で、私の職業、私の能力、私の両手が役立つわけがあろうか？　それともほかの何かがあったとでも？　私がいつかここに到着することになるだろうと、幼年期から知っていたわけではあるまい。私の曽祖母のひとりが、私たちのイタリアの先祖のひとりはアプリア南部、正確には、当時サレントではなく〔ドイツ語版から補った。（訳注）〕〝オートラントの地〟（Terra d'Otranto）と呼ばれていた地方の出だったと語っていたからか？　しかも彼女の話だと、彼は海を渡って来たとのことだった。しかも、幼い少女ながら、私は父に対して、この〝オートラントの地〟は地図のどこにあるのかを尋ねた。父の答えでは、私がイタリア人の血筋を引いていることは一目瞭然だとのことだった。とにかく、自分で何かを決断できるようになるやすぐに、人生がどれほど思うにまかせず、運命がいかにうまくゆくものではないにせよ、私はフィレンツェでの勉学を選ぶのに躊躇しなかった。この土地に初めて私を運んでくれた列車は満員だった。私は通過した場所に注目しなかったし、駅名にも、都市の名にも目を止めなかった。ただ海を超えて、港から入りたいと考えてばかりいたからだ。少なくとも私にとっては、オートラントの前触れとなるような土地はほかになかったのだ。だが、これはすべて幻だった。オートラントは海辺の都市ではなくて、海と一緒の都市なのだ。トルコ人が上陸後、漁師たちは海を棄てたのであり、生き延びた僅かな人びとは内陸へ、谷間へと逃げて、農耕者になった。そして、とうとう彼らは海を憎悪と恐怖をもって眺めるに至ったのである。同じ恐怖は人が高い岩壁から海の水平線を眺めて、そこに黒点が現われる（警報を発令するのに十分なだけ、ゆっくりと黒点が接近してくる）のを見たがるときの特別の日に、今日でさえ人びとにとりついているのである。一昨日、大聖堂の裏を通り過ぎていて、よそよそしい物音が聞こえた。古い表門が中から閂《かんぬき》を掛けられるときに発するあの音だ。私は思わずびくっとなった。沈黙の恐怖の前に発するこういう物音はいくども経験したことだ。通行人に力ずくで突き刺さってきて、こういう古い家々を難攻不落にする、太い柱のこういうよそよそしい打撃を、いくど耳にしたことか。また、あの恐怖の一四八〇年は別にして、その後はもう誰も来ないのが常態だったのではなかったか。見張りの塔とても、都《まち》を空にしてそれを死人に残すのに役立っただけだった。結果、死人たちはもはやお化けではないかのように、妨げられることもなく出没できるようになった次第なのだ。

住民の誰かがおずおずとためらいがちに、こういう門扉越しに、まるで顔を出すのが儀式や悪魔祓いの一部でもあるかのように現われるまでには、どれほどの時間が経過せざるを得なかったことか。姿を現わし、恐怖を消し、あらゆる疑いを除去するために姿を現わすまでに。いや、もうそんなことは起こるまい。残るはただ午後遅くの光だけだった。その光は常ならぬ形を帯びている。なにしろそれは疲れた顔を焦がし、前から後ろから照りつけ、記憶や哀惜にというよりも、視角に属するメランコリーなまなざしを従わせるからだ。この光は、あたかも風景そのものが、眩惑される恐怖もなく、保護される必要もないものであるのと同じく、眺められるに任せている以上、驚かすものなのだが、この光がやってきたときは、門扉を開ける木柵の摩擦音、独特の引っかき音みたいだったのだ。掛けがねのガチャッとなる音が沈黙を破り、住民たちのひどく怖がった、臆病で、用心深いのと同じぐらい自信ありげなのだった。時間は大聖堂が暗闇に沈む頃だったし、この時間には光はもはや射し込まなくなり、バラ窓の網目を通過するには弱すぎた。そして、モザイクは色彩を失い、誰にもその全体を読み取れなくしていた。あちらこちらでだけ、何かを見ることはできた。断片的な人物像が光そのものを享受したり、あるいはどこかから光を引き寄せているかに見えた——この大聖堂の数多くの奇跡の一つででもあるかのように。その日の、その時間にたまたまほんの一つの光景にせよ、それが見られたのは、まさしく偶然の徴《しるし》だった。

私が列車で到着し、レッチェからさらにオートラントまで南下したとき、都《まち》を目にしたのは光のない日中のことだった。こういう日は稀だし、だから人目を引いた。オートラントは私には滅多に見かける機会がなかったような姿を呈していた。あの午後早いうちにあったものを包み込む闇に沈潜していた。この闇は何ものをも濾過させなかった。それは灰色で、ある箇所では黒色でさえあった。しかも直後に雨が降り出したのだ。濡れた通り風を伴って激しく降った。塩気のある通り風で、雨水、海、塩分、空気の味から出来上がっていた。私は衣服が皮膚にくっつくのを感じ、雨水が背を伝い下りるのを感じた。生暖かった。独特な感覚であって、驚いたことに、いや気は感じないで、風に運ばれてくるこの雨水に肉感的な快楽を覚えたし、それは背中にぴょんぴょんと跳ねながら、せせらぎみたいに降るのだった。それで私は笑ってしまった。自分が幸せ——このあり得ざる天候で幸せ——なことを悟った。私の同伴者はこれを私の気まぐれと見なしたに違いない。私は自分を連れ去るかに見える雨水でずぶ濡れになり、それでも身を守るために何らの手だてもとらなかった。雨水は私の衣服から垂れながら、すぐさまモザイクをずぶ濡れにした。私としてはその雨水が空からも地面からも降ってくると思っていた。そして、それからその雨水が洗礼の奇妙な形だということを悟った。なにしろ私はすぐに大聖堂に入ることを願っていたし、雫がしたたる私の髪の毛、両脚、衣服は、舗床にまで水を垂らせていたし、この雨水は私の身体全体を濡らしていたからだ。そして目をやると、生命の樹を支えている、今やすっかり黒くなった二頭の象が、日中から無理やり剥ぎ取られた光でもはや少しも照らされることなく、赤茶けた照り返し——私がすっかり無意味に見えた嵐に襲われたまま、オートラントまで列車で到着しながら目にしていた、あのオリーヴの地面にも似た照り返し——を帯びていたのだった。嵐はすっかり無意味であり、それだけに完全であり、また大いに有望でもあったのだ。

　私は運命、と言ってきた。そう、今になって運命だと思うのだ。今になって、すべては終わったと思われるのだ。こういう場所が、何かは実際には決して終わらないことを悟らせるにせよ。何も中断しないし、何も始めがなく、何も終わりがない。すべては、決して変化してはいけないかのように、そのままなのだ。私に世間の扉を再び開けてくれて、今のように、私をよろめきながら、優柔不断に、狼狽しながら、再び行かせた、あの金髪の医者の目つきみたいに、不動で静止している。みんなが言っているところでは、ここでは太陽は悪ふざけをするらしいのだが、私としては日光が怖く、すべてが怖いかのように、家に帰って閉じ籠もることに成功するまでは、何も眺めることができなかった。空中の光っている粉塵の薄片みたいに、光を遮断できる、私の大聖堂の中の、色彩の折衷物を介してでなければ、光も影も届きえない場所に私は居たかったみたいだ。大気中に留まり、完璧ながらとっぴな回転をやり遂げて、別の星雲に融け込み、さらに変形することにより、太陽系を形成するその能力たるや、奇跡的だ。かの舗床から目を放し、少しばかり上を見やっていると、私は埃の中に迷い込んでしまった——私たちの作業から解放されて、すべてから逃がれて光の中に迷い込んでいたモザイクの顕微鏡的な断片の中に。そして、あたかも私の人生を変えてしまったこの光が、物質、真の物質、微細にせよ、私たちに出くわし、私たちを襲う物体にほかならないかのような感覚を私は抱いたのだった。

目をつむって私はミネルヴァの丘から都《まち》に通じている階段を降って行った。めまいを恐れていたのだが、今や物質と化していた、少なくとも私をひるませてきた、あの光も怖かったのだ。「行けますよ」と告げられていた。行けますよ。私をその人は自由にしてくれたのだが、そのときの私はもはや整序できないような千々の思いにとらわれていたのだった。私には今なお、大聖堂の中で、失われたはめ石をどうやって修復すべきかと議論し合っている声が聞こえたのだ。「それは紺青色《こんじょう》だから、アルミナ、炭酸ナトリウム、硫黄を用いなくっちゃ」。あのマルスの黄色〔黄色い染料の一種。(訳注)〕のためには酸化第二鉄が有効だった。だがあのアカネの暗褐色に対してはどうすべきか?　それに、ファン・ダイクの褐色もあり、このためには、石灰化した硫酸塩が必要だ。私が考えていたこれらの色彩はすべて、区別するのが難しいために、名称が分からなくなっていた。私たちはみな、それらを把握しようと近くから眺めており、必ず色彩を見分けられるものと思っていた。ところが、私を襲った光は、コバルトグリーンを亜鉛のグリーンに一変させることができた。それは誤らせかねなかった。誤謬のことをここで話題にできるとすればの話だが。ラテン語銘文の上の二頭の象は、舗床の絵全体を象徴的に支えているのだが、その午後には黒かったし、そして濡れるにつれて赤みがかり、とうとうカーマインの赤色になってしまった。私はこれらを観察していたのであり、これらの照り返しも観察していたし、そして世間のあらゆる色の式部官、失われた宗教の聖職者として、私の父のことを考えたのだった。

色彩、カーマイン紅色。幼児の時からこれらはみな知っていた。彼が絵筆を垂らし、私を見つめて尋ねた。「ヴェッリ、どの色がもっとも印象深いかね?」そして笑うのだった。私はその赤色を見つめた。すると彼が言った。「それはメキシコと呼ばれている遠い国に生きている小さな昆虫の雌からつくられたものなんだ。珍しい色なんだ。魔法みたいに、時間とともに変化し、異なる色合いを帯びるのだからね。まさに生きた色なんだ」。私は父に訊いた、メキシコはオートラントの地に近いの?と。父はまじまじと私を見つめた。もちろん、メキシコはオートラントの地に近かった。両方とも同じ色を有しているし、両方の場所を近づけているのは、色なのだ。

私をここに初めに連れて来たのは、私の父だった。父はここに来たことがなかったのに、まるで何年もここで住んだかのように、この土地のことを話してくれた。そこは千里眼ではなかった、そこは私たちの間の遊びだったのだ。私が訊けば訊くほど、父は想像力を働かせるのだった。あるときはオートラントの城門ははなはだ高く、この都《まち》にやって来る訪問者を惑わせる白い石でできていた。別のときはそれは小さく、あまりに小さかったため、腰をかがめて通り抜けねばならなかった。また別のときには、城門は海に開いている一つを除き、いまだ存在しなかった。私が聞き入っていると、父は絵に描いて、物語をするのだった。「その城門を描いてくれる?」と父に訊いたのだが、こう答えが返ってきた。「儂はお前の母さんに何年も前に約束したんだ。儂はオートラントへは決して行かないし、絵に描くこともしまい、と」。それでも私はなおも父に訊いたのだった。当人がもう居ないときでも、約束は有効なの? と。私はママがなぜ欲しなかったのか、分からなかった。その理由というのは、オートラントの地が私たちにとり魔法の地だったのに、それについては言わないほうが良かったからなのだ。

私がポルタ・アルフォンジーナを通り抜けて都《まち》にやって来たとき、土地の人びとにとって私はモザイクを研究したり修復したりするために、はるか遠方の異国からやって来た唯一の女性だった。でも私は間もなく分かり始めた——私が遠くからやってきたにせよ、異国から来たのではない、ということを。しかもここの多くの人びとはたいへんよく、むしろ私以上にそのことを知っていたのだ。私は幼児のときから、何かが私たちをこの地に結びつけているのだということだけは知っていた。私の父は遅かれ早かれ、私がここへやって来るだろうことを分かっていた。私の母は或る日もはや帰宅しなかった。母が燈台に通じる道を進むのを私は見ていた。薄暗い雨降りの午後で、波が高かった。ある人は海が母を連れ去ったと言い、ある人はほんの数日前に都《まち》に着いた他国者と一緒に出奔した、と言った。父が言うには、この白っぽい光が母を青ざめさせ、母の体は形をなくしたことすら知っているとのことだった。どこに行ったにせよ、母はきっと、強い光と鮮やかな色の場所に行ったのだ、とも父は言った。父は私の母を描いたことはついぞなかったし、ただある絵のなかで、背景の人物のうちに私は母を見分けたように思った。でも今日でも、母は漠然とした印象にすぎない。母は私に似て、目は澄んでおり、髪はブロンドだった。でも母は遠くからやって来たのだ、と全員が言うのだった。

恐怖は時間を停止させることができる――永久に。人は恐怖に気を向けるし、絶えず人の頭を怯やかし、忘れ去られはしない。記憶は太陽とともに芽生え、夕方には日没の振りをする。でも、翌朝には再現する。前日と同じく、翌日も同じく、明後日も同じように。

その朝、私は彼女の表門から出掛けた。彼女が一晩を私に好意で提供してくれた後で。私としては毎晩ずっと提供してもらいたかった。でも私は貴族だったし、彼女は庶民の一女性だったのだ。

表門は少し開けられており、隙間から古いサン・ピエトロ教会の一部が見えた。窓からは、海の匂いが押し寄せていた――下から、奥から。私は蝶番《ちょうつがい》がキーキーきしるのを聞いて、すべてのものが宙吊りになっているかに見える、あの奇妙な沈黙のことを考えた。

私は彼女のことも思った。かの時代の男もやれるように――今や私はそのことを知っている。習慣がもう一つの慰めになっている者には。彼女のことを思うためには、私には戻るだけでよかったし、彼女には私に身を任せるだけでよかった。

表門が開かれた。私は急いで跳び出した。すると、ふと背中に氷のように冷たい風が打ちつけるのを感じた。夏日にはまったくあり得ない氷のような冷たさだった。

Ⅳ

何ごとも起きないように見える或る日、私は城の近くで彼に出くわすと思った。オートラントではよくあることなのだが、すべてが、自分自身の生活までが停止しているかのように見えるのだ。恋の時間ですらオートラントでは、永劫の決定、強力な運命——とはいえ、宙ぶらりんのままのようではあるが——に従属しているかに見える。

　彼に出くわすように思った、と私は言った。それが彼だったとしたら。なにしろ、彼がだらしなく、軽く前かがみになり、両手を堀の前の小さな壁の上で支えにしているところを、私は背後から見たからだ。もっとも、それは下のほうを眺めるために、そこに立ち止まる誰か、数多いツーリストのひとりかもしれなかった。でも彼が振り向くや否や、この男がいつでもそこに私と一緒に来ているかのような感覚を覚えたのだった。これまでに彼を見かけたことはまったくない。堀に目を釘づけにしている男に、誰だって気づくとは思われなかった。思うに、どのツーリストだって、傍を通り過ぎるどのイドルンティーノだって、気づきはしまい。ひとりの少女が彼に近寄り、小壁の彼の傍に立ち、下のほうを眺め、それから何事もなかったかのように再び立ち去るのを見たとき、私は確信したのだった——彼は一介のツーリストなぞではない、と。その少女は彼の傍の低い城壁に立ったのだが、明らかに彼を見はしないようだった。私は小さなカフェーの小さいテーブルに着席し、なぜ彼がそんなに縮こまり不動のままなのかを知りたくて、また彼が誰なのかを割り出したくて、じっと凝視していた。それから、よくありがちなことだが、ちょっと気分が逸れ、盆にグラスを載せて来たボーイに微笑したりしていると、彼はもう見当たらなかった。ほかのことは何も変化していなかった――チェス盤が中断され、誰かが一ピース（もっとも重要なピース）をもらい立ち去ったみたいに。キングなしではプレイすることはできない。ボーイは今しがた遠ざかっており、もう何にも見えなかった。私はあの城の前の低い壁にじっと佇んでいてくれればよいがと思って、あの男を懸命に探した。でも、それは無駄だった。それで私はあきらめて、再び椅子に座った。椅子の上で力が抜けたように、たったひとりで、あの焦点を、あの不在を、さながらどこからか私に説明されたのだが、一向に頭に入らない、あのゲームのルールみたいに、凝視していた。あの男はどこへ逃亡したのか？（逃亡したのだとしたら、の話だが。）むしろ、無の中に消えることはそもそもどうして可能なのか？

何かをすることもなくここで長い冬を過ごし、夏にはツーリストたちを小舟で岸伝いに運んでいるコジミーノが主張するところでは、オートラントのお化けは、光の発生、内陸の蜃気楼らしい。時とともに日々の明確さに慣らされるし、最後には、この明白な幻影が認識の印だと信じさせられてしまう。コジミーノはツーリストたちを下のポルト・バディスコへ、ときにはコウモリが悲鳴を上げている洞窟ツィンズルーサにまで連れて行くこともある。彼に言わせると、何日も日光が射し込まないで、雲の上ににじむ（彼は実際に、にじむと言っているのだ）らしい。それから、やはり彼の言では、日光を引き留める雲が熱せられて、融けて、水蒸気をつくり、それから、この水蒸気が霧と化し、しまいにはすべてがミルク状に凝固し、病気みたいに見えるようになるらしい。そして、そういう日々では、夏はわれを忘れているかに見えるのだが、そういう日々には奇跡が現われるらしい。コジミーノはそれを奇跡と呼んでいる。彼が言うには、「オリエント産タバコの埠頭」の背後では、光が、真の光が始まる、とのこと。「シニョーラ、モザイクは今は眠っています。誰もそれを読めはしませんよ。これらの洞窟の中に、修道士たちは今日でも秘密を隠していることを納得なさってください。陸の洞窟と海の洞窟の中に」。コジミーノは痩せて黒みがかった肌をしており、私が彼を見たときはいつも青味がかったランニングシャツを着用し、不精髭をはやしていた。まだ若くて、三十代そこそこであり、片方の目がもう片方の目より小さく、いつもにらむかのように、少し横から誰かを見つめるのだった。冬にはランニングシャツに幅広のセーターを重ね着するだけだった。ズックのズボンは、皮膚の色同様に、同じままだった。

　コジミーノはあの日、城の傍の壁にもたれていたし、どうやら彼が何かを私に合図したがっているような印象を受けた――反対側からやって来た友人を。私は疑問を抱きながら彼を見つめ、私の幻のことを再考し、あの奇妙な透明や、コジミーノのミルク状の空のことや、あの日の光のことを熟考した。いや、いかなるお化けでもなかったし、今度は実際に何でもなかった。あの午後の色を見たとしてもそう言うことだろう。でもあの空からゆで汁、強力なエキスが喉を通るのを感じたかに思われた。

　私は立ち上がって、私がまったく知らない、あの消え失せた男を探そうとした。そして、光の方向に歩き出した。私が向きを変えようとした横町はたいそう狭かったから、家の入口みたいに見えた。二段を登り、私の肩幅とほとんど同じぐらいの通路の奥を眺めた。そこの奥は光の海になっており、それで私は陰、涼しい陰のほうに歩を進めた。すると、まるで湿った、誰にも見えない地下の場所にさしかかったかのように、私の肌に奇妙な感覚を惹き起こした。あたかもあの男だけが知っている道へ私を案内するかのようだった。そして結局のところ、その道には、私が大聖堂を出て毎日見ることができたあれと同じ海があったのだ。白くて、鮮やかな海だった。その色は銀白色とも言われている。私の父は言っていた、ルーベンスを模倣するにはそれが必要なのだ、と。でも注意しなかった彼の友人は、それに毒されて亡くなった。私の父は銀白色を用いなかったが、父が言うのには、ルーベンスはそれを光り輝かせることにより、ほかの白色を灰色に見えるようにさせる術《すべ》を心得ていたのだ、と。「儂が言っているんじゃない、それを知りつくしていたファン・ダイクが言ったことなのだよ」。幼児の頃から、私はすべてを覆いつくしながら、混ぜ合わさりはしない、この輝く色に魅せられてきた。私はたとえそれを粉末に挽いたときでも、それを吸い込んではいけないことを知っていた。ヴェネツィア人はそれを約一年間空気に曝したままにしておいてから、使用した。後に私はフィレンツェで、白鉛は鉛炭酸塩でもあることを学んだ。そして、それは時とともに黒味を帯びることができることも。でもこれらの言葉が私にはまだ異様に響いていたときにも、これらの色を絵のディテールから想像していたし、この白色は私にはヴェラスケスのセヴィーリャの水運搬人のワイシャツの袖だったのだ。私の肩を今かすめている壁も、このヴェラスケスの色をしていた。銀白色を。亜麻仁《あまに》油で溶かしたものであって、大気に長く曝されると褐色になるのだが、ほかの白色ではできないような堅さに到達するのだ。私は向きを変えて、その白い光りの中に入った。周囲を眺めると、緑色の表門、さらなる家々、小さな庭を隠す壁、突き出た木、そして静寂。コジミーノの声が聞こえる。「シニョーラ、都合のよいときに知らせてください。ポルト・バディスコまでご案内しますから」。でも、コジミーノの姿は見えない。曲がりくねった横町を進んで行くと、数秒間要塞の下で返す波の音が聞こえた。ここはどこなのか？　もう一筋、今度は横町を近道して、またも光の当たる所に出た。誰にも出くわさないのはどうしてなのか？　誰かが立っている。きちんとした身なりをしており、海を覗いている。やはり、彼なのか？　それとも別人か？　近づいてみると、声がした。私に挨拶する人びと、遊んでいる子供たちだ。突如気づいたのだ——あの白はもっと知ろうという私の懸念にそっくりだということに。あれは厚くて、濃くて、すべてを覆っている。あれは有毒なのだ。しばしば通り抜け、この通りを吹きつけるのと同じ風（ただし、光は異なる）を見いだすヴェネツィア人もやっているように、一年間大気に曝したとしてもだ。「シニョーラ、ご都合のよいときに知らせてください」とコジミーノは、このみんながもっている親切心から私に繰り返す。コジミーノは私を他国者扱いして、まるで納得していないかのように、まったく納得していないかのように、斜めから私を見ている。銀白色。「できるだけ用心したまえ。しばらくすると黒ずむから」と、チェンニーノ・チェンニーニ〔十四－十五世紀イタリアの画家。『芸術の書』（一三九八）を著す。（訳注）〕も警告していたのだ。

できるだけ凝視したまえ。これらの家並みの白、これらの輝く石は黒ずむし、しかも突如もう全然漏らさなくなる。オートラントは透明の都《まち》ではないし、それは銀白色のように、そこの要塞のように不透明だし、その黒褐色、暗褐色はかつて人びとが煤《すす》、水、アラビアゴムを混ぜ合わせて、スケッチや、習作や、下絵のために使用してきた色調なのだ。海から見ると、オートラントは下のほうでは、威嚇するように聳える褐色の要塞にほかならないし、上のほうでは、鐘楼、大聖堂、さらにはミネルヴァの丘にまでのしかかる要塞にほかならない。それは忘却された、未完のままの絵みたいだ。またもや静寂が支配し、私はもっと凝視し、海のほうへ目を凝らす。あの男が私の傍で欄干にもたれている感じがする。私は頭を上げずにゆっくり彼のほうに向きを変え、粗末な分厚い木綿の、アイロンがかけられていない、目もくらむように白いワイシャツが目に入る。よく見ていて、私は光線が私に回復してくれた色とヴォリュームにとり憑かれてしまった。彼がどのくらいの身長かは言えないし、彼の容貌を描述することもできない。彼を見つめながら、私は自分で想像することもできない。なにしろ彼の顔は光を吸収しているようには見えないし、彼のまなざしは存在しないかのようだからだ。そしてこの男が光もまなざしもない顔の持ち主だと分かりながら、私は恐怖を抱き始め、遠ざかろうと試みるのだが、彼に気づかれるのが怖い。彼は身動きしないで、ただ右手だけを、もたれている欄干にそっと触れている。そのとき、彼は何かが聞こえたみたいに軽く頭を上げた。私が何か話しかけるのを彼はきっと待っているのだと思っていると、遠方から誰かを呼ぶのが聞こえ、すると彼の不安も消えた。片手はもう前のように欄干をトントン打つこともなくなり、体は硬直しなくなり、静まったみたいだ。私が見かけたことのない女性がその男に近づいた。老婆だった。彼女は低い声できっと相手の名を呼んでから、彼と腕を組み、細い白い杖を彼に差し出した。それからゆっくり歩き出し、私の前を通り過ぎて行った。彼女は私が目につかないようだったし、彼は見るともなしに私のほうを向き、微笑みかけているみたいだった。子供たちの叫び声はもう聞こえない。私はこの女性の仕草や到着に注意を奪われていたからだ。ところが、またも急にその声が耳をつんざいた。私としては子供たちが遠去かったと思っていたのだが、逆に私が別の次元に入り込もうとしていたらしい。

だから、彼は盲人だったのだ。ステッキも持たぬたったひとりぼっちの盲人がこんな狭い横町を軽やかに動き回ったのだ。また私が目にしたことのない女性も、小柄で皺《しわ》の多い老婆だったが、彼女だけは彼に見えているらしい。また声にしても、二人が私の前を通り過ぎて行くまさにその瞬間にはかき消えたのだった。それからすぐに、再びその声はけたたましくなったのだが。子供たちが申し合わせたみたいに、突然遊んだり、話したり、走ったりするのを一斉に中止する、などということがはたしてあり得ようか？　いや、決してそんなことはない。

こういうことは、私と同じく澄んだ目をした、あのブロンドの医者にも話したいところだった。一再ならず彼にも繰り返し言ったことなのだが、彼はオランダ人と見間違われたかもしれない。これに対して、彼が首を横に振りながら答えたところでは、曽祖父はナルド出身であり、曽々祖父はステルナティア出身だとのことだった。そしてそれ以前となると、何も思い出せなかった。でも、ここサレントにはノルマン人が居たのである。

こんなことを彼は私に語ってくれたのだった。ここにはノルマン人がいたことを、彼は無邪気にも私に語ってくれたのだった。私の発作の責任は彼の先祖——ノルマン人たち——にあり、彼らから彼は明るい肌色や金髪を遺伝として受け取ったのだ、と私は言いたいところだった。時間があれば、きっとそうしていたろう。モザイクの手仕事はノルマン人に属しているのだ。おそらく、職人たちがシチリアからやって来たのだろう。司祭パンタレオーネは彼らのうち何人かの助言を受け容れざるを得なかった。自分でこのことに気づかないとしても、彼は自ら知りもしないテーマや人物たちを見出していた。でも文盲な信者のためのこんなモザイク状の祈祷絨毯では、これまで誰も聞いたことのない物語でも、すべてうまくいっていた。たとえば、アーサー王の物語。ヨーロッパ中でアーサー王については誰も何も知ってはいなかった。伝承によると、十二世紀初頭までは、彼について語られていない。ところがここの、僻遠の地——ローマとビザンティンとの中間地点——では、この小さい王が初めて、一一六五年に絵で現われるのだ。たしかにこれはこのモザイクの謎の一つではある。いったい誰がこの物語をここにもたらしたのか、また大聖堂の舗床の上に物語られた一大宗教絵巻の一部に、こういう世俗的な話を加えるべきと決定したのはいったい誰なのか？　誰も答えられはしないのだ。私のモザイクはこういう質問に答えてはくれないし、モザイクのはめ石をいろいろとくっつけながら、これらが何を意味するのか、と自問したりは決してしない。世界の一部を照らし出す運命の定めみたいに、大聖堂の中に射し込むあの光から解放されて戸外に出たとき初めて、私は幾世紀もの眠りから目覚めさせるべきこの壮大な仕事が何を意味するのか、と自問することができるのである。

　アフメドが幾世紀に通暁しているかのごとく、ずっと生き抜いてきたかのごとく語っている、これらの世紀を私も考えてみる。彼はコジミーノのようではない。彼は私をボートで岸に運ぼうと提案したりはしない。アフメドはここでは外国人だし、外国人みたいな考え方をしており、彼の目はここでだしぬけに襲う光を吸収しながら、すべてのものに集中するかに見える。彼には、ただ欲するだけで、どんなに輝いている空でも曇らせる能力があるのでは、と私は思ったりした。アフメドは少なくとも期待されているときには、いつも居合わせるのだ。現に今では、要塞の果ての小さいカフェのテーブルの前に座っている。私が遠くから眺めているのだが、彼は私に気づかないらしい。ときにはオートラントは盲人の都《まち》みたいだ。立ち去ったばかりの人みたいに、誰もが遠くを見るのを恐れており、水平線に怯えている。そのため、漁師はいないし、海に出る者も僅かだ。ボート暮らしをしているコジミーノでさえ、岸や洞窟や岬や船着き場のことは話しても、陸地から目を放すことは決してしないし、背を未知なもの、紺碧のあの線に向けている――そういうものを恐れているかのようにして。アフメドはどこをも眺めてはいないかのようだし、物思いにふけっているらしい。呼びかけると微笑むのだが、その微笑み方は誰にも、あの金髪の医者にも私は説明できない。アフメドは口の半分だけで笑い、もう半分は動かないままなのだ。彼が言うには、顔の筋肉が反応せず、正しく働かないとのこと。アフメドはそう言う。さらに彼に言わせると、笑うだけの価値のあるものは皆無らしい。アフメドは冗談にはふけるが、決して笑いにふけることをしない。今、私を見つめており、私が彼の前に立っていても、彼は虚空を眺めるのを止めはしなかった。しかも彼は私に気づいているかの振りをしているのだ。でも、私は彼がいわば――いまだ私の知らぬやり方で――子供たちの光景を遠くから操作したことを知っている。それで、子供たちは突如騒ぐのを止めて、近くを通り過ぎる鳥のバタバタという翼の音や、盲人の杖のコツコツという音だけが、まさしくぜんまい装置みたいに聞こえてくるわけだ。私がそれを分かっていることをどうやって彼に告げたものか？　彼は私にそのことで何と答えるだろうか？　私にコーヒーでも奢ってくれるだろうか？　そう、彼は私にコーヒーを奢り、魔法の状態を破ったのだ。一挙にすべては正常に戻り、すべてがありきたりに見える。

「舗床はモザイクなしのままにしますか？　そこからすべてを取り去りますか？　一切何も残らなくしますか？」

パンタレオーネ司祭のモザイクの下には、きっとローマのモザイクがあるらしい。雷文《メアンデル》モザイクが。

墓だ。だが、すべては元通りに修復されることになろう。アフメドの好奇心は病的だ。入って来ては、見たがる。彼の言い方では、「時代を溯ること」。はるかに時代を溯りたい、とのこと。

「ヴェッリ、トルコ人はモザイクを破壊しはしなかったんだ。大聖堂をモスクに造り変えても。だって、モザイクの中には彼らがやって来るだろう、と刻まれているんだから。しかも彼らはそれを読めたんだよ。」

誰がこんなことをアフメドに言ったのか？　私も早かれ遅かれ信じることになろうが、伝説が、つまらぬことが存在するのだ。ところで、何に対しても思いやりを持たなかったあんな連中が、何を読めたというのか？　モザイクの中にはいったい何が刻まれていたのか？　彼にそんなことを訊いても無駄だし、彼本人にもそんなことは分からないのだ。彼の話には切りがない。彼もどうその先を続けたものか分からないのだから。ある日、彼にそのことを尋ねたことがある（私はそのことを金髪の医者に言ったこともある。恐れることなく言ったのだ）。アフメドに対して、私をこれほどまで弄ぶのはなぜなのか、いったい分かっていて喋っているのか、と訊いたことがある。しかも弱みの頂点を突いて、もう私をこれ以上驚かせないでおくれ、と彼に頼んだりしたことさえあるのだ。すると、彼は床を眺めてから、オートラントはいささかの恐怖なしに住める都《まち》ではないと認め、私ももうそのことには慣れたものと思う、と言ったのだった。また、私がモザイク全体の背景をなしている、灰色の、無色のはめ石の数々や、人物像の輪郭を示す、あの黒褐色のはめ石の数々にも慣れているはずだ、と。モザイクの色は、石の種類で浮かび出されている。絵画では、人物像の輪郭を示す色はセピア色の絵の具でなされるし、金色の透明感を帯びていることがしばしばある。長らく、アドリア海全体、ここからさらに北方や、ヴェネツィアにかけては、セピアの暗褐色という、イカの内臓から取り出された色素が取り引きされてきた。ここオートラントでも。でもセピアの暗褐色は光を嫌うし、だからそれに油を混ぜないほうがましなのだ。でも私は脱線して、昔の記憶に再び戻りつつある——光、油、そしてモザイクの輪郭に。私も光は嫌っているし、それが欺くときには、それを嫌うことを学んだ。もっとも、アフメドに言わせると、光は欺かず、欺くとしても、それは無邪気な者だけだとのことだが。またコーランの章句によれば、アラーは光と闇の七十の覆いを周囲に持ち、そしてアラーがそれらを振動させると、その顔《かんばせ》の崇高な輝きが、誰であれその眼光が届く者を焦がしてしまうと言われている。アフメドは私が茫然となり、思いに耽っているのを見た。見ることができないあの男に、いったい何で私はこれほどの感銘を受けたのか？　たしかに、私は感銘を受けたのだ。盲人がどうしてそんなに素早く城からそこへ到達したのか？　たった独りで、ほかからの助けもなく、杖すらなしで？　私は金髪の医者に伝えたのだった——アフメドは心から笑うこともできるし、何かのありうべき説明が私に見つからないときはいつも、面白がって見せることだってできるし、私に何か説明するためにわざわざそこにやって来たようにすら思われたことを。ただし、そのときのアフメドの説明は原則として、私のそれよりもいまだ納得のゆかぬものではあったのだが。「あんたはこの海をありのままに見ていないね。あんたがモザイクを本当に理解していないのと同様に」。でも、この盲人はおそらく私には謎でしかなかったのだろう。ほかのすべての人にとってはそうではなかった。それに、私はオートラントの全住民を知ることはできなかった。だから、私には心配する必要がなかったのだ。すべてのことに、説明は揃っていたのだ。

すべては解決しているのだ。あの金髪の医者もこう言いたかったらしいのだが、私は彼と話したとき、まるで告解室の司祭に対するみたいだったし、むろん彼の目を見つめながらだったのだ。彼はそんなことは言わなかったし、落ち着きがなく、神経質そうだった。どんなに理性的な人びと、理性の力をいくらかでも分かっている人びとでも、躊躇することはありうる。冷静で、明晰で、薬物を自慢している彼は、分かっているかに見えた。それに対して、アフメドはというと、疑念に疑念を、不確かさに不確かさを付加するためにだけ、人を眺めるのだった。だから、このように小さな都《まち》はとどのつまり、私が提起する術《すべ》もない質問に答えてくれるコーラスのように、私には思われたのだった。

たとえばアフメドは、一つのパートをこう唱えるのだった。「ときどきこの光は目を焦がすから、水面への太陽の反映から身を守る術《すべ》を心得ていなくてはならぬ」。また私の医者は、「小島では盲目になるケースが、とりわけ老漁師にあっては、ほかの所よりも頻繁にある。反射、光に曝されると、年月を重ねた後では、網膜を傷つけかねない。ここは島ではないが、この光の強度は著しい害を惹き起こしかねない」。

そのとおり。でも、ほかの典拠が言っているように、七十の覆い、七百、七千の覆いでは？　これはコーランの造詣深い引用だけではないか？　私は誰を笑わすべきだったのか？　アラブの医者たちのことを語ったアフメドをか、それとも、臨床の症例で私を慰めてくれた金髪の医者をか？　それとも、ある日かつてのようにもうよく見えないし、だからもはや水平線や、公海へ向かうようなことはしまい、と自覚しているコジミーノをか？　それとも、私の盲人――背が高くて、白いひとみの老人、壁づたいに素早く歩いて行き、どうやら何でも停止させる力があるらしい――をか？　彼にはやがてまたすぐ会うことにもなろうし、しかもそのたびに同じ感情を抱くことだろう。彼は何でも停止させたり、私を見たりすることもできるのではないか、と。たった一度だけ、私は彼に話しかけようとしたのだが、言葉が私の喉につかえてしまった——まるで私の息が止まったみたいに。私は彼の微笑を直観したが、それだけだった。後に、彼が大聖堂のパイプオルガン奏者だったが、もうずっと前から演奏していないことを私は知った。また、彼が狭くて入り組んだ横町を、白っぽいヴェールとして今でも知覚できる、光の強度に導かれて、驚くほど迅速に動き回れるのだということも。このごろはずっと、彼の話すのを聞かなかったように私には思われるし、また私の前で彼がパイプオルガンを演奏したことはなかった。一度だけ、私たちはパイプオルガンの演奏を聴いたし、みんなはまだ修復作業中のときに、誰が大聖堂の中に入っていたのかを把握しようと、驚いて振り向いたことがあった。誰かが一節を演奏したのだが、どれぐらいの時間だったかは私はもう言えない。その後、彼は再び立ち去った。私たちの誰もが、あっけにとられて、彼をあえて引き止めはしなかった。彼がはたして例の盲人だったのか、私には確信が全然なかった。彼が演奏した楽曲については、私はもっと言うことができる。それはセザール・フランクのオルガン曲「プレリュード・フーガと変奏曲」(*Prélude, fugue et variation*)だった。オートラントのような小都市で、このような曲をそのパイプオルガン奏者でなければ、これほど上手に誰が弾けたろうか?

それが沸騰している油だったのか、私の心の傷だったのかは言えない。だが太陽は一瞬かすんだのだ。それで私は形を読むのを止めた。闇が徐々にゆっくりと下りてきて、世界を呑み込み、ついには記憶をも覆ってしまった。

誰も彼女を連れ出しはしなかった。でも、私は叫ぶことさえできなかったのを知っている。ほんの一瞬のことだったのだ。しかし、彼らのうちのひとりが彼女の喉を切ったのだ。その血は滝のように流れ出し、彼女の疑い深いひとみを消し去ってしまった。

私は殉教者たちには属さなかった。ミネルヴァの丘で首を刎ねられたあの栄誉には浴さなかった。私の遺骨は大聖堂に行き着いたわけではない。私ははるかに長く生き延びた。でもあの日、私は大聖堂を探したのであり、すると血しかなかった。しばらくしてから、もう逃亡することさえ考えなかったとき初めて、私は目が焦げるのを感じたのだった。そしてもう何も区別することはできなかったのである。

あるトルコ人が私の視力を奪ったのかどうかを言うことさえできはしない。あるいは、誰かが私の睡眠中に、まだ身につけていた金貨数枚を奪おうとしたのかどうかも。

私はもう二度と光を見かけなかった。私には夜が際限のない日中になった。七〇もの覆いの彼方にアラーの崇高な顔《かんばせ》を見つめるという恐るべき特権でも、私にあったならなあ！

V

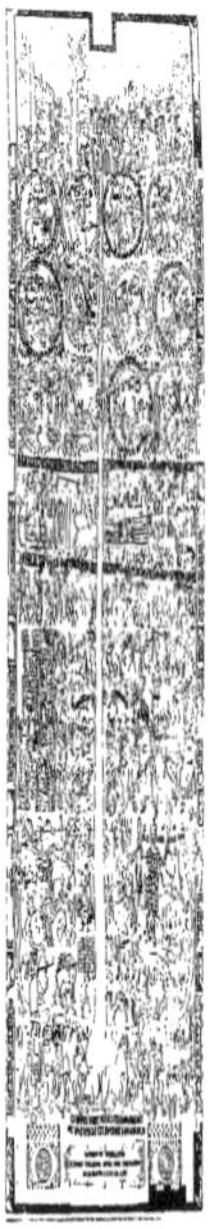

私はノルトウェイク通じていて、燈台で終わる街路をもはや降りはしなかった。空が雲で覆われ、水分でいっぱいになり、すぐにも爆発しかけそうになったのを見るたびに、或る種の不安に襲われたのだ。オランダで暮らしていたとき、光の射さない、黒い空を見てきた。私の母の目や髪と対照的なそれを。父の口ぐせでは、母を描くことはできない。母の髪の鮮やかな色調や、目の青緑色を再現しうるような色彩がないから、というのだった。ときたま、母の気分をその目の色調を通して私に説明してくれることがあった。「今日はママは紺碧色だ」。しかも、そのとき母の目はアルメニアの宝石だった。またときには、母のひとみは私たちの頭上に集結している曇りみたいに、ほとんど灰色で冷たいようにみえた。父は気分や性格を色合いやニュアンスで読み取っていた。父は色彩に関する大著、百科全書――無数の色彩感覚を介して世界を説明するようなそれ――を著したかったことだろう。今日になって私は分かるのだが、色は光だし、光と影が世界を支配しているのだ――それらがあらゆる神学やあらゆる宗教を支配しているのと同じように。私はアフメドが神の顔《かんばせ》は七十のヴェールに包まれていると言ったのを思い出す。私は自分のモザイクのこと――私が知ることを学んだフレスコ画の光とか、星が照り輝いているビザンティンの空のことを。

母の顔はあまり輝いてはいなかった。日によっては修復を必要としている絵画みたいに、生気のないように見えた。母は口数が少なかったし、ここの、みんなが構えている家、いつも灰色の、あのやりきれない海を好いてはいなかった。ある青年がトルコ人によりオートラントで捕虜にされ、まずはアルバニアへ、それからコンスタンティノープルへ連れていかれてから、この都《まち》に戻ったが、さらに乗船してスペインへと再出発することになった、というのは本当だったのか？　そして、そこからさらにヘラクレスの柱を通り過ぎ、ポルトガル海岸を溯って私たちの国にまで到達したというのは？この男、二十歳の老人は、太陽と恐怖で焦がされて、もう立ち去るまいと決心して、小さな海洋都市の安宿に姿を現わしたこの男は、いったい誰だったのか？　それに、十六になったばかりの女性を妻にと求婚されたあの彼女は誰だったのか？　父が語っていたところでは、なぜ母がとうとう無の中にかき消えたのか、と私がいつも自問していた薄暗い夕闇の中に、すべては書き記されているとのことだった。幾世紀も伝承されてきた書類の束の中にすべては書き記されているのだ、と。母の家族の歴史は、出現と消失の歴史だった。父からそう語られると、私はいつも驚いたのだが、父は笑うばかりで、あまり伝承を信じてはいけないことを私に分からせるのだった。ある種の伝承は騙し絵（Trompe-l'œil）、つまり、生の現実をごまかす絵のような装飾、光と遠近法により可能になった光学的遊戯なのだから、と。

父の話では、母と識り合ったのは偶然だった。母がまさしくノルトウェイクへの路上で、無からやって来たらしかった。母がそこから現われて、そこから結局は消え失せてしまった。痛ましい童話（そういうものが存在するとしての話だが）の響きがするが、実際にそのとおりだったのだ。また、私の母方の祖母もあまり自分を残さなかった。彼女が亡くなったとき、残ったのは大いなる沈黙だったのだ。時代を溯るほど、ますますすべてが空中分解するように見える――屋外で黒ずむ色みたいに。ただし、彼、かの遠い土地からやって来て、今や老いてしまった人物は別であって、彼はオートラント司教の使節を待っていたのであり、この使節に宣誓供述書を手渡したのである。この供述書は今日も古い教会簿のページの中に保存されている。

一五三九年六月十八日、教会使節アントニオ・ラザレッタがイドルンティーノ市のかつての市民ジョヴァンニ・レオンダリオ氏の前に現われて、真実を言うとの誓いを彼に命じた。両手で聖書に触れた後、被尋問者が答えた。そして第一に、どれくらい前からオートラント市に居住していないのかを尋ねられると、彼は答えた、七十七年前当地に生まれ、今から五十八年前にそこを出発し、海を超えてはるかトルコの地に赴いたことを。第二に、イドルンティーノ市がトルコ人に占領されて何年になるのかを尋ねられると、彼が覚えている限り、約五十九年だと答えた。第三に、イドルンティーノ市がトルコ人に占領された時、この都市に証人として居住していたのかどうかを尋ねられると、彼は《はい》と答えた。さらに、彼が奴隷としてトルコ人により、コンスタンティーノプルまで連れ去られた、ということも。

第四に、この占領された都市で、この都市の若干の男、市民が同じトルコ人により虐殺されたのを知っているかどうかと尋ねられると、彼本人が生き証人として、トルコ人の一人により奴隷にされて、イドルンティーノ市郊外の「サン・ヨアンネ・デ・ラ・ミネルヴァ」という名称の場所――ここには約八百名の男が縛られて連れ出され虐殺された――に引き出された、と答えた。そのため、当時まだ若年のこの証人が怯えたので、主人がその奴隷のひとりを来させて、彼、証人にこう言わせた――「お前がおとなしくしていないと、主人がお前を同じ目に遭わすぞ」。それで、同じ場所で同じ証人は、上記の縛られた市民たちが武器で突き刺され、残酷非道にも虐殺されるのを目撃した、と。

第五に、上記市民たちが何故にこういうやり方で殺害されたのか、またこのように虐殺されたとき彼らが何を言ったのかを知っているか、または知るようになったか、と尋ねられると、彼はこう答えた。〝パシャ〟と称するトルコ人の隊長がイドルンティーノ市に武力とともに侵入したとき、民衆や名士に降伏せよと要求し、そうすれば、穏便に処してやる、と約束したのを聞いた。それに対して、名士たちは民衆と団結して、キリストへの信仰と自分らの統治者への忠誠心から、死ぬ覚悟ができている、と意志強固に答えた。さらに尋問された同証人は付け加えていった。こうして縛られて虐殺された同じ場所には、マエストロ・グリマルディという名前のもう一人、かなり高齢の男が居り、彼は喋りながらあえぎ、全員に対して、われらが主イエス・キリストへの愛のために苦痛と死を我慢するよう元気づけた。このように、彼、証人自らも、彼ら全員が例外なく、自らの項《うなじ》を剣に差し出すのを目撃したのだ、と。

第六に訊かれたのは、何か二、三の見慣れぬ徴――それらが神から贈られたと考えるのが合理的なような徴（その数は神御自身から選ばれたものであり、殉教者の内に含めるのが正当なのだから）――が現われたのを知っているか、もしくは噂に聞いたかどうかということだった。これに対して彼は答えた。多くの信心深い人びとから、上記の死人たちの遺体が横たわっている場所の上に、さらにはイドルンティーノの大司教制教会の上にも、不思議にも鮮やかなはっきり見える光が照ったこと、それで遺体が十三カ月間そこに放置されてから、オートラント市そのものが回復されたため、カラーブリア公殿下の指図で同教会に運び入れられ、丁重に保管された。さらに、同証人はこうも付け加えた。ほかにも不思議な徴が現われ、つまり、上記遺体が十三カ月同じ虐殺の場所に埋葬されないで放置されていながら、腐敗することも、悪臭を発することも、また犬や猫や鳥やうじ虫により触れられたり、傷つけられたりすることもなかったので、カラーブリア公殿下は驚いて、これらの遺体をイドルンティーノの同じ教会に運び入れ、そしてその多くを丁重に棺に収めさせてから、さながら聖者の遺骸みたいにうやうやしくナポリ市に運ばせた。証人の個人的知識の典拠を訊かれて、彼はすべてを先に述べたり証言したりしたとおりに、見聞した、と答えたのである。

この証言を得るために、教会使節アントニオ・ラザレッタはヨーロッパ北方のライデンにまでどうやってやって来たのか？　誰が彼を派遣したのか？　また、ラテン語文のこの書類がその後もうオートラントに還されなかったのはなぜなのか？　何が起きたのか、誰にも分からない。きっとラザレッタはオランダに戻ってから間もなく同地で亡くなり、そのため、彼の使命は成就され得なかったのかもしれない。ひょっとしてほかの何かが起きたのかもしれない。だが、なぜ彼はそもそも北方にまでやって来たのか、また五十年以上も前にさしたる目的もなくオートラントを後にしたジョヴァンニ・レオンダリオに尋問する必要があると、いったい誰が決心したのか？　当時の私にはこんな尋問は無意味に思われたのだった。私に関心があるのは、深みのある根っこを持つ話だった。尋問されたことがほかにたくさんあることは分かっていた。ほかにも多くの人びとが同じように尋問されたことも。みんなが同じことを語っていたのだ。生贄のこと、光のこと、腐敗しなかった遺体のことを。でも彼らはみな、捕虜の状態から解放されて後、オートラントで生き続けたのだった。彼、ジョヴァンニ・レオンダリオだけが船でスペインに向かったのである。そして、そこからさらにライデンに到着し、それからノルトウェイクに上陸した。(私はこの男が小舟で下り、砂浜に裸足で、ぼろ切れだけを身につけて上陸した有様を何回も夢みた。だが、事態が実際にそのとおりに進行したのかどうかを私は言うことができない。オートラントに来て以来、私の子供っぽい空想力をあまりにもかき乱してきたあの男についての夢が、なおも繰り返し浮かんだのである。)

無意味な質問だ、と私は言った。一五三九年以来、多年が経過したし、洗礼を受けた者の教会簿は、しばしば意味をなさない名前しか載せていない。今世紀初頭までよくある名前だ。ジョヴァンニ・レオンダリオには十三人の子供がいた。その多くは若死にした。私の祖母の言では、そのうちの七人だけが生き延びたとのことだが、彼女がそのことをどこから知り得たのかを私は言うことはできない。そして彼らのうちの一人だけが航海に出たらしいが、戻っては来なかった。おそらく、彼はオートラントに舞い戻ろうとした唯一の人物だったろう。彼がこの海に迷い込みに出掛けたと考えるのは、私は好きだ。ところが、あの金髪の医者がこんな話を聞く意欲——およびそれを本当と信じる力——を持っていたならば、一つのことだけは確かだ、と私に言うであろう。一九〇三年十月四日付の手紙の中で、私の母方の祖父——アムステルダムの裕福な宝石商——は、十五世紀の最後の十年間にライデンのゴシック風の聖ペテロ聖堂で祝われた結婚式についての文書がはたして存在するのかどうか、と尋ねている。ジョヴァンニ・レオンダリオの話はそこから始まったのであり、そこからさらにそれは私の祖母に届いたのだ。世代から世代へと、たいした騒ぎもなく、特別な驚きもなしに。名前を介してだけだが、すべてがかなりうまく再構できるのである。

当時から、私の母の家族の中に、オートラントなる名前は市民権を持っていたし、時とともにそれは魔力的な意味を帯びた。その名を喚起するだけで、異常な力を持ったのであり、私の曽祖父はときどき言ったものだ、「船を整えて、出発しようぜ！」古い話だし、少々冗談めいてもいる。ジョヴァンニ・レオンダリオは一四八〇年八月十二日に起きたことについて何を口にし、またなぜよりにもよってライデンに上陸したのか？　オートラント司教はこの人物がどこに居るのかを知っていて、彼を探させた。彼の証言は重要だったし、かの奇跡の理由を知ろうとして、ヨーロッパを横断して旅する男が問題を提起し、これらの行間から出てくる以上にきっと重要だったであろう。あしかも彼が出くわすのは、もう語りたがらない老人だけなのだ。もう腕の力を感じない、疲れた老人、足が弱い老人だ。オランダで金持ちになった人物だ。しかも、彼はたぶん世界を旅したのであろう。あでもきっとオートラントには戻らなかったし、コンスタンティノープルにも戻らなかったようだ。あの教会の名において、生涯ずっと自分自身にも隠してきた何かを思い出させるようにさせたかった、熱心な紳士を、彼はどういう目つきで受け止めるべきだったのか？　奇跡の書記みたいに、何もかも書きとめる用意をしていたあの人物を、彼はいったいどういう目で眺めるべきだったのか？　きっと彼はほとんど喋らなかったろう。オートラントのジョヴァンニ・レオンダリオが当時本当に喋ったとしたら、彼の言葉がより勇気づけるものだったとしたら、私は今日、こんな壁の間、いかなる平和もないこんな要塞の間をきっと彷徨してはいないであろう。

だが、この光は私にほかのことも語っているのだ。つまり、誰かが若いときにオートラントを逃げ去るためにこの海を横断した者を探し求めてこれほど危ない旅を企てたとしたら、この誰か――ジョヴァンニ・レオンダリオ――は何かを知っていたに違いないし、それ以上のこともきっと知っていたのだ。彼はあの日、八月十二日について語ることができたばかりでなく、首から血がさながらポンプに押されて振りかけるかのように噴出した有様を語ることができたばかりでなく、おそらくはアフメド・パシャ配下のあのトルコ人たちが近いアルバニアから出発してなぜここにやって来たのかも知り得たことだろう。彼らがまさにここで、ここだけでかくも残酷に荒れ狂い、結果この国を幾世紀にわたり血で汚すことになった理由を。また、このジョヴァンニは二十歳そこそこでオートラントを捨てて、どこかに向けて出発した以上、物語るべきだったし、知っていると仄めかしたし、きっと明らかにさえしたはずなのだ――経験し、見聞し、苦労して把握したことを。彼は仄めかしたし、彼がきっとたったひとりだけだったろうから、人は彼に頼らざるを得なかったのだ。オランダで彼を見かけ、彼と話したことがある、と語る人もいた。だから、誰かが答えを求めて旅に出たわけだ。でも、この答えがはたして得られたのかどうかを私たちは知ることができないのである。ジョヴァンニ・レオンダリオの証言はその他大勢のそれに似ているし、しかも彼はオートラントに二度と戻らなかったのである。オートラント大司教の使節が決して戻らなかったのと同じく。いったい何が起きたのか？　彼の証言記録、署名入りの書類はオランダに残されており、そのうちには、彼が探し求めて出掛けた秘密を彼に暴いたはずの人物のものも含まれている。おそらく使節は帰路に亡くなったのではなくて、彼の証人の目の前で、刺し殺されたのであろう。見聞したことを帰って語らないようにするために。

否、あの金髪の医者がこの話を評価するかどうか、と私に尋ねないでいただきたい。彼はそのことは何も知らないし、私もそれについて語ることはできまい。彼がノルマン人について、すべてのことを私に教えてくれればけっこうなのだ。でも、この話を彼は私に信用させはしまい。彼は私の精神錯乱状態を確信している者みたいに私を見つめるであろうし、ちょっと関心を装うことだろうが、きっとコメントとか何らかの説明を試みたりはしまい。彼は私に休息を勧めるだろう。アフメドは違う。彼なら目を輝かせて、黒がときにはもっとも目立つ色であることを立証しようとすることだろう。それから、知っている素振りをして、二度と戻らなかった使節ラザレッタの死について何かを付け加えるであろう。夜間ライデンに航行中に心臓にほんの一突き刺されて死んだのだ、と。強奪事件だったのであり、彼には金貨一枚も見つからなかった、と。私は夢想してみた。さながらレンブラントの絵画のように、闇のまま、彼は刺客に殺されたものと夢想してみた。私は状景を思い浮かべ、修復者たちに夥しい問題を投げかける細い網状の線、小さなひび割れのことを思い浮かべた。あたかもこれらの絵がごく細かなはめ石から成る画布の一大モザイクと化することができるかのように。

私は夢に見たその絵の中で、刺客がその怯えてうわの空の男に近づき、一突きで刺し殺す有様を思い描いた。しかも刃物をつかんだ手の上に全体重でその男はもたれかかったのだ。おそらくその瞬間には、相手は男の目を覗きながら、刃物が奥深く入り込み、心臓を貫いたのかどうかを自分で確かめたであろう。それから、ラザレッタは背中から倒れた。苦痛で硬直し、石化し、あまりの激しい暴力に茫然として。内心では、この迫害者がひどく迅速だったことにきっと感謝してすらいたことだろう。

私はこうも夢想した――その街路は暗くて、この迫害者が金貨の詰まった財布を相手から剥ぎ取る前に一瞬躊躇し、革帯で閉められたその小箱だけに狙いを定め、まだ死ぬ前にすでに死んでしまっているかのように相手の短い断末魔のことをもはや気にかけず、短刃が相手に貫通したものと確信したのだろう、と。彼が軽蔑の素振りで財布を引ったくった、と夢想してみた。また、この刺客の顔を前景の漆黒の闇と比べたならば、きっとそれは蒼白かったものと夢想してもみた。私の父は純白と言わぬまでも、鉛白のペーストを用いてから、それを薄くのばして塗ったであろう――ただし、色が乾いた後で初めてそうしたであろう。父は白をごく少なくして薄める術《すべ》を心得ていたから、まずは最初にその色を厚いパスタで覆ったことだろう。私の夢想はおそらく、あのレンブラントの絵についてのかすかな記憶なのだ。あの明るくて、ほとんど白に近い顔や、画布を打ちつけたり、ほとんど傷つけんばかりのあの塗装工の刷毛への記憶なのだ。時折、父は疲れているようだった。このか細い腕、小柄な体格が、往々にしてははなはだ大きな画布（父の傍では、しばしばたいそう大きく見えた）の前で、屈服するのではないかという感じを与えていた。今になってみると、私はいつか目にした絵を夢みたのか、それともまったく夢みはしなかったのかを言うことができない。私は何も言えない。知っているのはただ、横から見たあの刺客の顔が白くて痩せており、黒いソフト帽で一部隠されていたことだけだ。心の中で見た夢――私の絵――は、刺客が血で汚れた手をして、逃げ去ろうとするが、あたかもちょっと私を眺められるようにするかのように一瞬振り返ったときに止んだのだった――絵の主人公、夢の主人公である私を。夢の創作者たる私は、この前望的論理の真の原動力、その瞬間にまさしく静止したその状景の消尽線の出所地点ででもあるかのようだ。

この絵を頭に抱きながら、私はそれからすぐ目覚めた。あまりに鮮明に頭にあったために、再現できればそうしたであろう。絵は鮮明だったし、色は黒ずんでおり、時が経過してさらに黒くなってしまったが。その刺客が誰だったのかを私は言えない。言えるのはただ、この夢がこの場所の光とともにやってきたということだけだ。それは夜の悪夢ではなくて、白昼夢、正午の夢なのだ。それだから、目覚めたとき、それが夢だったのか、空想だったのかも分からない（空気の熱、絶えず変化する空の色、脳にまで達する海の臭いにより麻痺した、徹夜の幻覚なのか、と私はよく思ったことがある）。『辻強盗による教会使節アントニオ・ラザレッタの殺害』と題することもできるかもしれぬ、私のレンブラント（この夢のことを思うと、ときたま私はそう呼んでいる）は、おそらく徹夜の午後、または軽い、夢うつつの眠り状態の、午後に浮かんだのだった。ここの南部に来て以来、特に日中には睡眠に身を任せることがもう私にはできなくなっている。その中で現実、夢、幻覚が入り混じる、あの半ば覚めた眠りの中で私の唯一の認識形式が生じうるかのように、何かを逸してしまうのが怖いみたいだ。一昨日も私は或る泉から流れる水や、アラブの、アラブ＝アンダルシア音楽のことを夢みたのだが、それ以上は皆無だった。そして目が覚めると、すぐさま海へと駆け出し、そしてはるか彼方にアルバニアの山々が水平線上に蜃気楼みたいに浮かんでいるのを見た。その木炭みたいな灰色、水蒸気により脱色された淡い灰色を想起させた。私が見たその山々から、トルコの遠征隊はオートラントに向けて出発したに違いなかった。私が海の中に浮かんでいるこの蜃気楼に熱中していると思い込んでいた間に、この音楽があまりに強く聴こえたため、私は背後で誰かが演奏しているのではないか、と振り向いた。実を言うと、独りだけではなかった。私はアフメドまたは私自身が、私の声を聞いているかのように思われた。その声はまるで私から引き離されたかのように、アラブがブイタウヒと名づけているリズムで演奏する楽器の名を一つ一つ数え上げた。そして、カマンチェ（ヴィオラに似ている）や、ダラブッカ〔打楽器。（訳注）〕やカヌーン〔一弦楽器。（訳注）〕が何かを私を知った。その日夜になると各種の色をぼやけさせて、すべてのものを、血までも黒ずませたのではないか、彼らのうちの或る者が始まった残虐行為に驚いて、演奏をやりだしたのではないか、その結果タンバリンやツィターの音や、組織がこすり合わされるときの刷毛に似たサラサラ音、スコットランドのバグパイプみたいに響くキトレやガイテ〔フルートのような形をした、吹奏楽器。ペルシャおよびインドで托鉢僧により用いられてきた。（訳注）〕の物悲しげな弦の音が聴こえたのではないか、と私は自問したのだった。アフメド・パシャにより指揮されたトルコの戦士たちがかの山々から、オートラントのためではなく、コルドバ、セヴィーリャ、グラナダのために考えられた楽器を一緒にもたらしたのではないか、と私は自問したのだった。光輝対暴虐、まばゆい光に対するに、モスクのふしぎな窓を通して暴虐そのものを投影する光。血管を流れており思考に点火するとともに、高い丘から牧場に降り、そこを緋色のように変色させる血。こういうリズムをブイタウヒと呼ぶのだと言ったのは、アフメドだったのではないかと私は思った。だが、私が振り向くと、誰も奏でてはいなかった。私が聴けたのは、頭の中で反響している音楽だけだった。私はそれをすでに知っていたし、かつてすでに聴いたことがあったからだ。

　アルバニアの山脈はまさしく蜃気楼みたいに、突如消失することがありうる。それらの頂きを描くのに用いられたらしい、やや色褪せた小カーボン、あのかすかな灰色をすっかり消去するには、少々の靄《もや》で十分だ。そして、画布の上とか、淡黄色の紙の上の、ぼかし、スケッチみたいに暗示されている。色と光で富化されることになる絵画の序曲だ。今や靄《もや》となり、私の耳では、アラブ人たちが今日フランス語で噴水（jet d'eau）と呼んでいる楽器の音も鳴りやんだ。

私はわが家に戻り、扉と鎧戸を閉じたいと思った。きっと間もなく海から敵がやって来るだろうと予期して。そして、あのブイタウヒのリズムを伴う、かすかな泉のことを夢みたいものだと思った。

この響きはほかにも何回か聴いた。あの同じ夜に耳にした音楽も、弦楽器からのものだった。しかもそれは、ミネルヴァの丘の上で点火されたときだった。その火を私が目にしたことはついぞなかったのだが。

彼女には、翌朝に初めて再会することになろう。彼女が玄関から出たばかりの所で。サン・ピエトロ教会のほうへ二、三歩ばかりの所で。彼女の首にある深い切り傷は、まるで首飾りをしてるみたいだった。

その夜、私は都《まち》に入ろうとしないで、少し南方で海に切り立っている崖にずっと止まり続けた。そして、かすかにきらめく彼方の火に興味をそそられた。しかも、トルコ人がカマンチェと呼んでいるあの楽器の音が近くで聴き取れたのだ。はなはだ緩慢な音楽だった。あの静かな夜の波のピシャっという音よりも緩慢だった。

いまだ生きるのに残されていた日々に、私はこのトルバドゥールの楽器を幾度となく聴いたものだった。それは馬の尾の毛で飾られた丸い木製の弓で奏でられるのだった。

私はかの外国人の女がこのカマンチェの音楽を聴いたことを知っている。夜によってはそれは聴こえるものなのだ。海が静かな夜には。そして、翌朝でもそれは低い振動みたいに耳に焼きついたままずっと響き続けることになる。

VI

この都《まち》からオルテ農園に通じる古道が一本ある。そこから、歩き続けるとイタリアの東端カーポ・ドートラント（Capo d'Otranto）に到達する。都《まち》の南方のカルストの小丘のこの先端では、絶壁が高く聳えており、海へけわしく傾斜している。サン・ニコラを出てオルテ湾に至る切り立った海岸を私に見せるために、コジミーノはボートで連れ出そうとした。海上から蛇の塔（torre del Serpente）を私に見せたがった。「足で立っているみたいだ、と儂はいつも不思議に思うんだよ」と、彼。その塔は鋭利な刃みたいだった。三十メートルの高さの塔のうち、残っているのは半分だけである。コジミーノによると、アフメド・パシャのトルコ部隊が接近してくるのが初めて目撃されたのも、この塔からだったらしい。見事な作り話なのであって、この塔はやっと一四八〇年以降になってから建てられたものなのだ。スペイン人が十六世紀末にそれを建てようと欲したのだ。とにかく蛇の塔はほかのすべてのものよりも古いのだが、それがいつの時代に溯るのかは分かっていないのだ。伝承によると、蛇の塔と呼ばれているわけは、一匹の蛇が毎晩塔の外壁をよじ登り、灯《あかり》のついている窓から頭を入り込ませ、油をすべて飲み込んだからだ、という。別の伝承によると、この塔はローマ時代に溯り、ヒュンドルントゥムの旧い灯台（faro Hydruntum）だったのであり、この都《まち》は当時三万の住民を擁

し、百の塔で要塞化されていたらしい。都《まち》の紋章でも、塔に巻きつく蛇が形取られている。この塔の一部は、落雷により引き裂かれたのだった。この塔を北側か東側から眺めると、無傷に見えるが、南側からだと、廃墟だと分かる。どんな風雨や嵐にも耐えてきたとはいえ、いつかは瓦壊するであろう。海上からは誰でも強く印象づける。土地の人びとはこの奇跡《ククリッツオ》を見るために、入江、湾にまでよくやって来る。そして蛇とは、イドロ川——蛇行して都《まち》まで向かい、そこをマラリアに感染させて毒する川——にほかならない、という人もいる。

「都《まち》からオルテ農園に通じる旧街道がある。そこからさらに歩を進めると、塔に行き着く」とアフメドは私に教えてくれた。「トルコ人の猛威を免れることに成功した少数の者たちは、そこから脱出したらしい。この街道でときたま見たこともない人びとに出くわすことがあるが、話しかけても彼らは何も語ってはくれぬ。どうやら、あの断崖の上からは火がよく見えるらしいが、だからといって背を海にして都《まち》のほうを眺めるという勇気のある者はひとりもいない」。あの朝、小雨模様で樹木の幹が黒ずみ、すべてのものを灰色に陰らせていた朝、私は都《まち》を出てこの街道に向かった。数キロメートルの長いさびれたこの街道は、人の住まぬ自然のままの地帯に通じている。私はゆっくりと歩きながら、海の方向に進み、時折ミネルヴァの丘に目をやった。この街道からなら、私の母みたいに自分も姿を消せるのでは、と思った。誰かが私を誘拐して連れ去ってくれるのを想像したり、願ったりした。アフメドが話してくれたあの黙りこくった、引っ込み思案な人びとに出くわすことを期待していた。そのうちに、私は塔に到達した。海は荒れており、私はへりの先にまで進み、深呼吸した。母のことをなおも思ってみた（母のことを医者に伏せてはおけなかった。医者は私を見つめていて了解したようだったし、最後に了解してしまったらしかった)。母は海に飲み込まれて消え失せたのか、それとも誰かが母を私たちみんなから連れ去ったのか、と自問してみた。私は考えた、私が疑いと不信をもっていつも眺めてきたあの冷たい海が、ある瞬間から恐ろしい秘密を隠している怖い怪物、私たちの悲劇の造り主とは言わぬまでも、消失の共犯者、私たちの生活を色褪せさせ、私たちの影をより薄くさせ、私たちの光をより弱めてしまった不在の共犯者の海と化してしまったのだ、と。私の父は画布に色づけするやり方さえ変えたし、それらの色はますます薄くなってしまった。空はよりソフトになり、雲はより湿っぽく、漠然となり、淡紅色はより軽くなったのだった。「儂はもうカラヴァッジョを模写することはできまいなあ」と、父は私に目をやることもなくつぶやいた。父がもう色を混ぜ合わせられなくなり、その目は、光を通させることも、画布に呼吸させることもしない、それらの不透明な層で世界をいっぱいにすることにもはや成功しないかのような印象を、私が受けたこともしばしばあった。父の描く海は背景の中に、水平線に、さながら十三世紀のゴシック画家のぼかしみたいに消え失せていた。そして油絵を放棄できなかったときには、初めの強烈な光を消滅させせやすい水彩画のような、それを採用したのだった。

自分の幼児時代の記憶にも似た、薄暗い異常な日に、今私はこの海を眺めながら、あの色彩、同じ軽い照り返しを探し求めたのだった。ここ、もうオリエントに近い南部では、海がより軽やかで無重力になり、灰色がより漠然となり、青空が地元では想像だにできないような透明感を有するように、私には思われた。ここでは海に呑み込まれはしないで、ただゆっくりと連れ去られるだけなのだ。でも親切なネプチューンに支配されるこの海のことを私が話題にすると、漁師たち――父から子へと子々孫々に至るまで嵐や暴風雨の話を伝承しており、波がぶつかって岩礁が揺れ動くのを見たと称している――は、笑い飛ばすのだった。私は海や、蛇の塔を見て、北海よりもここのサレントの海の色に似ていた、私の父の色彩のことを考えた。さながら母の消失の後で、母を取り戻そうと父が探したかのように、さながら母が北海へ通じているチューリップ畑の間のオランダの街道で姿を消したのではなく、ただずっと歩き続けていてとうとうここまで到達しただけであるかのような気がした。そして、母が海の上のこの断崖に到達すると、運命と未来を看破し、謎が解け、夜のとばりのおりるときに、すべてを彫刻みたいに見せる、これらねじ曲がった幹をもつオリーヴの木の国から出奔したかのような気がした。その際、母はきっとあのジョヴァンニ・レオンダリオのことや、まさにここを通り過ぎて、地中海、さらにはスペインにまで到達するはずの船のことも考えたのであろう。自ら生贄になる恐怖に陥り、あるいはあまりに見聞しすぎたりしたために逃亡したあのレオンダリオ――二度と後戻りはできず、今や彼を脅かしていた南方の太陽から逃亡しつつあった男――のことを。それはおそらく暗示力のせいだったのだろうが、しかし私が都《まち》のすぐ背後に迫りつつある雷雨の最初の閃光を見たとき、座って嵐が止むのを待つために、回答の時機が訪れるかのごとくに、空や海に尋ねる必要のあることを悟ったのだった。私はそれにには成功しなかったし、空は黒くなり、かつて人が想像できた以上に黒くなったし、海はますます泡立ってきたし、波の怒号は鳴り止まぬ雷鳴みたいに耳をつんざき、すべてが逆立ちしているかに見えるのだった。空は海の色を呈していたし、海上のあちこちでは思いがけない白みがかった光を見せていた。それから目を塔に向けると、それはもう灰色ではなく、白く見えた。私がよく識っていた絵の上で、父の鉛白が細部の色を変えたみたいに、白く見えたのだ。すると突然、その蛇の塔が私には大理石に見えた。私はそれを見て怯えながら、二歩後退した。ますます近づいているように見えた海の上三十メートルの所、空と海との間の無防備な場所に居ながら、私は雷鳴を聞き、ちょうどミネルヴァの丘に落ちたと思われる稲妻を目撃していた。私は怖くなり、都《まち》のほうを見やると、そこから見える大聖堂の雪白の正面部分を除き、すっかり黒くなってしまっていた。大聖堂の正面玄関は白かったし、塔も白かった。そのときふと、私は自分のほうに急いでやって来るひとりの男を遠方に見たような気がした。猫背ながら、敏捷な人物のようだった。私はかつてアフメドが、この通りでは珍しい人びとに出くわすかもしれぬと言っていたことを思い出した。言われているように、この荒涼たる土地に住みつき、見張っている人たちのひとりにとうとう出くわすのかと思われた。その見知らぬ人が近づいたとき、私は一言も発することができず、ましてや助けを求めることはできないような気がした。そのとき、通りから聞き覚えのある声が聞こえてきた。それは修理造船所の労働者のひとり、ブリツィオだった。彼は私の名前を呼んで、気づかさせ、私のほうに向かって駆けて来た。例の猫背男が立ち止まって振り向いた。すると、一瞬さながら彼がこの動きですべてのものを――私の視線も、労働者ブリツィオの走りをも――引き止めたかのようだった。だがそれはほんの瞬時のことであって、それから、私はその男が崖や海の方向に消えるのを目撃した。私は金髪の医者に、ブリツィオが親切にもウィンドブレーカーをかけて助けてくれた上に、彼の車で私を無事に連れ出してくれたことを語った。すると医者は、そんな場所で、そんな天候のときに、たった独りで何をしていたのかと私に訊いた。私は何も答えられなかった。「蛇の塔のことはご存知でしょう?」彼は私がたった独りで、徒歩でそこまでやって来たことを信じられなかった。「あなたは勇気がおありだ。この頃は海が人をさらうし、もし崖の上で遠くに顔を出したりすれば、二度と決して見つかりはしまい。かつてこんなことが起きたのを覚えています。外国からある夫人がやって来た。蛇の塔に立っているのが見えた。それからさらに岩壁まで歩いて行き、一番高くなっているカメローニの所に達した。それから姿を消して、二度と戻らなかったのです」。

夜も白む頃、あの見知らぬ女性が私の母だったことを金髪の医者に告げたとき、それは私にとって抵抗できぬ重荷からの解放みたいだった。ノルトウェイクへの道とオルテ湾への道が同じであるかのように、父の夢想した光と海から射し込むかに見えた現実の光とにより一緒になって、結果として、空が逆さまになったかと思われた。とうとう私は、母が道を逆行しながら消え失せたのだと信ずることができた。つまり、母は長旅の後でここに戻ったのであり、労働者ブリツィオも言っているように、土地の人びとがプンタ・ラ・パラシーアと呼んでいる、あの最先端に通じた岩礁で姿を消したのだ、と。また、私の母は或る日無の中にかき消えたんだ、と語ってくれたときの父がそのことを知っていたのだ、とさえ私には思われた。それは、私を塔にまで導いた日にも似た、薄暗い日のことだったのだ。北方のその日は逃げ道を与えず、裏面のない、灰色の日だったし、海はといえば、日によってはアスファルトかタールみたいで、どんなに軽い反射も放ちはしない色を保っていた。父はそれに付け加える術《すべ》を心得ており、それを生き生きさせたり透明にしたりする術《すべ》を心得ていたとはいえ、年を経るにつれて、父はますますそれを行うのだった。見たこともない光を追求しているかのように――旅をしたことがなく、家から出たことのなかった父が。ところが父に向かい、私が父は出発し、南部へ行き、想像もできなかったような色彩をした、砂漠や、山々や岩礁に深入りすべきよと言うと、父は家の一番の大窓の真下の部屋の奥の片隅を私に指し示すのだった。そこには想像しうるありとあらゆる絵の具で厚く層状に覆われた粗末なテーブルがあり、重いブーツで踏みつけられたみたいな、丸めたチューブや、乾燥した絵の具がこびりついて針毛が石になった絵筆や、あらゆる種類のパレット——木片、陶器の皿、小さなガラス板——が置かれていた。さらに、瓶や巻かれたままのカンヴァスもあった。私は目を閉じると、かすめる光に照らされたあのテーブルが瞼に浮かぶし、いつもそれが同じように思い浮かぶのである。不思議なことに、私の記憶の中ではきちんと記述できるようないつも雑然とした絵の具とともに、父はいつも同じままなのだ。実際には父は毎日変化していたのに。そして私は自問するのだ、無数のあの絵の具のテーブル——この全体を好んで絵の具の隅っこと呼んでいた——のいずれを自分は記憶してきたのか、またどうしてなのか、と。でも、今こんな質問を提起している時間はもうないし、残っているのはあの返事の記憶、つまり父があのテーブルを指さし、さながら光の錬金術師であるかのように、そして見もしないでいつもそれがどこにあるかを知っているかのように、肩をすくめたときの記憶だけである。また砂漠の光も。オートラントの光——といっても、これは光なぞではなくて、絶えず変転してゆく何か（濃色と軽色、青色と灰色、湿気と触感）なのだが——も。どう規定すべきなのか、もはや私には分からないし、そもそもどうして人がそんなことを要求できるのかも私には分からない。

ブリツィオが私の名前を呼ぶ前に、私のほうへ近づいてきたあの猫背のよそ者はいったい誰だったのか？　彼は年齢のせいか貧困のせいで腰が曲がっていたように見えたし、身につけていたのは、水夫の幅広い、古い破れたオーヴァーと彼をやや奇形に見せる帽子だった。それから、どうやって姿を消したのか？　私としては、ブリツィオもこの男を見たのではないかとは、金髪の医者に言えなかった。そのことをブリツィオに訊く勇気はなかったし、自分が幻覚を抱いたのかもしれぬことを彼に分からせたくもなかったのである。

「それとも天啓だったのかも」とアフメドはコメントしながら、私をじっと注視した。「あんたも知ってのように、あの道では妙な出会いをしかねないんだよ。暗示とか、幻想が招く出会いをね。あそこに立っている塔にしても、奇跡によるみたいだし、ただ人びとを怯じ気させるためだけにあるのだ。都《まち》のシンボルになっているし、たぶん都《まち》の紋章にも見られるだろうよ。でも、本物のシンボルなんだ。半分は実在し、目に見え、存在しているし、もう半分は不可視の、幻影なんだ。蛇に関しては、もう飲める油は存在しない。ヴェッリ、思い出しなさい、あのガラティーナ出身の老人があんたに言ったことを。あんたが儂に語ったところでは、あの老人が油の瓶をあんたの所に持参して、壊さないように言ったんだったね。いいかい、トルコ人は八月十二日にオートラントに侵入したとき、油の樽を全部破壊して、都《まち》の急傾斜の街路に垂れ流させたんだ。蛇はもうそこには居ないし、半分の塔でしかなくなっていて、半ば幻影だし、誰にももはや灯台の役を果たしてはいないんだよ」。

私はノルトウェイクの灯台が砂丘の下の砂浜に立っていることを考えていた。何回も、裸足で砂丘を超えて灯台に行ったことを。また、あの灯台がいかに無用の奇跡に見えたかということも。それは遠くからでも、とりわけ、規則的にちらちら輝く光が水夫たちに合図していた日々には、一目でそれと分かった。そのほかはいたるところ一面に霧で覆われており、海は薄暗かった。私はその灯台を、何も見ないで、素知らぬ顔の歩哨みたいにじっと立ちつくす巨人のようだと思った。濃霧の夜とか、午後急に夕焼けになり、冷たい風とともに砂丘の尾根を洗い空を引き裂くと、黄色い光線が乳白色になりながら、霧を突き通すことしかできないのだ。私はかつて見かけたか、ただ想像しただけの、すべての灯台のことを考えた。私はもっと別の海を想像できるかのように、海の中を探りながら見つめている母のことを思った。母はそれをここの海――透明で軽い――に変えられるかのような気がしたのだった。私はまさしくノルトウェイク灯台の近くで、最後に母を見かけたように思った。二つの海が合流する線上にある、サレンティノ半島の先端の、サンタ・マリーア・ディ・レウカ岬の灯台のことを思った。巨大で非現実的な、奇跡中の奇跡、アレクサンドリアの灯台のことを。私はこれまで見てきたすべての灯台や、油がゆっくりと燃えていたあの蛇の塔のことを考えた。そこの光は僅かな船や僅かな水夫たちに、どこから接岸できるかを指示するかすかな炎でしかなかったのだ。しかも、これらは光を束ねる巨大レンズやサーチライトを備えた灯台では決してなかった。それらは言わば、空中に高く漂うのが見られる炎だったのだ。なにしろ夜間に炎が燃えていた塔が暗闇の中に消えてしまえば、これらの湾や入江は闇に覆われたに違いなかったからだ。また、何かがきらめいていたあの奥に陸地のあることに気づかなかったとしたなら、人は夜陰に漂うこの炎を蜃気楼か、幻影か、海の奇跡とでも信じたかもしれない。ギリシャ、さらにはより北方のアルバニアから航海して来た者にとって、このサレンティーノ半島は予想外にはやめに見えたにちがいない。コンスタンティノープルを出発してサロニカに向かい、そこから陸路ドゥレス（当時はドゥラッツォと呼ばれていた）に到達する途上の、西洋への船着き場だったのだ。そこからはほんの一日で乗り越えられる海原にすぎなかったのだが、しかし夜の、しかも悪天候では、それが無限に続いたかもしれなかったし、そういうときのその炎は空中に漂うように見えたばかりか、到達不能のようにさえ見えたことであろう。この船着き場からノルマン人たちは出発し、小アジアのアンティオキアに到達しようとしたのだった。その時分には、大聖堂のモザイクがすでに旅人たちを驚かせたり、ありとあらゆる異言語で世界の歴史物語を語っていた（これらは司祭パンタレオーネの忍耐強い仕事やモザイク細工の石の小片に寄せ集められた）。その船着き場からは、テンプル騎士団員たち、冒険家たち、海賊たちや暗殺者たちが出発したのであり、そこには錬金術師たちや魔法使いたちも痕跡を残したのだった。そしてこれらの痕跡はサン・ニコラ僧院にも尾を引いており、ここでは細密画で埋まった写本や、ギリシャ・ラテンの手稿の細部にまでその痕跡が残っている。またカゾーレではほとんどすべての修道士がギリシャ語を知っていたし、ある者はアラビア語さえ読めたと言われている。トルコ人がこの知の殿堂へ、ちょうどパンタレオーネが毎日二回――早朝と夕方――大聖堂でモザイクの修復をするために通ったのと同じ道を経て到達したとき、（私に言わせれば）トルコ人がカゾーレに到達したとき、すべてのものが破壊されたのだった――教会も、僧院も、そこで筆写されたり研究されたりしていた多くの写本も。今日まで残っているのは、数本の支柱、教会正面玄関の破片、今でも農具だけ収容している若干の納屋のみだ。

私は春と秋に、道路がまだ太陽で熱せられず、光や埃で覆われないときに、カゾーレによく出向いた。この同じ道からトルコ人はやって来たのであり、パンタオーネもここを通ったし、きっとほかの多くの人びとも通ったことであろう。私がこの場所に近づくたびに、犬――ドイツの牧羊犬、番犬、田舎育ちの雑種犬――の吠え声が聞こえてくる。僧院の残骸は今では農場の一部になっており、これら残骸の下には今なお多くの宝があると言われるが、私はそんな話を信じたくはない。破壊された財宝の背後には伝説がひそんでおり、それはより秘かな場所にこの財宝を再構しようとしているし、不可解などの古い化学式にも、金を精錬するための解決策が存在する。私の出身地では、敵の船から、化学式なしで金が奪われたのだ。私は自分が育った風景のことを思わずにはおれない。そこでは残骸は見られないし、道路が埃を巻き上げはしないし、いかなる秘密も存在しないようであり、すべてが白日の下にさらけ出されており、漆黒の影、明暗法、著しい対照法には無関心な、乳白色の輝きの庇護下にある。

　逆に、私は労働者ブリツィオが都《まち》へ車を運転してやって来るときの言葉を、まるで録音テープみたいに、何度もはっきり聞いている。心配げな、それから困惑した、最後には暴露的で詮索するような言葉を。ブリツィオの口癖、よく〝シニョーラ〟を挿んだ、私への話し掛け方が。しかも、それはこの地方に特有の、〝あんた〟から〝きみ〟へと転移するのだ。「シニョーラ、きっとあんたを驚かしたかもね。ご免なさい、でもこれはこの地方の話なんです。ここではほとんどみんなが知っているんです。きっと本当ではないでしょう。むしろ、誰ももう戻ったのを見かけない他国の女の話を儂は耳にしたんです。儂もその女を見たことはなかった。誰だか分からないし、もう何年も経ってからだが、その女性が塔に通じている道で姿を消したらしい。どうも、彼女はそれからしばらくして舞い戻り、自分の品物を持って、旅立ったらしい。でもあんたにいわなくちゃならないのだが、シニョーラ、警官たちが尋問したんだ――なぜすべてのものを、都《まち》の新地区の小さい家をも、そのままに放置したのか、と。言われているところでは、何も欠けてはいなかったし、ベッドの上には開いたままの本もあったし、台所のテーブルの上には朝食の、まだミルクで汚れたままのコーヒー茶碗もあった。まるですぐにも戻ってきそうだった。シニョーラ、なぜこんな話をきみにしているのか、俺にも分からんのだ。うまくいえないけど。こんなこと深く考えたことなぞなかったんだ。俺は当時まだ少年だったし、当時の女たちは彼女みたいな服装をしていなかった。彼女はときどき裸同然だったし、丸見えだったんだ。だから、俺たちは彼女の後を自転車で追いかけもしたんだ。ひたすら彼女を眺めようとしてね。彼女が家から出てくるのを待ったりもした。彼女が姿を消したとき、ひどく気にはなったが、当時はここにやって来るツーリストなぞはいなかった。ある日ひょっこり舞い戻ったんだが、どこから来たのかは分からない。でも、俺たちはそんなこと信じたくもなかった。それから、俺の馴染みの少年の話では、彼女の家に行ったらしい。窓から声をかけられて、招待されたらしいんだ。でも、誰も彼の話を信じなかった。数日後に、警官たちが彼女の家に入った。俺たちは、彼女が病気になり、助けを求められなかったのではないかと思ったんだ。俺たちの期待したのはこんなことだった。それから後で、何も見つからなかったとき、あの通りで一度彼女を見かけたらしいのだが、それっきりだった。きっと海で溺死したんだろう。シニョーラ、俺には分からないんだ。ここじゃどんな話でも吹聴されているんだ。俺はそんなものは好まん。安心できなくなるからね。今日日《きょうび》はどうか？　車を運転していて、ほら、こんな嵐の日に独りぼっちのきみに出くわしたんだ。きみがそんなのではないと思っているし、俺たちがきの頃から垣間見たり追いかけたりしてきたあの他国女のようにきみが見えるのは、遠目からだと思っている。そんなのは関係ないと思うし、ここの俺たちには、どの他国女でもいつも少々似かよっているように見えるのさ。でもシニョーラ、俺の言い方はきっと上品じゃないな。

つまり、すっかり混乱しているってことさ。さてシニョーラ、あんたにはいったい何が気がかりなのかね？　むろん、お分かりのとおり、当時はそこで俺も誰かほかの人に出くわしたような気がしたのだ。たぶん暗示だったのかも。シニョーラ、きみが今日みたいな日中に、たった独りであの塔の傍にいたなんて、とても信じられなかったろう。ワイパーを見てごらん、何も見えやしない。俺がやって来るのをきみが見たとき、そこにいたのは駆けている黒い姿だった。いやいや、こんなのは俺の古い妄想さ。ここじゃ妄想がありふれているって、みんなはこんなふうな言い方をよくするんだ。みんなが言うには、ブリツィオにとり憑《つ》かれるんじゃない、ブリツィオは妄想なんだって。妄想にとり憑《つ》かれると気狂いになりかねないって。俺の妄想はここの道を徘徊することさ。特別な理由もなくそうやっているだけだ。車に乗り、ゆっくり出かけ、いたる所を眺めるのさ。シニョーラ、俺が何を探しているのか、とあんたは尋ねるだろうね。言っておくが、俺も自分で分からないんだ。天気が良いときには立ちどまって、水平線を眺めるんだ。でも、今日は少々荒れ気味だ。ここにきみを置き去りにしたら困るかい？　この時間じゃ、俺は車で歴史地区に入ることはできぬ。後で大聖堂に行くよ。チャオ、シニョーラ」。

エチオピア王ケフェウスとカシオペアとの娘アンドロメダが、ある断崖に鎖でつながれた。彼女の父が祖国の岸を荒らす海の恐ろしい怪物に娘を生贄に供しようとしたのだ。ところがペルセウスがアンドロメダに出くわし、鎖につながれているのを見て、怪物を殺し、アンドロメダを妻にした。海の怪物の名はケトゥスで、鯨だった。ケトゥスはまた星座でもある。アンドロメダ星座やカシオペア座のように。彼らは秋の空にみられるし、水夫たちは彼らのことを知っている。

ある若い漁師があの夜アンドロメダ星座がこれまで見なれている以上に輝いた、と私に語ってくれたのは、秋のことだった。良い徴だ、とのことだった。私は鯨座のことを尋ねた。それからペルセウス座のことも。私はペルセウスみたいではなかったし、叫びながら海からやって来たあの怪物から彼女を救い出すことはできなかった。

あの秋空の下で、私は都《まち》の全員が私たちの息子であると知っている、あの若者のことを考えた。彼は頭を石の上に乗せて神に祈ることはしなかった。

彼が両手を縛られたまま、コンスタンティノープル行きの船のデッキに乗るところが見受けられた。彼はまるで予言者みたいに空を眺めていたとのことだった。でも、どんな大先生でもそんな予言をしたりはしなかったろう。

Ⅶ

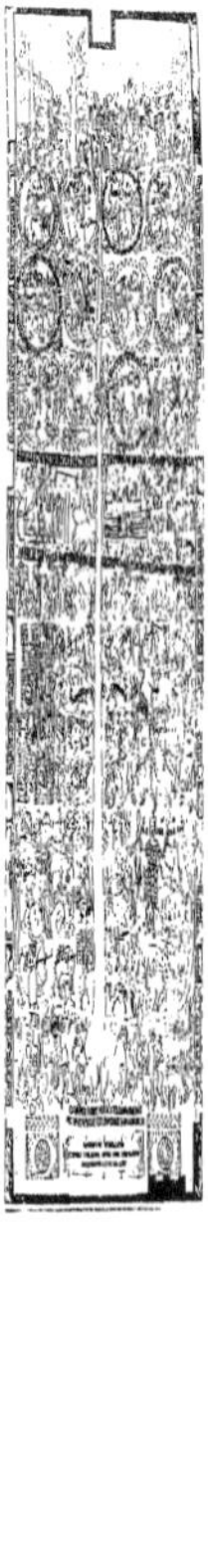

私には父の自転車のペダルの踏み方が気に入っていた。しかも父は自転車に乗るとき寡黙だった。チェーンの軽いガチャガチャ音しか聞こえなかったし、それは私が幼女のとき買ってもらった紙の風車の音に似ていた。父は私の傍でペダルを踏み、私がうまくやれたためしのないようなリズムをその動きにどうやって与えることができるのか、と不思議だった。完璧で、静かで、安心させるものだったのだ。稀に上りにさしかかっても父は努力の素振りを見せなかったし、スピードを出そうとはしなかったし、まるで勤勉なモーターが二輪を動かしているかのようだった。ところが、私は何度も繰り返して前進したのである。私たちが並んでペダルをこぐと決まって私は初めは父を追い越すのだが、後では遅れたし、父が軽い声調でゆっくりと発音する言葉の多くをしばしば私は聞き落としてしまうのだった。たとえば、私が母みたいだ、と父はこんなことを言うのだった。「ママはきちんと自転車を操ることが全然できなかったんだ。いつもだしぬけだったり、熱がこもりすぎていたり、優柔不断だったりだった。しまいにはブレーキを使いすぎて、ママの自転車はいつも長く修理に回さなければならなかった。でもママはことをせいたりは決してしなくて、徒歩で行くのだった。バレリーナが履くような平たい靴を好んで履いていたのだが、こんな靴ではオランダは寒すぎたし、それによく雨降

りときている。オランダの女性はとりわけ冬には、こんな靴を履きはしない。それなのにママはいつもそれを履いていたし、できれば裸足で街路を歩きたかったんだろう。ときたまママがそうしなかったことを、私は誓うことができまい。父と私はそんなことはしなくて、いつも自転車に乗って行くことにしていた。できるだけ、傍に並びながら。

また或る日のこと、燈台まで行こうとノルトウェイクへの街路を二人がたどっていたとき、私はできるだけ父の傍にいようと骨折った。父の言うことを聞き取るためばかりか、恐怖もあったのだ。私はその道が怖かった。私の祖父ジョヴァンニがやって来たのも、私の父が姿を消す前に通り過ぎたのも、この道からだった。私自身もイタリアへ旅立つ前に、もう一度そこに戻ったのだった。この街路はチューリップ通りと呼ばれている。ツーリストはそこをよく訪れるのだが、海まで行く者は少ない。その多くは茫然として道端に立ち止まり、あまりの印象的な対照に目をみはる。灰色の雲と跳ね橋。空がくすんでいたり、白かったりしていて、それぞれの四季に、家並みの色とよく釣り合う、茶の色調を保ち続けている。オランダではチューリップは花としてばかりか、背景としても好かれている。黄、青、赤、黒までもが強烈な点描として。黒と言っても、灰色ぬきの黒、強く陽気に輝く黒だ。この通りを自転車で走り、これらの色彩に目をまんぞくさせることを人びとは好んでいるのだ。こういう背景のほかにあるのは、茶色、灰色、すべてを包み込み、すべての思いを支配し、すべてを消し去る、ミルクの白色だけだからだ。

父の先祖はみなオランダ北部の、ヒンデルオーペン・アム・アイセルメーアというフリースランドの小都市の出だった。父の風景画は私のよりも薄暗かったし、家並みももっと暗かった。でもヒンデルオーペンでは家具は目立つように描かれており、人びとはこの燃えるような真紅と草色に描かれた家具を見ようと、遠くからもやって来る。これらの家具は長い航海中の期間に、こういう仕事で時間を過ごす水夫によって彫られたり描かれたりしたものなのだ。ヒンデルオーペンから水夫たちはオランダのほかの地区からの水夫よりもはるかに遠くへと、いつも商船とともに遠くへ遠くへと出発した。彼らはインドや中国までも行って、極東の色彩を脳裡に刻んで帰還した。妻たちのためには、ほかでは見受けられないような衣服を持ち帰った。けばけばしく、燃えるような、びっくりさせる色の衣服を。アイセル湖の濃い灰色とほとんど区別がつかぬ空の下では、カラフルな斑点をなしていた。

父は自由時間に〝素晴らしい〟家具を彫ったり描いたりした水夫と、けばけばしい服を着た妻との間の息子として、この地に生まれた。

「儂はきれいに磨かれた木の中で、薄暗い緑色がいかに輝きうるかを学んだんだ。家具の上にはニスみたいに赤色を置くのを学んだんだ」と、父は修養時代に色彩を学んだことを誇らしげに私に語るのだった。祖父はしばしば数カ月出掛けていたし、戻ってくると極東の幻想的な話を語って聞かせるのだった。「儂が五歳のとき、父はたった一日のうちに空がどれほど千変万化しうるかを語ってくれたんだ。それで儂は画家になり、すべての色調を含むような絵の具箱を見つけることを夢想したんだ。一度、父に極東から絵の具を持って帰るよう頼んだりもした。きっとあそこには、私たちのところとは別のパレットがあるものと私は確信していた。でも私はもうかなり年とっていたし、可能な場合には、父が家具を描くためにも、壁を塗るためにも使用していた古い絵筆をとり上げて、それを私のカンヴァスに適した小さ目の絵筆に作り直したのだった。酷使されてきた古い大きな絵筆はとても脆弱な毛になっていた。当時の私にはこれよりましなものがなかったのである。

私は祖父を見かけたことがない。祖父はありとあらゆる種類の船で夥しい航海をし、海に面したごく小さな窓の小っぽけな工房で何カ月もずっと過ごした後で、自分の家で亡くなった。私は祖父が亡くなったときまだ生まれていなかったし、祖父が死にかけていたとき父は数日間だけ幼年時代の家に戻ってきていたのである。祖父は父とは反対に、大柄な、太った巨人だった。父は華奢で、ほっそりと痩せていた。けれども祖父の没後すぐ、父が素描した絵――その後決して着手されることのなかった絵の習作――では、祖父は父に驚くほど似ていたし、その顔は大男のそれではもはやなくて、深く頬がこけ、薄暗く、目はどんよりしていた。私がその数枚を見つけたのは、帰路の切符なしで旅立つ前でほんの偶然のことだった。父も顔に同じ皺があり、たぶん目つきも同様だった。私は自分なりに考えた――光を夢みて生涯を過ごし、画布の上に記憶を移し換えることで、父はますますひっそりと生活することができたのだ、と。父の目はどんよりしているどころか、何も見逃さず、いかなるニュアンスも逸しないように懸命だった。それに、運命によって父が置かれた場所ではニュアンスはほんの稀にしか摑めなかったし、想像されるだけだったのだ。祖父は世界中を旅したのだが、父は生涯オランダを離れなかった。父の最長の旅は、自分自身に忠実な風景を通って、ヒンデロープからアムステルダムへのそれだった。祖父は想起することができたが、父はすべてのことを想像していた。光を想像する父の力は、言わば傍観者としてではなく主人公としての生涯を送ったのだということを、私を含めて、みんなに信じ込ませるという力量にも似ていた。実際には、私の母の目を通して見ただけの風景を本当に見聞したのだ、と。父が母と結婚したのも、母のうちに、裏返しの同じ狂気を見いだしたからだった。私の母はすべてのことを見たらしかった。そのことは母がいろいろの事物を眺めるやり方からも見てとれたのである。むしろ言い換えると、私が父に母のことを尋ねたとき、父が私にそう信じ込ませたがったのである。母が姿を消したことは私にとって、苦痛で恐ろしい謎となったのだが、それは同時にまた、私たちみんなの目に読み取れる、前もって定められた運命の不可避な結末でもあった。「お前の母さんはこの光に耐えられなかった。出来事が変えられることを我慢しなかった。人から将来を左右されるかもしれぬことが気にくわなかったんだ。母さんは儂の父、お前の祖父に似ていた。親父にとって、象眼された高価な家具は避難所だったんだ。それから、親父は何でも起きうる遠方の国々への航海に出掛けた。親父の生涯最悪の日は、わが国民の勤勉の奇跡、長さ二十九キロメートル、幅八十メートルの大堤防アワスルイトダイクが完成したときだった。それはアイセル湖から北海へ向かう通路を遮断した。儂らの住居の窓から見ると、それはすでに勝利した戦争――誰ももう続行しようとは考えない戦争――のための塹壕に見える。一九三二年の落成式のモットーは《生ける国民は未来を建設する》だった。それは盛大な祭典だったし、考えられぬ目標の達成だったし、建設は十三年も続いたのだ。親父はまだ少年だった。そのとき親父は決心したんだ――心を引き裂いたこの堤防の彼方の海に未来を探し求めようと、ね」。

こうして祖父は大洋を航海することになったのであり、それから、高波や海の怪獣や、海の恐怖を抱きながらも夜でさえ冒険を犯してしばしば戻ることのなかった、未来なき民のことを私の父に語ったのである。祖父はよく彫刻したり、その合間に家具に絵を描いたりしたし、しかも「目を凝らして集中していたから、親父は周囲を見回したくないのではとみんなには思われた。都《まち》の中であれ、郊外の田舎であれ、どの地点でも、いたる所から、ヒンデローペン周辺のどの道からでも見て取れる風景、海、堤防の眺めには、親父は我慢がならぬかのようだったんだ」。そのため、私の父は逃げ出したのであり、父の母は私の故郷にはたくさん見られるような女性だった。つまり、祖父が海の旅から戻って来るのを待ち続けたし、また戻って来ると、また旅に出掛けるのを辛抱強く待ち始めるのだった。だから祖母の生涯は夥しい穴だらけの待機そのものだった。祖父が帰宅すると、祖母は夫がまた海に出発することを望み、夫が海に出ていたときには、夫が帰還することだけを思ったのだ。やっと晩年になってから、この男に苦労しながら馴れざるを得なかったし、おそらく夫を正しく識ることは決してなかったのだということに気づいたのであろう。彼女の一人息子も、祖父で耐えがたかったこと――不在――を自分自身でも耐えられないかのように、別の（ただし遠くはない）風景を求めることが可能になるや否や、都《まち》を後にしてしまうのだ。ところが運命（アフメドに言わせれば、《事件》）は父に絶えざる不在に――私の母の不在にも――耐えるようにさせたのだった。この母の不在はきっと父にはもっと辛かったことだろう。父は航海したかったのではないが、しかしあの堤防の保護の盾の後ろに留まりたくもなかった。だから少しばかり南方の、風がほとんどいつも北西から冷たく吹きつけ、風景が月のそれみたいに見える地方――このあり得ざる天候にあえて抵抗するのは、砂丘とまばらな灌木だけで、砂丘と孤独な灯台以外には何もない――へと赴いたのだった。

私たちはノルトウェイクで自転車をとめ、父は私を満足そうに見つめた。その僅かな頭髪はもつれており、父に小柄な道化師の外観を与えていた。「とうとうお前もペタルの漕ぎ方を覚えたね」。でも、ペタルの漕ぎ方を覚えることは問題ではなかったし、そのことは二人とも分かっていた。一度私は父がひどく好んでいた奇妙な儀式——ゆったりした対話とその間の長い沈黙——を逃げずにいた。父と母が互いに何かを話し合わねばならず、しかも私から聞かれたくなかったとき、父母は自転車に乗り、運河沿いに離れて行くのだった。その日の父はまさしくあの道で、同じことを私にしたのであり、ママが常用していた自転車に私が乗るよう要求したのである。「ときどき妙な騒音を出しても、儂にはそれを抑えることができなかったんだ。チェーンがどこかきつくなったみたいな音がして、話し合っている間中、この乾いた、短い物音が儂らの話を遮ったものだった。お前の母さんがこの地方に生まれ育ちながら、ここの静寂、ここの真っすぐな道路、ここのゆったりと間延びしたあまりに合理的な運河を好まなかったことが思い出されてきたよ」。

ここオートラントには運河はないし、イドロ川は小川にすぎない。道路は直線ではない。自動車は霧ですべての区別がつかないからといって、午後早くからヘッドライトをつけたりはしない。オランダの運河は迷路の細道みたいになっており、抜け出せない。この迷路で疲れさせられてしまうのだが、その結果ますます出口を求めたくさせる。私の祖父にはもっとひどかったのであって、あの巨大な堤防の背後に彼の出口が見えたのである。ところが、これらの運河が祖父からあらゆる想像力を奪い、運命を、起き得たかもしれぬ何かを、破壊的ですらある荒波をも取り去ってしまったのだ。とどのつまり、オランダには水はありすぎるし、光は少なすぎるのだ。水は生命がないかのようだし、永劫の仕事を強いられた奴隷みたいだし、力と人格を奪われているかのようだ。北海だけ——ノルトウェイクの砂浜の、お化けみたいに白くて、風が打ちつける月みたいな風景だけ——は、異なったやり方ではあるが、海が何でありうるかを想起させてくれる。灯台は往々にしてすっかりは見えないし、濃い浅瀬の霧や、砂浜の形をも一変させる、巻き上がった砂で覆われてしまう。まるで盲目の灯台みたいになり、これが虚空に宙吊りに揺れている光を見ることができるのは航海者だけということになる。

ノルトウェイク浜では、海は別のものであって、冷たいし、いつも暗い。この白い浜に取りつく島もないし、それは本物とは思われないほど白いし、どこか人の知らぬ所からきたのか、遠い海から運ばれてきたのかと思われるかもしれない。父の語るところでは、生涯この海で泳いだことはなかったという。私は少女の時分、夏にそこにやって来た。だが八月でも冷たかったし、とてもそれに慣れることはできなかった。だから私はそれを遠い海と呼んでいる。人はこの海に迷い込むことはできないし、そこから逃げ出してよそを探すことになるであろう。

ところが、私の母は灯台の下のこの海に姿を消したのだ。母が砂浜に居るのを見た人はいないのだが、私には母がそこに居たのが分かっている。母は独りぼっちでよく灯台に出掛けたし、私は見つからないようにと、遠くからこっそり追いかけたからだ。でも私は母を見失うのではないかと心配した。母の自転車は躊躇なくさっと走ったからだ。まるであり得ざる密会のために、指図された道をたどっていくみたいだった。ある日、私は母を追跡して、後でそのことを父に告白しに行くと、父は好意と好奇心の入り混じった態度で私を見つめるのだった。私は自転車を砂丘の背後に置き、しばらく隠れて母を見守ることにした。どんな力、どんな必要があって母を灯台にまで駆り立てたのか、母の沈黙には何が隠されているのかをこうして摑みたかったのである。母は二重人格的な生活を送っていると、私には思われたのだ。父が描きながら私に語っていたあの絵の一つを、私が前にしたときのようだったのだ。母は灯台の下にじっと静止したまま、髪の毛は風に吹かれながら座っており、頭上の雲はごく微弱な陽光も射し込ませなかった。見ると、母は裸足で、肩と上半身を覆うショールに包まれていた。でもとりわけ目についたのは、母が水平線に視線を落としているとき、茫然と物思いに沈んでいたことだった。数時間が、実際に数時間が経過した。そして暗くなり始め、自分のことも母のことも心配になった。母の所に駆けつけるべきか、それともひとりだけでそこからこっそり立ち去って帰路につくべきか迷っているうちに、空はますます暗くなった。四方八方手詰まりのまま、じっと硬くなって動かずにいた。それから私の内で何かを克服することに成功した——引っ込み思案、恥、思慮分別を。それとも、母を灯台にまで尾行してきたという罪悪感を。母はだしぬけに立ち上がり、躊躇なく、ほとんど無作法に、どうしてこんな砂浜にやって来たのかと訊かれたかのように、自転車を摑み、砂の上を数歩運んでから、さっと私の傍を通り過ぎてしまった。母が私の傍を走り去るのを目にした人だけは、母がいかに周囲のことを一切見ないでおれたかということを理解できよう。ほんの数メートル離れた所にいた私の傍を母が走り去ったとき、私は隠れているべきではなかったかもしれない。母の目はうつろにさまよっていたし、その自転車までもがどこへ行くともなく静かなように思われた。

私はいくどかその砂浜に出掛けた（その日のことは父に語った）し、そのほかにもそこへ出掛けたし、いつも同じ光景を目撃した。母はじっと動かずに、灯台の下に座っていた。靴は傍に置き、自転車は灯台の下にもたせかけていた。風が吹いていた——ほとんどいつもそうだった——ときには、ショールで首を保護していた。そしていつでも、奇妙な麻痺状態から目覚めたかに見える瞬間が訪れるのだった。すると、母は私に目を止めることもなく、さっと立ち去るのだった。それでとうとう私はもう隠れることをしなくなっていた。そして最後に母の後をつけたとき、とうとう、いくらか離れているとはいえ、よく見るために私は砂浜の上にさえ座ったのだ。この瞬間には母にとって私は存在しないようなものだということを確信していたからだ。私にとり遺憾だったのは、自転車が砂浜に放置され、靴が赤いショール（オートラントでは北風が吹きつけるとき私も時折身につけている）とともに見つかったあの日に、母の尾行をしなかったことである。父はノルトウェイクまで徒歩でやって来て、ママの自転車に乗ることなく、手で引きながら家に持ち帰った。ずっと時間をかけて、家に着いたときにはもう夜だった。父には考える時間が必要だったし、それに急いでもいなかったのだ。父が言うには、その日からもう急ぐ理由がなくなった、とのことだった。私はそこに居合わせなかったけれども、その日に起きたことを正確に言えるかもしれない。母がどのようにして自転車から降り、最初にどの靴を――つまり左の靴を――脱いだかということを見たままに、正確に私は語ることさえできるのだ。また、母が顎と口を覆うためにショールの巻きつけ方を知っていたことや、母がそうする前に、必ず座り、裸足になり、水平線に視線を向けてから初めてできたのだということも。あの日、もう隠れないことに決意して、私はとうとう砂浜にまで出掛けて、母の前をいくども通り過ぎることさえやった。また母の前でお辞儀さえして、あの暗い海に小石を投げ込んだりした。この海は物事の記憶を呑み込むかのように思われたからだ。

警察の話では、母は溺死したらしい。でも死体は全然見つからなかったし、私にはそんなことはおかしいように思われるのだ。私は母のショールに身を覆うとき（海からも空からも振りかかる水しぶきから身を守るために、私は蛇の塔でもそうしたのだ）、母の香水の匂いがするように思われる。それはひょっとして石鹸にすぎなかったか、あるいは母が顔に塗っていたクリームだったかもしれないし、あるいはひょっとして、母が生涯で残してくれた唯一のものを私がここまで間違って持参したのかもしれない。私は父に、あの最期の午後のこと、私が海に投じた石のこと、あの瞬間私を見たように思われた母の視線のことを話してみた。するとその日に初めて、父が言ったところでは、ママは私がそこに来ているのを知っていたし、私が後ろをついてきたのに気づいていたらしい。その夜、母はそのことを父に語ったのだが、母は声を聞いたことを私のような少女に説明することはできなかった。母を呼んだり、母に話しかけたり、母にどこへ行くべきかを言ったり、それを母に命じたりした声を。母はどんな声だったかも分からなかったこと、しばしばその言葉が理解できず、どの地方に由来しているのかも分からなかったことを、私には言えなかった。それらの声から逃がれるために、母は海にまで走ったのだが、この苦痛はたいそう長く続いたのだった。金髪の医者が語ったところでは、母は周知の病気にかかっていた。金髪の医者の話では、母は精神分裂症だったらしい。父はこんな言い方を決してしなかったのだが。父はさもなくば逃亡してしまいはしないかと直観したとき、扉の外に母のために自転車が見つかるようにしておいたのだった。そして夕方、母が戻ったとき、母が何かから逃れようとする狂気、恐怖、焦りのために引き裂いてしまっていた靴を、父は修理したのだった。あの日、私のような風景を多年体験した者しか想像できぬ、あの単調さをもって運河が流れていたとき、あの日に父はメランコリーに似た感情（この言葉を父が発するのを私は聞いたことはなかったのだが）に襲われて、あらゆる記憶が黒ずみ、日常生活の光景やその色彩がレンブラントのそれみたいになったのだった――強烈だが、希望も、夢も、幻影もなく、薄暗く、濃く、厚く、甘受さえしてしまっていたのだ。

「ママは夜中に寝言を言ったんだ。日中にはもう思い出せなかった言葉で。幼い少女の時分から、ママはあの男の話でショックを受けてきたんだ。ママが言うには、それは運命の男であって、ママはその男の許に還らねばならないらしかった。ヴェッリ、これは妙な話なんだ。それにママの言葉はとても奇妙だった。お前はまだ少女だったから、理解できはしなかったし、儂としても分かりたくはなかった。儂は今でも分かりたくはない。こんなもの、もうどうしようもないことではあるのだが。」

私は母が夜中にサレンティーノ地方のギリシャ語方言を話すことを、金髪の医者に告げた。すると彼は私を落ち着いて見つめたが、ある種の不安を隠すことはできなかった。その目にその不安を読み取ったのである。同じ不安は、私があの日――ママが消え失せてしまった日――ママは見たところ、私に微笑しているようだったと話したときにも、父が浮かべたものだった。「いや違うよ、ヴェッリ」とため息まじりに言ったときの母の声が今なお聞こえてくる。私はとうとう恐れずに母に訊いたのだ――灯台にまで、海にまで行こうとしたのでしょう? と。あの日、私は母に訊いたのだった――一緒に行けないか、私を連れて行ってはもらえないかどうかを。すると、母がまるでそのときもう隠れることができず、いろいろ説明しなくてはならぬのを恐れてでもいるかのように、この質問に怯えたことを私は感じ取ったのである。こんなことは今考えてみると、もっと理解できるように思うのだが。

私は父との長い自転車での同行について金髪の医者に話した。それがどう終わったかということも。父は海に着くと、立ち止まり、私に急いで引き返すように要求したのだ。初めて私は父の両脚がまるでできるだけ早く逃げ出したいかのように、神経質そうにピクピク動いているのを見た。一日中、私たちは晩春だったのに、日光を目にしなかった。強烈な光は道路を横切る車のヘッドライトだけだった。翌日、私はイタリアへ出発することになっていた。長旅の後、オートラントに到着するはずだった。その晩、父がアトリエを絵筆もろとも整理するのを見た。なぜなのかは分からなかったのだが、出発するのは私ではなくて、父のほうだという予感がしたのだった。

父がいつ戻ったのかは分からなかった。船で連れられて来たことを私に告げた人はいなかった。違った見方をすれば、どうでもよいことなのだ。父がしばらく都《まち》に留まったこと、誰も聞いたことのない話をできたらしいことも、人は私に教えなかった。捕虜になった話、誰も読んだことのない書物の話を。

私が聞いたのは、父がスペイン行きの船に乗り込んだこと、遠方へ行くために、海に挑んだということだけだ。父は私のことや、私の不幸のことは尋ねなかった。父は母の霊のために祈ったのだった。スペインに到着してから、父はもう光に騙されないような場所を探し求めてさらに旅を続けた。こうしてとうとう父は海を超えて、月のように白い砂浜に、塩気で焦げたトランク、僅かな衣服、ベルトに結びつけた革財布とともに到達したのである。

ほかのことも私は知った。ライデンという都《まち》で父と一緒に取り引きしたという一旅行者から。彼は言った――ジョヴァンニは宝石のカットの仕方を学んだから、金持ちになった。

何年も経ってから、ある人がこのオートラント出身の他国者《よそ》と知り合いになった男のことを思い出した。そして、ライデンに使者を派遣した。あの八月十二日に何が起きたのかを知ろうとして。

Ⅷ

はるか昔の、曖昧な記憶であって、もしもあの金髪の医者がいなかったら、私はそんな話に溯ったりはしないであろう。彼はそれを私に強いるのだが、暴力を用いはしないし、彼にそんな力もありはすまい。彼は優しく、おとなしいし、多くのことを理解するのだが、奇跡を信じるような人物ではない。とにかく、私はずっとそう思ってきた。彼が言うには、私の気分がもっとよくなるようにしたいだけであり、私を薬を飲まずに眠らせられるかどうかを見たいのだとのこと。私もこの薬剤が熟睡させてくれるのを知っているし、だから、夢を見ないために服用しているのだ。こうして、薬剤の助けで、暗く空虚な夜な夜なを、話抜きで、悪夢なしで、素敵な夢も見ないで過ごしている。ところがそれから、昼間に夢を見ていることに私は気づいたのだ。夜からそれを追い払うと、白昼にやってくるようになったのだ——夏の熱に急に襲われると、しばしばテラスの影（そこからは海や後背地がすべて見渡せる）の中でうとうとさせられるのだ。目覚めるとびっくりする。なにしろ私が夢を見るのは、私の知っているものではないし、舞台は私が生活している場所ではないし、顔は馴染みがないからだ。これまで出会ったこともない顔や、見たこともない場所、どこに存在しうるかも全然分からぬ風景なのだ。私がいつも夢を見るのは、どの部屋も知り尽くした家だ。旧家であって、アーチ状の天井と小

窓が備わっており、壁は均斉が取れているが、上に向かって、だんだん狭まっているように見える。天井の中心からは鍛造された鉄製のシャンデリアがぶら下がっている。部屋は空だ。隅に火鉢があり、その前に二脚の椅子と細長い仕事机がある。壁は薄暗くて、白く塗られてはいないし、煉瓦の模様が見て取れる。冷たくて湿っぽく思われるし、戸外には海の音が聞こえるし、波の音が下から押し寄せてくるかのようだ――さながら岩壁か砦の上の家さながらだ。ところが小窓から見えるのは空だけである。イドルンティーノ（オートラント）の、青くて濁った空であって、濃い雲が熱風《シロッコ》で今にも一掃されようとしている。部屋の中には幼児――大きな幼児、たぶん少年――が居り、両手に何か輝いていて私をまごつかせるものを握っている。「ヴェッリ」と金髪の医者が私を呼ぶ、「幼児か、少年か？よく思い出して。これは同じじゃないんだから」。それが同じものでないことは分かっているのだが、私にはどうも正確に描写できない。夢の中では、私はいつも一方から入り込み、部屋を見回し、そしてそれが小さくて、本当に子供なのを見て取る。それからもっと近づき、そしてゆっくりと前進していると、まるで時間が一歩ごとに歩み去り、つい先ほど小さかった私の幼児が少年にまで成長している。彼は私に背を向けているのだが、それでも私を見ているようだ。私がそっと触れることができる前に、彼は振り向いて語りかけてきた。「ヴェッリ、待っていたんだ」。この瞬間、まるで波が静止できるかのように、海はもう聞こえなかった。

　金髪の医者が言うには、その夢は幻だとのことだったが、とにかく私にはそれが何を意味するのか分からなかった。私は茶化して彼に答えた、すると彼もとうとうこれらの幻を信じたのだった。でも金髪の医者は落ち着いてはいなくて、辛抱強く私に説明するのだった――心の幻は存在するものだし、それはしばしば真正のそれよりも危険なことがあるし、だから私は気にかけずにはおれない、と。それで私は何に注意すべきなのかを彼に尋ね続けた。私の人生の運命にか？　灯台へと駆けて行った私の母の声にか？　固有の世界になってしまった私の父の色にか？　それとも、大堤防を見ている船員たちを消え失せさせる荒波のことを考えた私の祖父にか？　私の金髪の医者にたいそうお気に入りの言葉を使えば、ここでは、あまりに伝説を信じる人びとをも荒波は消え失せさせる、とのことだった。

　悪魔たちが出現する決心をするあの正午の時間をその間に知った、とでも言ったのかしら？　私を誰も信じまいと分かっていながら、そんなことを本当に言ったのかしら？　こんな質問には答えようがない。私は金髪の医者にそうは言わなかった。私はアフメドに、そう彼にそのことを話したのだが、アフメドは冗談にして、取り決めに従ったりはしない。彼はイドルンティーノの住民の殺戮者アフメド・パシャみたいに、アフメドを自称しているのだが、オートラント市で彼を知る者は皆無なのだ。彼はまた、アラブ人だと言っているのだが、彼のオリーヴの褐色の肌色はサレントではよく見られるものである。彼が言うには、一四八〇年の出来事はすべて知っているし、また彼は不死なのだ――オートラントで殺害された男女や子供たちの魂が平安を見出すまで、不死へと呪われている――とのこと。アフメドはこんなことを自明のように言い、そしてそれから笑うのだ。なにしろ私が、彼を信じられぬこと、誰も彼を真に受けとめられぬことを先刻承知してるからだ。「ヴェッリ、きみはたとえそう望まなくとも、儂を信じることだ」と彼はいつも繰り返した。「モザイクがどうして出来上がったのかをきみに話せないのが残念だよ。儂はまだ居合わせなかったし、儂が生まれたのはやっと一四六四年か少し前にアルバニアの村においてなのだ。この村はもうずっと以前に消失したから、はたして存在したのかどうかも儂には疑わしいんだ。儂は二十歳になると、オートラントへのトルコの遠征隊に加わった。儂らは残酷で、ほかの誰よりも残酷であると言われてきた。殺戮の反響は嘘みたいに、屋根から屋根へと拡がった。そして、そこここでありとあらゆる恐怖を引き起こしたんだ。ことは重大だった。この殺戮のことは今日でも語り草になっておるし、五百年後もその話ははっきりとみんなの記憶に焼きつけられており、どんなに幼い者たちでも、一四八〇年八月十二日にこの城壁の間で何が起きたかを細部に至るまで知っているんだ。ヴェッリ、驚く理由はない。すべては本当なんだ。儂はそれを知っているんだよ」。

私たちが一緒に市街を散歩していても彼に挨拶をする者が一人もいない理由を、私は知りたくはなかった。アフメドを識っているのかどうかをこの金髪の医者に尋ねたところ、言い逃れしながらも、もちろんだよ、何回か会ったと答えた。でも、彼はその名前のことは知らなかった。また、都《まち》の多くの人たちも何回となく彼が要塞の上を散歩するのを見てきたが、彼は誰とも話をしなかった、とのことだった。よくカフェの前に何時間も座りながら、目を港から逸らさずにいたらしい。でも金髪の医者は好奇心を持ち、そして、なぜその男が私とだけ話し、何について私に話しているのかを知りたがった。私はそのことを喋ってもよいと思ったのだが、私を見つめる表情にはあまりにも不安な様子が見て取れた。だから私は何も答えなかったし、アフメドの話したことは何も言わなかった。この男が不死だと真剣に思われたのか？　彼が少なくとも五百年前に生きていた？　いや、私は彼がぺてん師だと疑ったことはついぞなかったし、オートラントの殉難者たちの骨や、不気味なものを弄べる男と疑ったりしたこともない。とにかくあの日、彼が私に語ったことは理解しかねたし、あるいは後で初めて理解できるようなことだった。彼は自分の罪のこと、彼が言うには、永久にあの城壁の間に彼を閉じ込めてきた、はなはだ強烈な記憶のことを私に語ったのである。

サン・ピエトロ小教会の後ろには小さい広場がある。そこの段の上にアフメドと私は座り、彼は私を覗き込んだ。あるときには、その目つきは絶望した男のそれに見えたし、あるときは——一度だけだったが——、まったく冗談を言っているようには見えず、私をまったく説き伏せようとはしたくないように見えた。

「この小さい広場にたどり着いたんだ。儂の衣服は剣や短剣と同じく血で汚れていた。儂は通り過ぎて、扉をこじ開け、やみくもに襲いかかったんだ。あの瞬間までに十、百、何人を殺したか数えきれない。襲う前に、あらん限りの大声で雄叫びを上げた。ぞっとさせるような、息を止めさせる鋭い叫び声が、儂らの到来を遠くから告げ知らせたんだ。ここの小広場はありとあらゆる汚物で穢されたし、踏みつぶされた果物やこぼれた油だらけだった。儂がここに着いたときは静まっており、叫び声は遠方からしか聞こえなかったし、まだ誰もやって来ない、忘れ去られた場所のようだった。儂は剣を手にしており、刀は陽光で輝いていた。振り返ると、誰かが滑るように通り過ぎるのが見えた。儂は向きを変え、襲いかかった。狙いを定めずに襲いかかった。こう言ってもよい——その人物を知ったのは、一撃でその人物の喉を突き刺した瞬間のことだった、と。ほんの一瞬のことであって、儂は叫ぶ間もなかったし、相手にもその間はなかったんだ。にらみ合っている間に、相手の体は崩れるように倒れた。それで儂は自分が何をしでかしているのかを自問さえしなかった。時間がなかったんだ。一瞬後に、儂はもう別の、戸口に通じた階段の上にいた。はっと気づくと、自分の仲間なのか、怖くなって逃げ出した市民なのか分からぬ群衆に押されていた。それからわしの記憶は遠のき、何人が倒れたのか知らないし、捕虜もはっきりした顔をしていなかった。抵抗することもなく、武器も持たず、おそらく儂らが感謝すべきかもしれぬような、生気のない人形だった。ところが実はそうじゃなかったんだ。儂らの刀は体の上や、家の石壁の上や、舗石の上に狂ったように切りつけたせいで鈍ってしまっていたんだ。儂が大聖堂の前に到着するまでに、すべてはすっかり静まり返っていた。そのとき儂が入り込んだのか、翌日になってのことだったのか、もう憶えてはいなんだ。憶えているのは、儂が剣を捨てたこと、そして顔も両手も髪の毛も衣服もいたるところ血まみれのまま、死人のように地面に横たわっていた……ことだ。」

アフメドは本当のことを語ったのか？　それともそんな話を何かの本で読んでいたのか？　アフメドを信用するのを理性が私を妨げたのだったが、彼の目を眺めていて、彼が嘘をついていないことが分かり、それで私は黙って息を止めながら彼に聴き入ったのだった。私は判断するのに成功しなかった。その力が欠けていたのだ。けれども一つのディテール、つまりその女性が血を滝みたいに彼女の喉から流れ出していながら、彼をぼんやり眺めていたということに、私の心は打たれたのだった。私は信じることもなく、彼を信用することに決めた。彼が語ってくれたことは寓話、想像力、透視力の世界に属するものであり、またこういうすべてのことが現実に帰しうるかどうかは、おそらくそれほど重要じゃない、と私は心に決めたのだ。それでサン・ピエトロ教会の裏の小さな場所に座りながら、アフメドだけがさもつぶさに目にしたかのようにはっきりと描写できるかに見えた世界についてさらなるディテールを聞くために、私は待ったのだった。

「……いや、アフメド・パシャは儂の親父だったし、少なくとも儂が幼児の頃にはそう言われていたんだ。親父を見たのは、儂が成人してからだった。彼はスラヴの出で、イェニチェリ〔トルコ皇帝の近衛兵〕になったのだが、総理大臣に任命されてから不興を買い、ボスポラス海峡のアナドル・ヒサルという城砦に幽閉されてしまった。ところが、オートラントとプッチャへの反異教徒遠征が、彼にとって大チャンスとなった。八十隻の船が配備された。儂もこの都市を陥没させるはずの勇士たちに加わる決心をしたんだ。儂は戦場に突入して、自分がどれほど有能かを親父に見せてやるつもりだったんだ。日光に反射した儂の楯は金でできているみたいだったし、儂の剣はきらめいていたから、その刀は光を浴びると視力を奪うことができるほどだった。儂らが陸地を見つけたのは、あんたらのいう蛇の塔――儂らのアラビア語でイラン・クレシ――に直面したときだった。それから儂らは大砲にものを言わせたんだ。都《まち》に突入したとき、儂らは無慈悲だったのだが、儂に降りかかったのは、死に際にまだ儂を見つめることのできた女を殺すという残酷な運命だった。ほらいいかい、ヴェッリ。今儂をここであんたに見せてやっているが、それはただ、儂の運命を読み取れる者たちの前だけなのだぞ。恐れるには及ばぬ、儂はお化けじゃないし、儂は自分自身で生き延びるという、この上なく残酷な運命を余儀なくされた一人の男にすぎないんだよ……。」

こういう言葉を発した彼の口調は満足げだったから、私としてはまたしても思ったのだった――彼は私をからかっているのであり、それがあたかもゲーム（私が彼に遊ぶのを許した、二人の間のゲーム）だということを彼が知っているのでは、と。「ヴェッリ、そのモザイクには男女の人物でいっぱいだったんだ。きみのモザイクの中の人物たちの目は叫ぶこともなく、恐怖もなく、運命の過ちのせいでもあるかのように、ほんの一瞬に死んでゆくという、驚愕と茫然自失で目がくらんで、もう儂を静止できなかったあの女の目のようだった。儂が見たモザイクは汚れており、埃だらけだった。儂らの多くの者は教会の床一面に横になった。あまりにも数が多くて、モザイクはほとんどもう見えなかった。藁が地面にあったし、その上を動物たち——ニワトリ、馬——が動き回っていたが、儂はもうよく憶えていない。多くの者は信心家——神に仕えてきて、不信心者を追っ払ってきた者——の夢を見た。大聖堂は暗かったし、松明の光は身廊を照らすのに十分ではなかった。儂はゆっくりと後陣《アプシス》に進み、光が届く限りどこもかしこも見渡してみた。まるでさらなる敵でも探すみたいに。すべてが終わったこと、この大遠征が、あの祈っていた捕虜たちや、海岸に積み上げられたり、目を見開いたまま家並みの壁にもたれたまま街路に流血させられたりした、あの累々たる死体で終わったみたいに。悪臭は耐え難かった。儂らの多くの者も負傷していて、うめき声をあげていた。話では、都《まち》の司教は生きたまま、しかもみんなの眼前で二つに切り離されたらしく、そして司教が体を揺すったり叫んだりしたため、たいそう手こずったとのことだった。ただしこの光景を儂は見ていなかったし、それが本当に起きたのかどうかをきみに言うことはできない。儂が目にしたのは、いくつもに粉砕された祭壇の十字架上のキリスト像が大聖堂の正面玄関の前で燃えていたこと、そしてまた、その火が料理を煮るために用いられたことだ。儂は誰かを探して、この犯行のことを話したいと思ったんだ。でも、怖くて、誰にもこのことを告白することはできなかった。つまり、誰かに見張られているような気がしたのだ。言い換えると、儂がこの遺体が姿を消してゆく有様——さながら死がその遺体を生前のときよりもだんだん小さくかつかぼそくすることができるかのように——を眺めている間に、誰かから見られていたような気がしたのだ。でも、誰かが、じっと儂の背後に立っているのを見るために、振り向く勇気はなかった。儂の刀に撃たれて死ぬ覚悟でいた者を。けれども、ゆっくりと日が暮れていき、叫び声もだんだん消えていき、血が凝固して石油みたいに黒ずんだとき、儂は街路をさまよいだして、すぐさま再認するような視線を求めたんだ。ひょっとして儂を見て恐怖か驚愕か、あるいは深い憎悪すらも示すかもしれぬ誰かの視線を。でも男であれ女であれ、儂の刃《やいば》の致命的な一撃を不動のまま蒙った者を眼前にしたとしたら、その者をきっと再認しただろうことは儂に確信があったのだ。そういう探しあぐねた者はもうそこにはいないか、あるいは死んでしまったか、あるいは捕虜の間に紛れ込んでいるかのようだった。この最後の考えが正しいことが判明した。まさしく最年少者たち——アルバニアへ連れ去られる運命にあった者たち——のうちでは、儂はとうとうその視線に出くわし、それと再認したのだ。奴は憎悪をこめて儂を見つめた。それで、ほかの連中と一緒に断首されるために、その男を儂に任せてくれるように要求したんだ。ところが聞き入れられずに、その若者はすでに船に乗せられてしまっており、ガレー船を漕ぐ奴隷としての将来が定められていたんだ。儂としては奴を殺してその目がもう儂の行為を裁けなくしたかったのだけれども、何も為し得なかった。振り向きざまに、やつの頭を刃で切り落として、ただちに奴を殺してしまうべきだったのだろう。でもそのときは遅すぎたし、アフメド・パシャは捕虜のうちでどれが奴隷にされるべきか、どれが石の上で一撃のもとに断首されるべきかをすでに決定していたんだ。奴がどこへ連れて行かれたのかは儂には言えないし、その夜のことは何も憶えていない。ただし、誰かが楽器を演奏していたし、儂は都《まち》から立ち去ったのだ——こんなことは賢明ではなかったんだが。また、儂は奪ったり、たぶん人殺しもやらかしたようだ。眠っている男から奪ったり、目を覚ましたためその男の顔を儂の刃で打ちつけざるを得なかった。でも儂は殺しに疲れていたし、男は儂を凝視した。それとも、儂がそう思っただけかもしれない。それに儂をもう見たくなかったというだけで、その男の顔を儂はいくども撃ちつけたりしたのだ。その後逃げ去り、誰かから殺されるというい つも危険の中で、居場所も分からないまま、当てもなく田舎を歩き始めたんだ。でも儂は幸いだったことになる」。

アフメドはいったいどんな話を私にしていたのか？　私に冒瀆的空想を非難して、大聖堂の教区司祭なら決して聞かせたがらなかったこんな話を？　それを聞いて私が叫び出し、モザイクの中で悪魔がどのように表わされているのかを思い浮かべるべきだと、私に言わせるような話を。彼はアフメドを識っていたのか？　私が話をした相手を識っていたのか？　私はその男について真相を聞きたかったのだが、誰も助けてはくれなかった。彼は狂人だったのか、お化けだったのか、見者だったのか？それとも悪魔だったのか？　それともたぶん、私が狂人だったのかもしれない。存在しないものを見たり、誰にも私の言葉が聞こえるほど小さな場所で、私自身の影と喋ったりしたのでは？　では、誰が私に答えたのか？　誰が答えを知っていたのか？　私の第一の疑問たるアフメドから、どうして誰も私を解放してくれなかったのか？　この都《まち》には彼が誰なのかを知っている者はいなかった。金髪の医者は驚いてさえいるようだった。「アフメドだって？　どんな名前か知っているのかね？　はたしてそんな名前の者がここに居るとでも思っているの？　しかもオートラントには三千人もの住民がいるんだ。ここの誰もが彼のことを識らず、彼が何者かを知らないなんてことがありうるときみには思えるのかね？」　たしかに彼のいうとおりだった。ある若者がオートラントの殺戮、彼の殺戮について、大聖堂よりも古い、サン・ピエトロ教会という、ビザンティンの礎石に建つ小教会の階段で私の傍に座りながら物語ったというようなことが、さもありなんとは誰も信じなかったのである。そのときずっと誰もそこを通りかからなかったし、ひとりも、幼児さえも通らなかったというのが正しいように思われた。実際、誰も見当たらなかったし、ガラスの向こうに蠢く影を映す窓すらもなかったし、日没時に重い掛け金《がね》ですべてを閉ざす教会の管理人すらも通り過ぎはしなかったのだ。「何も、まったく何もなかったわ」と私は金髪の医者に語ったし、聞こえるものとては、希望のない都《まち》を攻め落とそうとするかのように、岩壁に打ちつける波の音だけだった。トルコ人はオートラントを攻め落とすのに十四日を要した。「儂たちは七月二十八日に到着したんだ。でも、八月十一日になってようやくオートラントは占領されたんだ。いいかい、運命は叶ったんだ。それは起きざるを得なかったし、まさしくそうならねばならなかったんだ。みんなにとってそれは一つの祝宴だったし、儂にとっては一つの前兆だったんだ。ここに永久に留まることになるだろうことが分かっていたんだ。あんたは儂をそんな目で見つめたし、そのときから、儂はこういう場面を繰り返し体験するように強いられているんだ。儂はこの狭い場所に入って、叫び、何か、横顔みたいなものを目にし、儂の剣の刃が儂の目をくらますのだ。儂の動作は苛立っている者、恐れている者のそれだ。腕を挙げてから、それを無理に降ろさせるんだ。その瞬間に初めて、顎が血に濡れているのを感じる瞬間に初めて、儂は自分の前の目が何なのかを把握するんだ。ヴェッリ、儂らはきみをここで待っていたんだ。すべてのことが落ち着くように、すべてのことがあるべき姿に戻るようにと、ね」。

私はこれらの言葉を絶えず再考し、アフメドが皮肉抜きで何回か繰り返した文句――「儂らはヴェッり、きみを待っていたんだ、きみを待っていたんだ……」——を反芻してみた。彼はいくどそれを言ったことか？　どうやって私たちがそれから別れたのか、あの狭い場所に私を座らせておいたのか、それとも彼が大聖堂に面した私の家まで付いてきてくれたのか、いまとなってはもう憶えていない。幻想的な話を信ずるのが正しいのかどうかと自問しても無意味な瞬間があるものだ。また、真相を探求しても無意味な瞬間もあるのだ。とにかくアフメドが本当は何ものだったのか、ついぞ私には分からなかった。彼が私に語ったのは、当時ここにやって来て、そしてそれから、一四八〇年八月十一日から今日まで、ずっとここに留まっているということである。そして私に分かっているのは、アフメドが私に述べたあの大聖堂、靴の泥で覆われ、血で汚れ、馬の蹄で引っかかれたモザイクが、今目の前にあるということである。そして私は自問しているのだ——よしんばアフメドがぺてん師だったにせよ、このモザイクが八百年間ここにずっと同じままでありうるのはなぜなのか、と。私は自分の論議が何の価値もないことは承知の上だ。また、アフメドの言葉の裏には、いまだ私には隠されている話があることも分かっている。この話を見つけて私に語らせなくてはならないし、私の生涯、私の母の生涯、そして私の由来をなすすべての人びとの生涯の断片から成る、モザイクも存在する。一昨日モザイクのはめ石の小片を点検していて、ふと気づいたのは、私が二つのモザイクを修復しなくてはならないということである。一つはもちろん、僧パンタレオーネのモザイクであって、これはほかのみんなと一緒にやることになろう。もう一つは個人的なモザイク。これのはめ石は私だけのものだった。円を閉じる家族のモザイクだ。また私には分かっていたことだが、明らかにするためには、私は暗闇から——わけのわからぬもの、不条理にみえるものから——始めねばならなかった。アフメドなる名前のお化けを語るために、あの狭い場所に座ることが、私のやらねばならない多くのことの最初の仕事だった。理性があり、それを行使し、心の幻、生涯にわたって自分につきまとう強迫観念に用心させる人びとの警告が、私には何の役に立つというのか？　理性が影も食物も飲料水もない上陸地、救済の蜃気楼にしかすぎない瞬間があるのだ。私は二つのモザイクを一緒に読むことに決めていた。私をこのオリエントに面する都《まち》にまで追い込んだこういう運命も、こうして初めて意味が見つかったのである。

私は見知らぬ女を正面玄関《ポルターユ》まで追うつもりだった。もろもろの色彩をさながら蝕知できる生きた物質でもあるかのように生き生きさせる光線とともに、彼女がモザイクを見るために入り込むだろうことを知っていたからだ。私はこれが初回であるかのように彼女がモザイクを見るように配慮しておくつもりだった。私は奇跡により大聖堂の天井を開けておきたかった。そして彼女に私のモザイクを贈りたかった。

でも私には事件を早めることはできない。あの目を再び見るまで、待たねばならなかった。それは書かれていたから、起きるだろうことを承知してはいたのだが。

私は運命を開いた書物みたいに読むことができる。運命の目が見えぬことでも見れる。彼女の傍について行き、彼女の周囲の世界を静止させることもできる。それは私がすでにやったことだし、また、ふたたびやることになろう。私は大聖堂を当時のままに、修復しないで彼女に贈ることになろう。憎パンタレオーネのモザイクを彼女に贈ることになろう。敵意のない、輝くモザイクを。

彼女は幻覚を持ったと信じるだろう。あまりに見過ぎたと、変色し、無から音を生じさせる、欺く光を信じたと。

私は彼女がトルコ人と話すのを今日見た。彼女を殺し、私から眼光を奪った男と。このトルコ人は長らく、幾世紀間も彼女を待ったのに違いない。彼は彼女に再会できるとはもはや信じてはいなかったのである。

IX

どの側から読むべきか？　樹の根っこからか、それとも梢からか？　後陣からか、それともポルターユ、正面玄関からか？　私は大聖堂の脇ポルターユを探したが、見つからなかった。それは十五世紀末に付加されたのが、誰かがそれを壁で塞いだみたいに、今日ではなくなっている。こういう委細からして、自分が何か夢を見ているか、それともあり得ない暗示作用を体験しているのを分かり始めてきた。見上げてみると、正午の太陽みたいに真っすぐに光がバラ窓から射し込んでいる。身廊を支えている柱は音楽のリズムの反映みたいに、モザイク全体の規則的で薄暗いモデルを描いている。殉職者の礼拝堂も見つからなかったし、櫃《ひつ》の中に遺骨もなかった。天井もほかとは違っていたし、壁のフレスコ画もすでに破壊されていた。きっと私は夢を見ていたのだろうが、入場するなり、アフメド・パシャの最後のトルコ人が都《まち》を去った直後の大聖堂に自分が踏み込んでいるかの感がした。強烈な臭いがただよっており、そこにふさわしいものは何ひとつないかのようだった。ただモザイクだけは、これまで目にしたことがないぐらい傷つけられずに、完璧で、輝いているようだった。生命の樹を支えている二頭の象の下から読み始めると、私はとうとうラテン人、西欧人みたいに読み終えたし、また逆行してみると、自分が別の、反対の世界に入り込んだみたいだった。後陣から始めると、私はオ

リエントやビザンティンに踏み込むようだった。そして私はすぐさま、雄山羊にまたがったアーサー王や、ローザンヌの猫に出くわしたし、その猫がカインやアベルの傍にいるのが見えた。カインはアベルを打つために棍棒を振り上げており、アベルはひれ伏していた。私は修復しなければならぬこの場面に近寄った。アベルは胸郭のところに若干のはめ石が欠けていたからだ。でも今目の前にしているモザイクでは、場景は完璧だし、ほとんど生きているかに見えるし、はっきりと完成した印象を与えている。そのモザイクの構成法、際立つ描出法、その濃密な関連づけの充満には、粗雑なもの、野蛮なもの、魅力的なものもある。それはあまりにも独特なものだから、いったい全体これは実際には何を意味するのか、と一再ならず自問してみたほどだ。それは中世の百科事典、相互に結びつきはないが、毎日この教会に通う信者にはよく分かりうる夥しい挿話の詰まった人類史なのだと言えば十分だろう。それともそうではなかったかもしれない。それは、『フィシオログス』〔西暦紀元前三—二世紀にアレクサンドリアで成立したらしい、古い自然論集。実在する生物や架空の生物、自然現象が記述されている。〕や、中世の動物寓話集や、聖書外典——これらはパンタレオーネが知っていたに違いないし、またアラブ人を介してオリエントからここオートラントにまできっともたらされていたのに違いない——を知悉している者に向けられていたのかもしれない。このモザイクは恐るべきものであって、（アダムとイヴの）堕罪、高慢の罪で始まっているのだ。そしてさらに、バベルの塔、それに二頭のグリュプス〔獅子の胴をしており、鷲の頭と翼をもつ怪獣（ギリシャ神話に出てくる）。（訳注）〕に跨り、あまりにやり過ぎた感のあるアレクサンドロス大王が続いている。

　高慢と罪。私は再構成してきたこのモザイクのはめ石の間で、この場面の間で暮らしてきたわが身のことを考えてみた。思うに、私はそれを眺めながら、ポルターユから後陣に至る、下から上への、もっとも安心できる方向に移行しなくてはなるまい。こうして初めてすべてのことは明白となる。つまり、高慢と罪は罰せられるのだ。それからすぐさま、ノアの箱舟の組み立てやノアの洪水が目につくことになる。そして、人類は魚たちに呑み込まれるのだ。この大洪水の表現の後に続くのは、オリーヴの枝や、平和の逆戻りだ。私は唯一可能な順序を追究しながらも、怖々そうしていることを承知している。モザイクを反対の意味に読んではいまいか、神の要塞のように見えるここ教会に居るという恐怖だ。さらに進むと、モザイクは進みながらも読み取れるのである。もう幾回となくさまざまに写真を撮ってきたのだが、今日ではこのモザイクを、中世人やほんの百年前の人なら決して見れなかったやり方で——人目を引くとともに非自然な、全景から——見ることができるのだ。さらに進むと、一つの場面から他の場面へと移行することを可能ならしめるとともに、このモザイクを遮りもする、さまざまな銘刻にたどり着いた。今私が立っているのは、人類の労働を表わした、十二カ月をかたどる十二の輪の前だ。この労働は人類を罪から解放してくれるのだ。そして、樹木、長大な幹——教会の身廊全体を貫いている——は、救済、あがないへの道なのだ。それはここで『旧約聖書』や『新約聖書』の挿話から、またアレクサンドロス物語やアーサー王物語群の挿話から学んできた信者たちの救済の道なのだ。ここオートラントでこういうものが建設される以前にはこういうモザイクは存在しなかった。よりにもよってヨーロッパの南端のこの大聖堂でこういう芸術の奇跡、象徴のこういう輪舞が行われていることを、どうしてノルマン人たちは欲したのであろうか？

全体を支えている二頭のインド象がいったい何を意味するのかは、誰にも分からない。その間の第三の小象も。アダムとイヴなのか？　そうだとしたら、小象はキリストということなのだろうか？

私はオートラントに滞在中、このモザイクについてありうるすべてのことを尋ねてみた。だが得られたのは、博学で安心させる描写だけだ。描写、細部の説明だけだった。それにしても、聖書モティーフのうちにアレクサンドロス王（Alexander rex）が居るのはなぜなのか？　この樹木の長い幹が起訴状みたいに、原罪の描出へと延びているのはなぜなのか？　原罪、これこそが司祭パンタレオーネの手を導き、彼にそれを着想させた鍵、中心思想であるように思われる。だがそうだとすると、ある箇所にチェス盤が見つかるのはなぜなのか？　それはアラブのチェス盤なのか？　たぶん。月の輪に見いだされる多くの文字要素や、アイヴォリー・ホーン（象牙に装飾された中世の狩猟用の笛）がアラブ風なのは確かだ。このモザイクが完成されたばかりであるかのように、完璧に仕上げられているのを今眼前にしている多くの動物はアラブのものだ。はめ石のいくつかの箇所は輝いてさえ見える。

でも、どうしてこんなことがありうるのか？　私はこの教会にどうやって入り込んだのか？　どうして、誰も目にしなかったのか？　それに、修復作業のいかなる痕跡も見当たらなかったのはなぜなのか？　ほかの人たちはどこへ行ってしまったのか？　アフメドは私が入るということを確信しているかのように、私とポルターユの前で別れたのだが、でも彼が大聖堂の鐘楼をちらっと見やる前に、そして私も見やったときに、私はそこに誰かを認めたように思われたのだった。それから再びアフメドのほうを見やったのだが、彼はすでに大聖堂広場から要塞に通じている狭い街路を歩いて去って行くところだった。私はなぜ中に入らねばならないのかを自問しなかったし、なぜ自分が大聖堂の囚人みたいになったのかも自問しなかった。それがいつも目にしてきた様子とはすっかり違ったために、それを後にすることができず、再認することもできなかったのだ。モザイクは完璧だったし、私らの修復ではとてもこれほどに完璧には再現できなかったであろう。私は方向感覚をなくしてしまった。とうとう、順番を探さないようにしようとして、輪の中に入り込んだ（もう一度）。そして、間近に図形を眺めようとして跪き始めた。そして舗床に顔をもたせかけ、石を感じたり、それらの照り返しを見たりしだした。

今ではもっとよく理解できた。私は月の輪を個別に追跡せずに、モザイクの上を大急ぎで移動したのだ――ちょうど移動式カメラに乗って、大急ぎで舗床全体を撮影しなくてはならないかのように。農民生活の場景が、十二宮図を表わす十二の丸い図で表わされていた。でも、これらは何に役立っていたのか？　教示のためだ。でも聖書物語がここで中断されて、日常の場面に置き換えられているのはなぜなのか？　ここでは十月になると、農夫が二つの天秤の皿の絵の下で、二頭の牡牛と一緒に地面を耕しているのだ。天秤皿を近くから見ると、二つの係留気球、二つの熱気球に見える。男の足の指を見るとはっきりと区別できる。私が修復したものでは違っていて、分かりかねることがよくあったし、委細はうすれていた。私が見たモザイクではないことは分かっている。はるかに若いのだ。

振り返り、舗床の上端まで戻ることにより、自分のアーサー王を再現してみた。彼はもう王冠をかぶってはいない。樹木の幹が延びているちょうど真ん中の床に座り、私は髪の毛をほどき、顔を両手で覆った。目を閉じたまま、長い間じっと座りこんでいた。目を再び開けるのを躊躇した。すべてが再び元通りになるだろうという確信がなかったからだ。ひと眠りして、家に帰り、そして他日再びやってこようと思った。今目にしている床が少なくともこのような形ではもはや存在しないぞということはあり得ない。だが扉は閉まっており、閂《かんぬき》を掛けられているらしかったし、教会は見捨てられたかに見えた。むしろ、忘れ去られたかのように見えた。まるで出来事がこのような大規模な計画さえもっており、忘却の緑青を帯びているかのようだ。何千ものはめ石が身廊全体や側廊の一部をも満たしていた。「ヴェッリ、あんたを待っていたんだ」とアフメドは私に言っていた。そして今になって考えてみるに、管理人にも当時私が到着したとき、「ずっとお待ちしていました」と言ったのだ。このモザイクとても、私を待っていたのだ。今や分かるのだが、私は病気じゃないし、私の精神状態、私の想像力は善用すべきひとつの特権なのであり、嘆くべきものではなかったのだ。私は奇妙な幸福感——自分には無縁であるとともになつかしい場所に居るとの幸福感にとらわれたのである。

私はモザイクの上をあちこち歩いて、もう一度自分であらゆることを眺め始めた。バベルがあるかと思えば、アレクサンドロス大王が居り、象が居たり、ノアの箱舟、グリュプス、狼、駝鳥が居たりする。色彩は雑多だし、千変万化だし、生き生きしていて、目立っており、すばらしく美しい。その人についてまったく無知な誰かが、司祭パンタレオーネの選んだ元の色、私たちの誰もが当時あったままのように修復することはできなかったであろうような色を見ることを私に許してくれている。私は馬の目、豹《ひょう》の目、シバの女王の目を見た。また、二本の尾をもつセイレン、ソロモン、そしてかぼそい脚の白鳥を見て、欠落部分の再編成がいかに困難かを考えながら、これらの形象に軽快さを授けている独自の不精確さを省察するのだった。でも私はどの教科書を繙くべきだったのか？　十二世紀末に誰かが完璧な大聖堂の舗床モザイクを完成したのを正常なことと思った人に、私は服従すべきだったのか？　その人はこのモザイクには、当時の聖・俗両方の文化の大半が含まれているのを、正当なことと思ったのか？　それとも、とりわけこのような瞬間には、それを、オリエント由来の多種な外来要素を含んだ、多くの点で不可解な謎めいた作品であるかのごとくに考察すべきだったのか？　このモザイクは仕上がりや美しさではあまり驚かされはしない――この点では、モンレアーレのものや、いわんやラヴェンナのもの（これを見ると、人は光や全体的印象に仰天させられる）とは比べものにならない。ここでは外部では光に人は仰天させられるのだが、逆に内部ではモザイクがなぜについて省察することをしいているのだ。この光景はなぜなのか、聖書の挿話が次々とこのように並べられているのはなぜなのか？　このように見ながら、その内部構造だけを考えると、このモザイクも他のそれと同じような作品に見えてくる。でも、このモザイクはまさしくここオートラントの、このほかの点では不毛かつ厳格な大聖堂の中にあるのだ。そしてノルマン人はここから十字軍へと出発したのであり、アラブ人は家に留まったのだ。このモザイクのほかには、恐怖や不安ばかりか、サン・ニコラ修道院――今日残っているのは、その教本の支柱だけだ――についての知識を暗示してくれるものはこの周辺に皆無である。今この大聖堂の中に、このモザイクの人質として閉じ込められていて脱出できない以上、私はこのフレスコ画に関してのあらゆる推理を空中に放出してかまわないし、ここではあらゆる要素が多様な意味を帯びているから、結局のところもういかなる意味も持たなくなってしまっていて、私は考察に没頭するだけだ。それで、これらの形象を眺めながら再認識し、それらを生々しく想像してみた。そしてまた、誰がそれらを考えたり、形づくったりしたのか。と想像もしてみた。そして、トルコ人がこの聖なる場所に入り込みながら、モザイクを破壊しなかったとき、彼らはこれをひょっとして別の読み方をしたのであり、これに彼らの歴史を再認したのだ。私はこれらの形象の間に迷い込みながらも、何とかして、展望を得たり、細部や、全体を把握したりしようと試みた。たとえこの舗床は全体が把握されるためではなく、ちょうど読書の際に人が一ページずつ繙くのと同じように、そのつど立ち止まりながらゆっくり読むためにつくられていたにせよ。

黒い悪魔。悪行の寓意。地獄の門。そして、それから復讐の女神(エリニュエス)。さらに尖った尾をもつ蛇や、ほかの怪物たちや、ケルベロス。これらがここに居るのは、驚かせるためであり、これらは恐怖のはめ石、左身廊のはめ石であって、地獄絵図なのだ。私は光源へ、十六の完璧な星型に並んだ隙間を通って射し込む天上の光のほうに視線を上げた。この清純な光に視線を向けて分かったのは、その光が地獄のある大聖堂のこの地帯にまで到達してそこを照らし出すことができるのだということだ。そして自問してみた――この地獄はかつて光に照らされ得たのか、またどんな光だったのかしら、と。私には自分自身で答えを見つける時間はなかった。なにしろ、遠くで音楽が聴こえたからだ。でもそんなことはあり得なかった。今私が居る教会の中にパイプオルガンは存在しない。モザイクと貧相な祭壇を除き、すっかり空っぽなのだ。周囲を見回し、支柱の間を眺めたが、誰もいなかった。それからより入念に眺めてみると、右身廊の下の、ほぼポルターユの高さのところに、黒衣の人物がぼんやりと浮かんだ。蒼白い顔つきをした人物がパイプオルガンを演奏している。その管は見えないのだが、響きは大聖堂全体を満たしているようだった。私は驚愕で硬直し、じっと床に座り込んだままだった。演奏しているこの男は何者なのか、指は鍵盤の上を叩きながら、どうしてその視線は天井の或る一点に向けられているのか? それに、誰がパイプオルガンをここに持ち込んだのか? 私は麻痺したかのように立ち上がれなかった。たとえ立ち上がれたとしても、逃げ出せなかった。私はモザイクを眺めないように努めた。オルガン奏者が舗床の上の人物像の間に私を見つけはしまいかと恐れたからだ。聴こえてくるのは何なのか？　曲名は分かった。セザール・フランクの三部オルガン曲『プレリュード、フーガと変奏曲』（*Prélude, fugue et variation*）だった。そして、そのオルガニストは弾き終えるたびに、少し待ってから、再び最初から始めるのだった。まるで終わることのない音楽で私の感覚を狂わせるために、誰かから派遣されたかのようだった。

私は立ち上がって、彼のほうに行かざるを得なかった。さもなくば、きっとこの音楽の伴奏つきでモザイクを追跡せねばならなかっただろう。さもありなん。このあり得ざるシナリオを考案した者は、私がこのオルガン曲を聴きながらこのモザイクの上を散策することを望んでいたのだ。でも、私としてはそうは問屋が卸さない。私はバラ窓から射し込む光がだんだん弱まるのを見ていたし、支柱の影が長くなるのを見ていたし、何カ月も夢みてきた舗床の色がだんだんと褪せていくのを見ていたのだ。そしてその男を見ていると、だんだんと闇の中に消えてゆくではないか。しかもその音楽は譲歩することもためらうこともなく、まるで無限に一曲を繰り返すレコード盤みたいに永久に同じままだったのだ。一回、二回、三回、さらには十回、二十回も。もうそれ以上数えられなかったのだが、私は二頭の象の居る、生命の樹の土台の、教会の出口に到達することはできなかった。そこにはオルガン奏者が居り、絶えず同じ一点をじっと凝視していたのだった。私には見分けられなかったが、彼の目は見えないかのようだった。叫び出したかったのだが、しかしきっと私の周囲につきまとい、この旅の道中に随伴しているに違いない、見えざる影を目覚めさせることが怖かった。トルコ人の馬たち、負傷者たち、被包囲者たちの血を再現するのが怖かったし、アフメドが入って来て、私を地獄のある左身廊にまで連れ出そうとするかもしれぬことが怖かった。そこは私にとり、わけても彼にとって地獄だったのであり、彼は自分の刃をうまく引き止める力がなかったのだ。もうポルターユが再び開くことを欲しはしなかったし、もう私としては別のポルターユがあるはずの場所——左身廊——に、あたかも建造されなかったかのように、何も知らぬということが、私には安堵感を与えたのだった。

私が舗床のいろいろな形象を眺めている間にも、またしてもさながら拷問のようにパイプオルガンはアンダンテ・カンタービレ〔「ゆっくりと歌うように」。アレグレットとラルゲットの中間。〕が始まった。その間に誦んじていたから、一緒に歌うことだってできたろう。バスの部分は爆発寸前の噴火みたいにごろごろ鳴っていたし、はめ石を持ち上げようとしているかのようだった。実際に、そこのもろもろの形象が一瞬にひとりでに動きだしたのであり、私は理性を失いつつあるのが分かった。カインはアベルの頭蓋に棍棒で打擲を加えた。バベルの塔に通じた階段は揺れ動くのが見えたし、さまざまな声が聞こえた。モザイクのすべての動物たちは私の周囲を回りだした……。

いったい何が起こったのか？　医者たちはいなかったし、アフメドもいなかったし、私をそこから助け出せるものも皆無だった。私はたったひとりでやり抜かざるを得なかった。しばらくすると、音楽のリズムはやや遅くなった。オルガン奏者は第一主題の後で、フーガを演奏した。私は中央身廊の中に仰向けに横たわりながら、こんなものをなおも耐え忍ぶくらいなら死んだほうがましだと覚悟して、目を閉じてもう何も見ないことにした。すると今度はアンダンティーノ〔アンダンテよりも少し速めの調べ。（訳注）〕がやや躊躇気味に、微妙な響に反復されながら、この曲が何回目かに終わりつつあることを告げていた。私はそれがもう繰り返されぬことを望んだのだが、またも同じ主題が始まった。それでとうとう、私は周囲の目に見えぬ霊たちを目覚ませることをもう怖がらずに、大声で叫んだのだった。叫ぶと、私の叫びが反響するのが聞こえた。そして一種の長い残響が天井にまで昇ったのだが、舗床全体への独特な振動みたいに聞こえたのである。

光はほとんど消えていたし、闇が大聖堂の大部分を呑み込んでおり、モザイクの諸形象はもはや見分けがつかなかった。私はこの耐え難い復讐から免れたいという意志と恐怖でいっぱいになりながら、大声で叫んだ。叫ぶと音楽は休んだ。実際に休んでも、私はそれが信じられなかった。ほとんど信じられなかったから、まるでそれが私の頭の中で独立しているかのように聴こえ続けたのだった。私は自分で欠落している音符をつくりだし、自分自身のうちに、闇のせいでもう見られなかったモザイクの諸形象を補充したのである。今や私は起きつつあることの不動の原動力となっていた。私は光だったし、私は音を産み出したし、事件を導いたのだ。恐怖の代わりに、全能感——引き続き長い笑いを招来することになった、力の感覚——が取って代わったように思われた。この笑いはもうそこになかった音楽をかたづけてしまったし、身廊全体を闇で覆い、バラ窓を無の中に沈めさせたのだった。それから静まり返り、聞こえたのはかすかなきしり音だけだった。不確かな足音とステッキのカチャカチャ音だけだった。よく見てみるとパイプオルガンは杳として消えてしまったように見えた。青い光が夜空でもコバルト色に輝く大聖堂の内部を照らすとでもいうかのように、とうとう開いたポルターユの隙間からさっと射し込んだ。見ると、オルガン奏者の幻みたいな姿が出て行き、またしてもステッキのカチャカチャ音が聞こえた。私は狼狽し消耗して、前のとおりになっていたらしいモザイクをもはや眺めることもなく、出口に近づいた。外に出て、空を眺めると、この部分の空は小さな広場から見て取れた。私は大聖堂の反対側にある博物館の階段に腰を下ろした。夜の青色が徐々に朝焼けに明け渡しつつあることが分かった。家の暗い窓のほうを見やった。そのとき誰かが私の腕の下を摑み、連れ去った。

私はまる二日間ずっと眠りっぱなしだったらしい。幸いなことに、そのことを告げられた。それがどんなに幸いだったのかは分からなかった。だが告げられたところでは、モザイクは二つの方向があり、一つは原罪の後で救済に導くもの、そしてもう一つは逆に、ただ逆転させるかに見えるのだが、実際には、物事の始源、（根っこを持たず、二頭の謎めいた象で支えられている）樹木の土台に導くもの、の二つの方向があるらしかった。

私はこの後ろ向きをたどってからポルターユを出た。そして、私を襲った混乱、不安のさ中に、いったいなぜ私はそこにいたのか、またどうして誰かが私をこんな試練にかけるようなことになったのかを熟考してみた。セザール・フランクを演奏したあの盲目のオルガン奏者のことを考えてみて、ふと思い出したのは、私が幼児のとき、アムステルダムの教会で、あの楽曲を聴いたことがあったということだ。当時は私の母も一緒だった。誰かが私をあの地獄の門まで随行してくれ、そして誰かが私を再び連れ出したのだった。さりとて、私はもう元の自分ではなかったし、生き返って、他の人びとと同じように生きたり、この夢から脱出して、すっかり色褪せたこのモザイクから自分を解放したりしようという、すべての希望をすでになくしていたのである。

夜の青い空がコバルト色の反映を帯びるのを見たとき、私が脱出することができて、外の世界が何ら変化していないことに気づいたとき――ゆっくりと私が甘受し始めた運命の囚われ人として諦めて生きるようになった後で――、急に私は思い出したのだった――世界が一瞬停止し、子供たちが黙り込み、さまざまな動きが凍結し海が波をなくしたかに見えたあの日、そして大聖堂の中で無から出現したパイプオルガンを演奏するのを聴き、私の傍からふと通り過ぎるのが聞こえた、たぶん同じ、あの盲人を見かけた、あの日のことを。このことを思い出すとともに、私はアフメドの言葉のことも思い出したのだった。

そして、私の運命、この都《まち》の運命のことを考え始めた。大聖堂のモザイクが啓示された後では、私の生涯のモザイクもとうとう合成されることであろう。これは司祭パンタレオーネの諸形象よりも、もっと謎めいていたのだが。

あの若者が帰宅して楽しむ代わりに、なぜまたも、しかも今度は永久に離れようと欲したのか、その理由は誰にも分からなかった。オリエントに面するこの港湾都市をもう二度と目にしたくはないかのごとくに、彼がそれほど性急に、不安だらけでもそんなことをした理由は、誰にも分からなかった。彼はさしたる目的もなしに船に乗ったのであり、行き先を告げもしなかったのだ。しかも、スペインは彼を満足させはしなかったのである。

彼はオランダに到着したらしい、とここにやってきた某商人が語った。すると誰かが尋ねるのだった——彼はそこで気狂いになったのか、そこでダイヤモンド精製法でも発見したのか、と。

ダイヤモンドは不死にするし、異常な力を有している、と言われる。それは亡霊を征服させることができる、と言われる。さらに『フィジオログス』が付言しているところでは、ダイヤモンドは堅いため、オリエントの夜に見つかる雄山羊の温血でのみ対処できるという。

私は見知らぬ女が太陽、大いなるダイヤモンドに目がくらまされたのを見た。また私は、彼女が、モザイクの中で雄山羊にまたがったアーサー王に見入っているのを見た。

ダイヤモンドを切るのは、光を生みだすことである。それは神聖な行為なのだ。ときには冒瀆的でもある。賢者の石の発見がそれだ。それは覆い隠されるべきことなのだ。

X

私は二日二晩眠り続けた。意識をなくした状態の私を誰かが家のベッドにまで運び込んだのだ。私は光に照らされた大聖堂を夢みた、さまざまな宝石——ルビー、エメラルド、とりわけダイヤモンド——に象眼されたそれを。私はモザイクを夢みた。彼はいまだあの音楽を弾いていたし、私が見ると、私を取り巻くパイプオルガンの管は威嚇するようだったし、大身廊の樹木みたいに高かった。私は海上の嵐を夢みた。海に出たためしのない父が海上の嵐をどうして私に語ることができたのだろうか、と夢みた。それは私の祖父の嵐、極東の嵐だった。しかしまた、それは母の頭の中で、追いかけてくる声から成る、荒れ狂った嵐でもあった。それらはシンフォニーのように響く、と母はかつて父に説明したことがある。これらの声は入れ替わったり、一緒になって響いたりしたし、それらの言葉は結局、音楽となるのだった。海の波にも似て、ある日には、軽やかに調和した波でもあった。頬《ほお》の上を照らした陽光により、虚無から目覚めたとき、私は自分の体が十分に休まったことを知った。きちんと身づくろいした（朝だったのに、私はどれくらい眠ったのかいまだ分からなかったのだ）、そしてちょうど大聖堂の広場に面した扉《ドア》から外へ出た。バラ窓はいつもより大きいように思われたし、むき出しの正面《ファサード》は、要塞に対面しているかのような感じを私に与えた。ひとりの老人がステッキにもたれ

ながら、側扉から海に通じている街路の奥の、遠くから私をじろじろ見ていた。それ以外には、都《まち》は私よりももっと眠たそうに見えた。

正面玄関から大聖堂に入ると、私は息が止まった。生きていることを忘れたのかもしれない。モザイクはいつも見慣れてきたままに、修復を終えていた。空気は埃っぽくて無菌状態であり、真面目に作業する場所、後代の人びとも大芸術作品を鑑賞し続けられるように配慮された場所の空気だった。でも私は夢みているのではないことを知っていたし、私の幻覚の瞬間をよく認識していた。そのことを知りもし悩みもしていた。なにしろ私はみんなから孤立して生きねばならぬという恐怖、なざしがたい経験を――ごく少数の人びとを除き――語れないという恐怖に囚われていたからだ。私は一緒に働いている二人の男に近づいた。すると一人が私に言うのだった、「アーサー王の冠は取り去らねばなるまい。無関係だから。これは誰か無分別な修復者により十九世紀につけ足されたものだ。アーサーは冠をかぶったりしていなかったんだ。ここの絵をよく見たまえ」。私は驚いた。元のモザイクに冠がなかったことを私は知らなかった。それまで私はこの舗床のすべての委細を知っているものとばかり思ってきたのだ。それを忘れていたのか？　私は大聖堂での一夜のこと、モザイクのことを思い返してみた。そうだ、アーサー王は冠をかぶってはいなかったし、私が見たのは、彼が冠なしで、雄山羊に乗った姿だったのだ。それで十分だった。私は奇妙な符合、運命の徴、悪魔たちを目にしてきた。アフメドもかつて、オートラントではみんなが幽霊のことを話題にしているが、どこにそれを探すべきかはもう誰も知らぬ、と私に話してくれたことがある。私はそんなものを探しはしなかったし、そんなことをするためにやって来たのでもない。ところが、いたるところでそんなものを見始めたことになる。結果、私は心の中では逃げ出したし、金髪の医師の治療に逃げ出したし、運命は薬で治せるものと確信していたのだ。ところがそんなものは何の効き目もなかったし、時間とともに、私は彼の目がゆっくりと変化するのを見ただけだったのだ——まるで彼の明白な確信をすべて私が浸食しようとしているかのようだった。ただし、実に陳腐なやり方でだった。私は突然改心したり譲歩したりしたわけではないし、彼はそのヒッポクラテスの誓いを否定したわけではなく、そのアンプルや滴剤を放棄したわけでもなかった。要するに、彼の確信を付与していた、きちんとした心服させるやり方を放棄しなかった。彼、オートラントの金髪は私を治そうと固執した。まるで外部の人間みたいに。また私はオランダ出身の金髪なのに、あたかもここで生まれ、ここでずっと生きてきたかのように、彼に治療を任せたのだった。ある日、彼は私に言ったことがある——私たち外国人だけがこういう幽霊をすべて見たり、想像したり、夢みたりすることができるのだ、と。彼はいくらか曖昧に、ややむっとして、こんなふうな言い方をした。誰をも納得させないような目つきでそう言った。自分自身でも気がかりなように、そう言った。そして初めて影、疑念が彼の目を曇らせた。それはほんの一瞬だったが、私には十分だったのだ。私はこの男にはもう何も語るつもりはなかったし、この年月を通じて曖昧さのない都《まち》で生きることを彼に強いてきたその恐怖を私は尊重するつもりだった。彼からもう一度、視線をこのように曇らせるようなことを私はしたくなかったのだ。もう今となっては、彼の薬も彼の視線も私を救い出しはしまいということを私は知っていた。彼の滴剤は私を眠らせ、私から夢を取り去った。私はあらゆる意識を失ったし、いかなる思念も消え失せた。彼の視線はあまりに恐ろしかったから、彼はその脅威を示すのを恐れたほどだったし、彼は私がさながら漂流船であるかのように、その手出しを緩めて私を見捨ててしまった。私が子供の頃に母から聞かされたあの曲を演奏している、盲目のオルガン奏者について彼に尋ねた、あの日にも、彼はやはり気づかないほどのささいな震えに襲われた。この震えは鎮痛剤のアンプルで砕かれてしまったのだが。すぐさま彼は私をこれまで以上に長く驚いたまま見つめたのだが、私は目を閉じたままにしていた。彼が理解することを私は欲しなかったからだ。私はたまたま、大聖堂教区司祭から知っていたのだ。彼はある日のこと、修理すべき教会のパイプオルガンを私に示し、その際、盲目になった男に医者の息子が居り、その男が長年にわたって大聖堂のオルガン奏者をやってきたという話を私にしてくれたのである。だから、その男は盲目で医者の父だったし、視力をなくしたのは病気のせいだったし、今ではあまり外出せず、もはや演奏もしなくなっていたのである。「ドクター、私は盲目のオルガン奏者を見ました。彼は黒服を着ており、セザール・フランクの『序曲』を演奏しました。あなたはこの作曲家をご存知ですか？ドクター、このオルガン奏者は居なかったのです。パイプオルガンはポルターユの前にありました。それは幻だったのです。みな幻でした。オルガン奏者も、私が観察していたモザイクも、私が聴いた調べも。全部が。お分かりですか？」

アンプルは砕け、盲目の医者は指を眺め、おそらくは苦痛で失望の渋面をつくっていたが、狼狽もしていた。私はそれを見ていたし、それを知ることを学んでいたし、いつ彼が他の人びとに安心の姿を示すのか、また逆にもはや伝達のすべを知らず、コードがなくなったかのように、いつうまくいかなくなるのかを知っていた。

私は誰に話してるのかを知っていた。そのオルガン奏者が彼の父であることを知っていた。私は偶然の符合を知っていたが、彼はまるで私たちの関係が逆転したかのように、びっくりした子供みたいに自分自身の驚きにびっくりし、彼が私に手助けを——実際にはあえてそうしなかったのだが——求めているかのようだった。私はこういうすべてのことを考えたのだが、実は誤解したのだ。そんなことはなかったからだ。げんに彼の反応は驚きではなくて、怒りにすぎなかった。疑いで私は怖くなったのであり、私は彼がすべてのことを私への、あまりに安直な遊びと思っているのではないかと恐れたのだ。私が都《まち》よりもむしろ彼の私生活に属していたテーマに頼りながら、彼を個人的、私的なあてこすりで強く印象づけたり、彼に私の言葉の真正さを納得させたりしようと欲しているみたいに。でも私はまる二日間、睡眠薬もなしに眠り続けた後で、どうして彼をあの夜黙らせることができたろうか？

アンプルは壊されていたし、それで彼はからかい始めるのだった——「まだ儂にはそんなことは起こりっこないなあ！」彼は笑い、それからつけ加えた。「儂は自分の手加減を正しくし損ねたんだ。あのとき儂は子供としてパイプオルガンを演奏したんだ。すると親父がオルガンの傍で鍵盤は軽く叩くものだと教えてくれたんだ。強く叩いても、うまくいかないし、音の強さはおなじなんだ、と。親父が大聖堂のオルガン奏者だったことはあんたに話したことがあったっけ？　いや、その話はしていなかった。パイプオルガンから儂は一つのことに心を打たれてきた。それは、音はすぐに響き出してくれないということ。鍵盤を叩くと、音がさまよい出し、管に伝わり、それから放出され、最後にやっと聞こえるんだ。ほんの一瞬よりも長く続くし、もし速い経過旋律《パッセージ》であれば、演奏しても、音が聞こえるのは遅れる。あんたに話すときには、儂はよくこういう機械的な過程のことを考えたものだ。あんたが何かを儂に語ると、儂は一瞬遅れてからやっと理解してきた。あんたの言葉の音、意味は儂の記憶の管を通り、儂の経験により翻訳された後で、始めて儂に到達したのだ。当初はまだそうはいかなかった。そう、全然いかなかった。当初、儂は勇敢に仕事をした。ここに生まれることができた医者だった。ほかのどこかに生まれることもできたとしても、そのなことはどうでもよい。ところが、それから儂のうちで何かが変化しだしたのだ。そしてそのときから、あんたの言葉をより深い、個人的、私的なコードで読まざるを得なくなったんだ。そんなことをしたくはなかったが、でもそうなったんだ。あんたが何かを語るたびに儂は何かを思い出さざるを得なくなったんだ。たとえば、サレントのギリシャ語だ。儂はサレントのギリシャ語を聞いていたし、祖父母はそれを話しており、おやじはまだそれを理解したんだ。儂にはもう分からなかったが、あんたが話した二、三の文句は懐かしい、安堵さえさせる調子で儂の記憶に収まっていたんだ。あんたの途方に暮れた顔、明るい目はどうしても、儂ら多くの者のうちに、別種なもの、若干の点で説明不能な異国性が秘んでいることを認めるように儂に強いたのだ。でも、儂のように理性的な考えをする男がどうしてこんなことを受け入れられよう？　それに、あんたの頭が錯乱してはいないし、あんたの心が病的な幻や恐怖で損なわれてはいない、との結論に到達しているとしたら、儂がどうしてあんたを治せたりできよう？　それから、儂がそれは可能だ、人は医師や精神科医にとってもこういう神秘を受け入れることができるのだと分かりだしたとき、そう、まさに今になって、あんたは私からこの神秘を取り去ってしまったのだ。あんたを狼狽させてきたことを洗いざらい儂に言うのがはたして正しいのかどうかとあんたはいくど自問してきたことだろうな。また儂としても、あんたがさらに続け、先を進むのを怖がっているとの感じをいくどもったことか」。

きっと、彼は喋りすぎたであろう。でも、私はあえて彼をストップさせようとはしなかった。私は彼なしではもういかなる支えもないだろうこと、彼が私にいまだ残されている唯一の希望なのだということを、彼は分かっていなかった。彼は私に向かってきたが、私は後ろに引き下がった。彼の言葉にますます驚いたし、彼の父が誰なのかを発見してますます驚いたからだ。それから、すぐに何が起きるだろうかということはまだ分からなかった。そして彼が本当は言いたくないかのように、そのことを恥じているかのように、私に話したそのやり方のことだけを考えると、今でも私はおかしくなるのだ。彼は目を逸らし、自制の最後の試みでもするかのように、目を閉じた。それから、一緒にちょっと散歩でもできまいか、と私に訊いた。そんなことは決して起きなかったが。私はぎょっとして彼を見つめた。なにしろ今やっと、私は真にひとりぼっちだと感じ始めたからだ——相手のノイローゼに感染させられた精神分析医を、治療するように強いられたひとりの患者としての自分を。私は、はい、ご一緒してもよろしいわと言ったのだが、彼がまだ私に何を語りたがっているのか、分からなかったのである。何でも打ち明けたがっている男のこの調子からして、彼はそれを自分で恥じてもいたのだ。なにしろ何かが存在しないことを、多年にわたって、彼は確信してきたのだからだ。私は承諾しながらも、それが賢明ではないことを知っていた。あの要塞の所で、アフメドに出くわすことを希望していた。せめて、彼（私の静かで理性的な医者）がアフメドに出くわすかどうか、二人が話し合うかどうかを見破ろうとしていたのだ。私はこんなことをすべて想像しているうちに、ややふらつきながら、石の三段を下っていた。

「儂は窓ガラス越しにずっとあんたを見てきたんだ。するとガラスはだんだんと薄くなっていった。絶えず透明になっていった。当初ガラスはすりガラスみたいだったたし、あんたの話のいろいろな人物の姿が見えたが、細部は見分けがつかなかった。全体をぼんやりとしか摑めなかった。それから、よりはっきり、だんだんと明確に見て取り始め、とうとうガラスのように透き通って見えたんだ。でもヴェッリ、ガラス窓はちゃんとあり、それも見えるし、そしてそれが妨げているのは、向こうに行くことだけなんだ。もちろん今になってみると分かるのだが、このガラス窓はとても薄いから、儂の指でちょっと押すだけで割れるだろう。そうしたら、儂らの世界は互いに接触するだろうし、儂は観察を休めて、あんたが亡霊たち全体と一緒に暮らしている場所に入り込めるだろう。今でも儂らの間にガラス窓のあることは分かっているし、しかも反対の側に移動するのが怖いんだ。あんたが儂のことを分かって欲しいんだが。儂らはどこへ行ったものかな?」

私たちはミネルヴァの丘に登った。殉教者教会の上で、私はまだいくらかふらついているかどうかを確かめるために。そして初めて自分が元気な感じがしたのだが、彼のほうは弱かった。私はアンプルや滴剤をどう扱うべきかを知らなかったのだが、でもそれは気にいっていたのかもしれない。混乱状態の金髪の医者を、ちょうど八百人が断首された場所で助けてやろうとしていたのだ。彼は私が彼の弱みを見通したことを理解したし、またこの瞬間から何ひとつとしてもう同じままではなくなったことも理解した。もちろん、私にはそうではなかったし、とりわけ彼にはそうではなかった。わたしはもう治らなくなっていたのだが、もちろん彼のせいではなかった。でも、彼がはたしてそのことを分かっていたかどうかは私は知らなかった。告白しようという彼の意志、彼の願い、彼の恐れが、この間ずっと私に示してきたあの明晰さを彼に損させたのかどうかは。この明晰さが私の生活の一部を支配し、支えてきたのだが。今や私はこの男とアフメド、ガラティーナ出身の老人と要塞上の盲人と一緒に、降って行った。

彼を眺めてみた。すると彼は蒼ざめていたし、彼は教会に通じる最後の段で見るからに疲労困憊していた。太陽は沈みながら、空の大部分を赤く染めていた。私の父は、赤と青は任意の色ではない、と常々語っていた。それらは光と闇の色だからだ。父は言ったものだった、「ねえ、ヴェッリ。太陽は地上でだけ輝くのだ。地球の周囲には大気があるし、だから太陽光線は大気と混ざり合って、光を発するんだよ。でも外の、はるかな宇宙空間では、絶対の闇、完全な漆黒が漲っているんだ。だから夜が明けるとき、上天の闇を見つめるなら、すべてが黒く見えるはずだよ」。父はここで中止して、私が父に聞き入っているかどうかをじっと試すように見つめるのだった。それから満足そうに、微笑しながら付け加えるのだった。「でもお前は黒を見ているのじゃない、天の青を見ているんだ。周囲はことごとく太陽に照らされているんだからね。だから、光を通してみた闇は青だ、と言ってよい。色彩の秘密を把握するには、曙と日没が何なのかを理解しなくちゃいかん。つまり、暗さ、闇を通ってきた光は、赤いのだ」。

ミネルヴァの丘を登りながら目にしたあの赤色が、父の言葉を私に思い出させていた。闇の彼方に光を探し求め、私が生きてきた闇の説明を探し求めたとき、私はいずれの場合の色も赤に違いないことを知ったのである。「血の色なのだ。ちょうど青が酸素の色であるように。血液も酸素が必要なんだ」。私の父はこういう話をするのが好きだった。本人でもそんなことを信じてはいなかったのだが。

でも私はそう言って、ひどく驚いた医者に空を指し示した。私は彼に赤を指し示し、そして赤と青が光と闇の交代を理解するのにたいそう重要な理由を話してやった。彼は私を見つめた。さて、さらに何を付け加えたものか？　ただ赤を通してのみ、私の生涯の最も暗い部分を明るみに出せるとでも？　確かに、きっとそう思ったかもしれぬし、父が絵画に用いていたあの赤は、ほとんど黒に見えるほどの薄暗い赤だったと思う。ほとんど窒息させるほどの、濃厚な、隙間のない赤だった。闇から脱したばかりの、太古の赤、認識の第一段階だった。真紅が薄められて、あらゆる闇を征服するに至り、一切の、どんなに不吉な予言をもかき消すほどになっていた。でも、それが濃厚にしても、ブッケロ式陶器〔エトルリアの黒色の素焼の壷。(訳注)〕の色に近かったし、それは戦闘欲、勇気、怒りを表わしていた。こういう怒りは私たちのこの状況では感じられなかったし、私たちの気分はむしろ今では疲れ、運命に甘んじているかに思われたのだった。そしてしばらく後では、空はイタリア語で〝深紅色〟(panazzo)と呼ばれている色調――赤と青の中間色――を帯びたし、私はこういう融合したり分割したりする色の混合が、光や闇を反映していると思ったのだった。私はあれこれ考えたし、私たちは日没時を三十分ほど黙って歩き続けて、とうとう教会に到達し、段の上に座った。下の方には都《まち》が、背後には海があった。南東から吹きつける風が、私たちに波のざわめき音を運んでいた。金髪の医者はこの間ずっと黙りこくっていたが、彼の話にはいまだ未完の部分があることを私は知っていた。「儂の親父はだんだんと視力を失くしていったんだ。生まれつきの、遺伝病だったらしい。祖父も老いてから、ほとんど見えなかったんだ。きっと儂も老年には盲目となるだろう。親父は五十歳でもう全然見ることができなかった。きみには妙に思えるかも知れんが、親父は赤色に包まれて眠り、青色とともに目覚めると言っていたんだ。親父は二年前に、家のベッドで、子供たち——儂と姉——に囲まれながら亡くなった。親父はもうずっと前から演奏していなかったし、大聖堂のパイプオルガンも今ではもうほとんど放置されたままだと思うね。親父が亡くなった八月には、都《まち》はツーリストでいっぱいで、親父のことには注意が向けられなかった。それで、そそくさと、僅かな人びとで葬られたんだ。親父はたいそう老いていたし、儂は末っ子なものだから、親父のことを覚えている者はここには多くない。でも、ヴェッリ、どうしてこんな話をきみにするのか分かるかい？　儂がこんな話をするのも、親父が葬られた後で、すべてが変化したし、しかもみんなが親父のことを追憶し出したからなんだよ。しかもみんなが儂の所にやってきたのは、お悔やみを述べたり、あるいは親父が好きだったとか、親父の音楽が聴けなくて悲しいとか、と言うためではなかったんだ。みんなは、大勢の者から知られている老人が亡くなって悲しいというようなふうには親父のことを語らなかった。いや、みんなは言ったんだ、『ドクター・カロ、あなたのお父さんがちょうど三十分前にここを通り過ぎたので、私らはお父さんが道を横断するのを手伝ったのです』と。儂は戸惑って彼らを見つめた。彼らはいったい何者なんだ、何を欲しているんだ、誰を儂は相手にしたんだ？　親父が死んだこと、それも数カ月前だったことを知らぬとは、何という愚か者たちだ！　儂はそんなことは忘れ去られるだろうし、ほんの数人の馬鹿者だけが、親父がバルでコーヒーを飲んでいたとか、通りを行き過ぎたとか、と儂に告げることができるのだろう、と考えたんだ。ところが、この話は数カ月も尾を引いたんだ。どうやら、親父ダミアノ・カロが、自分の愛する者たちに囲まれながら、ベッドで亡くなったことを誰も知らぬらしかった。みんなはそのことを忘れたかのようだったし、それどころか、みんなは親父がまだ生存しており、ひとりで散歩したり、親父は世界を赤いしみや青いしみと今なお見なしている、と信じていたんだ！　儂は彼らではなくて、自分が狂っていると思いだしたんだ！　そこへヴェッリ、きみがやって来たんだ。誰もが殉教者たちや幽霊のことを——さも、ここでいつも行われてきている無害な遊びででもあるかのように——話題にしている都《まち》にね。しかも儂は聞いたんだ、きみが知り得ないはずのこんなギリシャ語を話すのを。おまけにきみは儂の気にくわぬ悪魔の話を語ったりした。要するに、外からやって来た以上、知り得なかったはずの儂に語り始めたんだ——一四八〇年八月にここに居たと主張する男を見たばかりか、きみによれば顔つきが親父そっくりだという盲目の老人にも会った、ということを。しかもきみは要塞で彼に会ったばかりか、彼がお気に入りの曲、セザール・フランクの作品十八番『序曲、フーガ及び変奏曲』を演奏するのを聴きもした、という。いや、ヴェッリ、儂をそんなふうに見つめないでおくれ。もうきみはここオートラントでは独りで散歩を続けなくちゃならん。儂の薬はもう効くまいて。儂の慰めの言葉も役立ちはすまい。もう儂は他人が正常と名づけている世界、次元で生きるという希望をなくしてしまったんだ。儂らは中間世界に居り、それでも良識の薄いヴェールで守られているのだが、それがどのくらい続くかは言えないんだ。少なくとも儂にとってはね。できればその盲人に会って、彼がはたして儂の親父の顔をしているかどうか見たいもの、と長い間望んできた。でも儂にはお化けを見る特権はなかったんだ。ヴェッリ、きみならそれも可能かもしれん。だが、儂がそのことを欲しているかどうか、自分でも分からんのだ。儂の治療はもう終わった。きみを治してあげる代わりに、儂自身も病気になってしまったんだ。そうでなくて、たぶん儂はあの奇妙な病から治ったのかもしれん。万事に回答があるものといつも信じている者に、よく襲うあの病気からね」。

「ヴェッリ、ヴェッリ、ほら日没をご覧。あの真紅な有様をご覧！　こんなことは以前には滅多にない。空はたいてい覆われているんだ。でも今日は、ひょっとして南方にいるみたいだな……」。私には今なお、かすかにあの声が聞こえる。窓から私に空を指し示した、いつも絵の具で汚れたあの人、旅したためしがなく、世界を油の色、水の色のニュアンスを通してのみ想像してきたあの人の声を。そしてこれらのニュアンスをそれから、あらゆる種類の絵筆、溶剤、画布、板、素材で模写するのだった。幻や失踪や、あり得ざる世界から成る、この私が居た南部について、あの人ならどう言っただろうか？　こういうすべてのことを語るために、あの人ならどんな光を考え出したであろうか？　ある日のことあの人は私に語ったことがある――ファン・ゴッホを模写するのに成功したためしがない、不可能だったし、彼にあっては色彩が内部から出ており、自ら生まれていたし、彼の一部にせよ、ほんのおおよそでもそれを模写することはできまい、と。自分で読み取れない、また他人に描述できないような光や色が存在するのだ、なにしろわれわれ自身、われわれの生活の投影であるのだから、と。われわれの追憶においてさえ残存しないような、あり得ざる夢のような色があるものなのだ、なにしろ、それらはあまりにも摑みどころがなく、無意識的で、私的なものだのだから、と。こういう幻もこう色と同じように物語り得ないのだということを、私は、あの金髪の、悲しげな、放心しているみたいな医者に言うべきだったのだろうか？　あのオルガン奏者の衣服が私の心に残る黒色だったこと、彼のフラスコみたいな顔がなざしがたい白色だったことも？　多くの人びとが今なお運命と呼んでいるあの偶然の糸がどこに向かうのかを私がそうこうするうちに悟り始めたことを、私ははたして彼に語るべきだったのだろうか？

ギリシャ語でダイヤモンドは〝征服できない〟を意味する。最初にダイヤモンドが西洋にもたらされたのは、アレクサンドロス大王の遠征による、と言われている。インド、極東からもたらされた。プリニウスは六種のダイヤモンドを記している。その原石の多くはいまだ知られていなかったときに、そこからローマへと運ばれてきたのは、確かである。

コンスタンティノープルを逃がれたこの若者は幸いにも、マドラス出身の或るアルメニア人と一緒に乗船した。この男は光の秘密を握っていると言っていた。

そしてこの男は彼に、ベルトにしっかり結びつけた小袋を示したのだ。彼は、この宝をヴェネツィアに運ぶつもりでおり、きっと幸運に助けられるだろう、と語った。またつけ加えて、この原石はまだ研削《カット》されていないため、十分な光沢を発していない、とも語った。ただし、最大の一つは、この世にほかでは見られぬような輝きを見せていた。

この男はアドリア海を渡ってヴェネツィアに到達したかったのだろう。ところがオートラントにすら到着しなかった。海で生涯を終えたのだ。旅仲間たちはひとつの不幸を話題にするのだった。

コンスタンティノープルを脱出した若者はオートラントで上陸した。腰帯には小袋があった。彼は宝のことは何も語らなかった。だが、この原石をはるか遠方に運ぶ決心をしていたのである。

XI

偶然は神聖である。よく傾聴して頂きたいのだが、今や私は自由だし、オートラントの海はいつでも私を押し流したり、消し去ったりすることだってできる——ちょうど北海が私の母に対して為したのと同じように。

偶然は運命だ、宿命だ。ここオートラント市、トルコ人たちが八百人の首を刎ねた殉教者の都市には、たとえ犠牲者たちが偶然に選ばれたにすぎぬにせよ、犠牲と殉教があるのだということを私は知っている。私はみなさん全員に聴いてもらいたいし、自分の声を海鳴りを越えて届かせたい。それだからこそ、私はここのこの塔——アラブ人たちがこの海岸に近づいて最初に目にした塔——にまで戻ってきたのだ。私は大声で喋っているが、たった独りぼっちだ。ひょっとして誰かがかつてと同じく、私をまた摑まえにやって来るかもしれないが、でも私がもう怖がったり、震えたり、混乱したりはしていないのが分かるだろう。分かってくださいと懇願したりはしない女性を見つけるだろう。サレンティーノ地方のギリシャ語で《Mi me mini mai, chiatéramu, mai, mai canéa cerò déja coma eghèttimo, coma, coma, na spernisi》という言葉がある。意味は、「娘よ、数年であれ、数世紀であれ、善悪いずれにせよ、決して私を待つでない」。

私はここで母を待ちたい、一度でも海から母を私の許に偶然が運んできてもらいたいものだ。でも、運命は私にこんな快楽、こんな喜びを与えてくれはしまい。偶然が欲したのは、オートラントがトルコ人たちの上陸にとってうってつけの都市だということ、偶然が欲したのは、八百名が殉教者に選ばれるということだったのだ。犠牲にする生贄たちを決めるのはいつも偶然であって、はっきりした理由があってのことではないだろう。正午の悪魔たちよ、八月のこの陽光の下、午後の一時に私を感電死させる力のある者どもよ、よく聴き入れてくれたまえ。知ってのように、私はさいころ遊びを学んだのだ、あんたたちがやっているのと同じように、私だって今それはできるんだ。知ってのように、私は学んだのだ――あんたらの光はめくらめっぽうに射し込むこと、生贄にさらすのは偶然だということを。私は冒瀆中の冒瀆を自問さえしてみた。神々も人間も理性もないとしたら、一切はまったく違った真理ではあるまいか？　と。私は自問してみた。ここで自分は何をしているのかを。私は私の悪夢に答えられる、理性を有している男たちにそれを尋ねてみた。すると男たちは、答えがないこと、いかなる答えも持たないことを私に告げたのだ。彼らは答えを持っていると思ったらしいが、でもそれは幻想だったのだ。しかも彼ら自身でこの私に尋ね始めたのだ――この都市がまるで耐え難い事件によって壊滅されたかのように、時計みたいにじっと静止させられている真の時点はどれなのか、と。耐えがたいのは、偶然だから、第一原因（神）がないからなのだ。オートラントは殉教なのであり、それは暗くなる空であり、街路に流れる血なのである。よく私に傾聴しておくれ。ここで生起したそもそもの暴力は、今日でもすべてを支配し続けているのだ。私はそれを知っているし、人はそれをモザイクでも読み取れる。虐殺はこの場所を聖化したのだ、丘から転がり落ちた八百の頭蓋でもって。

ここオートラントでは暴力が発揮されたのだ、盲目かつ恣意的な暴力、はっきりと分かる理由もなしに生贄を選び出すような暴力が。

アフメドはこういうことは何も知らないのだが、それでもやはりこのことに恐怖を抱いている。彼が私に語れるのは、あの死にかけた女性のあの顔、あの目のことだけなのだ。火傷せずには眺められぬ、神の顔《かんばせ》に読み取れるのは、生贄の反映、暴力、偶然の反映である。オイディプスは自らをチュケー、運命、偶然の息子だと呼んだ。そして私もすぐさま分かったのは、ここオートラントでは偶然と生贄が任意の二語なのではないということだ。そのことは、私が修復にとりかかる前に出くわした、モザイクの中の意味を探求している或る若い研究者が、オイディプスもろとも私に語ったことである。研究者たちには大聖堂の中で働くことができるようになったのはやっと最近の日々のことだったし、その後はすべては閉ざされて、モザイクは取り除かれてしまうことだろう。教会内陣の中にまだ留まっていた最後の者は、おそらく全員の中で最年少者であって、研究奨学金を得てオートラントへやって来たフランス人だった。私は彼がやっていることに何日も別段注目しはしなかった。自分がやっとオートラントにやって来て、このモザイクに対峙しているのだという高揚した感情や、仕事を始められるのだという切ない思いが、私の気をほかのあらゆること——若いフランス人をも含めて——から逸らせていたのだ。だが或る日の午後のこと、私がモザイクを眺めていたとき、背後で彼の声がしたのだ。

「どうしてヨナの話がこのモザイクではこれほどのスペースを占めているのか、自問されたことはおありですか？　見てください、それがバベルの塔やノアの洪水よりも大事みたいじゃありませんか。これはとても偶然ではあり得ないですよ。」

「じゃ、あなたは何か答えがおありなの？」と私が訊いた。

「変に思われるかもしれませんが、これは予言的なモザイクではないかと僕は推測し始めているんです。ちょっと想像してみてください、一四八〇年のイドルンティーノの人びとの八百名の殉教や生贄の予言かもしれぬと。このモザイク細工の石の上に刻まれたのは、三百年前のことです。注意してみてください。こんな話はご存知ですね？　ニネヴァの町が悔い改めを示さなければ、これは破壊されるだろうと、この町に警告する任務がヨナには神から課されます。でもヨナは何とかしてこの選ばれた任務を逃れようとして、乗船し逃亡します。すると主は海上に大風を巻き起こし、大変な嵐になったものですから、船が難破しそうになるのです。そのため船乗りたちは恐れて叫び出し、銘々が自分の神に祈り、船が軽くなるように荷物を海に投げ込んだのです。で、ヨナはどうしたと思います？　彼は船倉で熟睡してたのです。それで船頭が彼に近づき目を覚まさせたのです。で、ヨナは彼も『神がわれらのことを考えてくだされば、われらは滅ぶまい』と自分の神に呼びかけするために。でも今や決定的な時点がきていました。祈りは何の救いにもならず、船員たちは口々に言い合ったのでした、『さあ、籤引きしようぜ。そうしたら誰のせいで俺たちにこんな凶運が降りかかっているのかが分かるぞ』。そして籤を引いたところ、ヨナに当たったんです。」

私は黙って彼を見つめ、聞き入っていました。若いこの研究者は話し続けながら、まるでこのモザイクの人物像が彼の話していることの生きた注釈ででもあるかのように、それらを指し示すのでした。

「いいですか、船は共同体を表わしており、嵐は生贄の危機を表わしているのです。危機の責任を知るためになぜ籤引きするのかご存知ですか？　やむなく偶然に頼らざるを得なくなるからなのです。

偶然は過つことはあり得ず、それは神と同一なのです。そして実際、偶然はヨナを指名するのです。そこでヨナは真実を言うように強いられるのです。船員たちは何としてもまずヨナを救い出そうとしました。だがそれから、彼を摑んで海に投棄しました――罪のない男たちを死なせないようにするために。すると、海は静止します。籤が生贄を決めた、するとこの排除で船員の共同体が救われるのです。彼らはヨナの生贄の後で、新しい神ヤーヴェに改宗することになります。」

この男が私に何を言わんとしてたのかが、分かりだした。それとともに、怖くもなっていた。自分の生命が宙ぶらりん以上であり、偶然や不確定なものの暴力以上なのだということを感じつつあった。そして彼の言葉に聴き入りながら、彼の声調は弱々しくも人を引き付けるものだったにせよ、こんな言葉で私は安心させられたりはしないだろうと確信があったのである。

「いいですか、現代世界では偶然は神の介在と両立しないかに見えます。でも、古代人や中世人にはそうではなかったのです。彼らにとっては、偶然は聖なるもののあらゆる徴表を持っていました。つまり、それは人智美の暴力を発揮できるのと同じように、彼らに恩恵を施すこともできる、というのです。パンタレオーネ司祭はこのことを知っていたに違いありません。だからこそ、聖書の小っぽけな挿話がここではこれほど大きなスペースを占めているのです。それだからこそ、ここはアーサー王もいるし、聖杯――キリストの血の入った杯――の騎士が生贄の代表牡山羊にまたがっていたりするのです。またそれだからこそ、当時のほかのどのモザイクにも見られないぐらい、カインが弟アベルを棒叩きする場面が写実的に、暴力的に描写されているのです。私としては彼に、トルコ人たちや、殉教者たちのことを尋ねてみたかった。このモザイクが完成してから三百年後にやって来たトルコ人たちについて」。ほかのどこでも決して起きなかったこの虐殺の理由をはたして私は理解できただろうか？　また、彼らが女たち、老人や幼児をも改宗させようとして、拷問にかけた理由は？　私はだんだんとこういう暴力をすべて自分で納得し始めていた。また、彼らがすべてを──大聖堂の壁のフレスコ画をも──破壊したのに、モザイクは破壊しなかった理由も。

私は長年にわたり、偶然や、運命のことを考えてきた。私は自分の生命を奇妙な環境の絶えざる連続と見なしてきた。それから考え始めたのだ──それは私の周囲に生起するすべての事件を指揮する、或る計画なのであるまいか、と。私の母が無に飲み込まれたかのように、消失してしまったのは、単なる偶然なぞではあり得なかった。また、北方の光に馴れ親しんだ、静かなオランダ人の家族には考えられもしない、まったく別世界のことが書き記された、かつて開いたこともない書物の中に見つかるラテン語の文書とても、同じくありそうにはなかった。私は何としばしば自問してきたことか（そして、ここで今になって、塔の影に守られながら、蒼ざめることなく、不安も目眩《めまい》も窒息感も覚えることなく、初めて感じるのだが）、トルコ人たちによりガレー船奴隷にされてから私たちのオランダにまでやって来たあの男が、いったいオートラントで何をしでかしたのか、といくど私は自問したことか。彼の父親は誰だったのか、誰が彼を育てたのか？　彼らもトルコ人によって殺害されたのか？　私の祖先のひとりは八百名の殉教者たちに入っていたのか？　私には答えが見つかりはしなかった。それ以上何も見つかりはしなかった。けれども今ここに居て、感じるのは真相、この都《まち》の生贄の真相が近づいているということだ。私の前をうろつき、私を脅す悪魔たちの輪舞が、私に過去と現在を示したり、私が決して知り得なかったすべてのことを私に開示しようとしているのが分かるのだ。いまや私には分かるのだ――まったく異なる真実があるのだとしても、この真実を私は知ることができるだろうし、それは私に露呈されるであろうことを。たとえそれが恐ろしくて、耐えがたいものだと判明しても、たとえ火傷せずには見つめられぬ光であるにしてもだ。

だが何はさておき、私はまず納得せねばなるまい――アフメドが「出来事」と言い、ほかの人びとが神々の託宣と名づけてきた、あの運命が偶然にほかならず、これに私たちは一つの意図を帰しているだけなのだ、ということを。世界がさいころ遊びをしている神により導かれている、などということを私ははたして我慢できようか？

「いや、あなたはそれを我慢しなくてはならないでしょう」とフランスの青年研究者は私に言うのだった。「僕はそういうものだ、と信じているのですから。ただし、それはもう一つ別の理由もあってのことなのです。あなたは場所を間違えられたのです。ここは聖なるものがいわば生き延びている、世界でも稀な場所の一つなのです。しかも事実なのです。オートラントの人びとがこのことに気づいてはいないにしてもです。彼らは自分らの死者たちのことを話題にしながら、このモザイクの上を散策しています――まったく自明のことででもあるかのように。でも、その上の、殉教者たちの礼拝堂に行くと、殉教の絵をなにかもっとご覧になれます。そこの巨大な聖遺物匣《こう》をご覧になると、そこからほとんど不遜なまでに、数々の頭蓋骨、骨々が出現します。これらは死、とりわけ生贄を表わしているのです。これらの骨がまさにここに横たわるようにしたのは、偶然なのです。これらの人びとが処刑されるようにしたのも偶然であって、必然ではなかったのです。彼らに対しても、神がさいころ遊びをしたのです。ところがイドルンティーノ（オートラント）の人びとは、この恐怖を隠すどころか、まるで消えるべきではないかのように、この恐怖を展示しているのです。それだからこそ遺骸は年を経ても腐敗することがないのです——八月の太陽はそれらの肉を引き裂いたはずなのに。それらはそっくり無傷のままに残ったため、生贄、当初の生贄が時間とともに変わることなく残存したのです。そして、それらは大聖堂の中に移されました。すべてがさらに存続するようにするために。ほら、あちこちの空の眼窩《がんか》をご覧なさい。ここには、あらゆる現代民族学の敗北があるのです。僕がここにやって来たのも、このことをもっとよく理解するためなのです。あなたも僕も今同じ仕事をしています。説明のつかない奇跡を生涯保ち続けているのです。あなたは古いモザイクの修復をされている。僕もまさしくこのような場所で、今日やっているように、ほかのどの社会よりももっと聖なるものを背後にあまりにもはるか遠くに放置してきた結果、元の暴力をすでに忘却してしまい、すっかり視野から見失ってしまった後で、説明しようと欲していて、僕たちは、再びこの暴力を発見しつつあるのです。その暴力がここでは実に見世物みたいに再現されています。いいですか、ヘラクレイトスもエウリピデスもこんなタブーをあえて破ろうとはしなかったのですよ。彼らは予感していながらも、暴力、偶然の暴力がすべての人間社会を基礎づけていることをあえてはっきりと合理的に言おうとはしなかったのです」。

私は三つの高い聖遺物匣《こう》を眺めた。空の眼窩のこれらの頭蓋骨がどんな目をしていたのかを想像してみた。今やガラスケースに押しつぶされているかに見えるこれらの人びとが、どれぐらいの背丈だったのかと考えた。私は祭壇の下に見える白い石の塊も眺めた。打ち首を行った石だった。その日、私は恐怖から逃れる唯一の道は脱出しないことにあるのだということが、いまだ分からずにいた。そして、目眩《めまい》がしたけれども、私は決意したのだった――オートラントで過ごすことになるであろう間ずっと、数世紀来晒《さら》されたままだったこの死と生贄の見世物を慎重にもっと長く見守ることにしよう、と。それから、モザイクに引き返して、私はアーサー王がどうしてまさしく牡山羊にまたがっているのか、と自問してみた。かの青年研究者は言っていた、「よく分かりません。ひょっとするとアーサーが聖杯の王だからかも知れません。それに、聖杯はキリストの血を収めていました。生贄の地を。しかも牡山羊は生贄の象徴です。また、アーサーが死者の国を訪問できる王であるからなのでしょう」。彼はここで口をつぐんだ。私もそれ以上は尋ねなかった。

私はやっと最近オートラントに暮らし始めたばかりだったし、なぜかは分からないが、私が分かったのは、この青年研究者がこの場所で最後に私にこれほどはっきりと話してくれたということだった。なにしろこの日以来、私は一方では悪魔たちの間で暮らしたし、他方では何か超自然的なものについてのいかなる考えをも拒否する人びとに囲まれることになったからだ。私はお互いに伝達し合わない二つの平行的世界の間に暮らす破目になった。だから、あの金髪の医者は、私が圧倒されそうになっていたこの感情のマニ教から私を救出することのできた、私に手を貸してくれた唯一の人物だったのである。彼は極端な現実主義の代表者として、私がもはや記述するすべのないような或る場に導く扉への鍵を見つけることを余儀なくされた。今日のこの風が海と入り混じり、混同してしまっているのと同じように、私はほかのところではかつて見たこともないようなありさまなのだ。その鍵はそんな私を、今度は恐れることもなく、しっかりと連れ去ることができるかもしれない。

要塞の上を散歩するのを見たのだから、みんなから今なお生きているものと思われているあの盲目のオルガン奏者を出現させたのは、さいころ遊びをする神だったのか？　私が幾日もずっと、きっと数カ月もその許に出掛けて行き、そのたびごとに私の呼吸がより速まったり、私の心が目眩《めまい》の中でくらくらしたりしたあの男、そして私が今でも金髪の医者と呼んでいるあの男が、オルガン奏者の息子だということを私に発見させたのも、さいころ遊びをする神だったのか？　私としては、風や海のせいで半ば破壊されたこの塔が、もし私の言っていることが真実でなければ、私の上に崩れ落ちてくれれば、と願った。たとえ私がみんなにこんな話をして聞かせる勇気があっても、誰も私を信用してはくれまいと思わざるを得ないからだ。でも私にはその勇気があるし、もう恐怖はない。なにしろ、私は別の側——もはや賭けをする必要がない者の側——へ移行したことが分かっているからだ。あのさいころ遊びをする神が、この都《まち》はきたるべき数世紀間ずっと遅滞したままだろうこと——なにしろこの都《まち》は何の意味もない生贄のシンボルなのだから——を私が説明するように決めたにせよ、私はそうするだろうし、それを書き留めるだろうし、またみんなに語って聞かせるであろう。幻やお化けの話は誰にも語ったり書き留めたりすべきではなく、いかさま師たちからそっと隠されておかれねばならないにしても。

あのフランス人研究者は当時は情熱的な青年で、魅力的な数々の話をできるように見えたのだが、私は彼の言葉に印象づけられたりはしなかったし、また、彼が本当は何を言っているのか私はまだ理解してはいなかったのである。彼の説明では、このモザイクはオートラントにとって生贄の予告なのだ、とのことだった。私の側を頭を低くしながら歩きつつ、モザイクのはめ石を眺めたり、ある場面なり細部なりを私に指し示すために腰をかがめたりしたときの彼本人が、実はここオートラントで私に降りかかるようになるであろうことのきっと予言者だったとは、私には知るよしもなかった。彼が私にしてくれた話は、今になって初めて分かり始めてきたのである。

私は悪魔たちが正体を表わすのを好む、あの正午の時刻をそうこうするうちに知っていたのだ、というべきだったか？　私はここでは高い丸天井や、正午の光線下でも影をつくる壁を備えた家並みの影の下に身を隠すのをそうこうするうちに中止してしまったことを言うべきだったのか？　たぶんそうだったのだろうが、でもいったい誰にそのことを言うべきだったろう――あの悪魔たち以外には。彼らとは私はもうとっくに話し始めるべきだったろうし、そして彼らが私の前を影絵芝居の登場人物みたいに出現するのを、私がたんに一介の監修として見物するべきではなかったのだろう。私はあの老人や、彼が私の戸口にまで運んできた油瓶を探しにやって来たこと、そして私が幻影の網の中に捕らえられはしなかったことを言うべきだったのか？　でも私はとうとう知ったのだ――たとえ神がさいころ遊びをするにせよ、神にルールを尋ねたりはできぬことを。私は万物の根底をなしている、あの偶然に挑むという危険を犯してきた。私に定められていたもろもろの出来事を変更したり、それらを方向づけたり、それらが持ってもいなかったのに、それらに或る意味を授けたりすることができたろうか？　私が皆目知りもせず、その存在すらを疑っていた人物たちを私は探せただろうか？　あの金髪の医者が彼の父親のことを語ってくれる前、はたして私はそんなことができたであろうか？　私は彼に尋ねたり、彼から何らかの返事や私を眠らせるような薬品を入手することを求めたりすべきだったのだろうか？　あのモザイクが修復される前にも、私はあのはめ石の間を行き来せざるを得なかったのだ。これらの石片が時の流れから救われたのも、イドルンティーノ人たちが貧しくて、靴をはかずに裸足で教会に出入りしてきたからなのだが。

今や私の仕事は終わろうとしているし、このモザイクが保持してきた秘密の一部やその鍵を私に手渡してくれるから、とうとう私も腰掛けて、自分なりのさいころを投じることが可能となっている――ある説明を探して求めたり、解決の手段を見つけたりすることをもはや強いられずに、ある儀式の一部となるために。

彼は海上にいたのだが、どれほど長く航海してきたのか、もはや分からなかった。グラナダが陥落するのは二年後のことだ。イサベル女王とフェルナンド王の繁栄のために。彼はその後は海路ポルトガル王国に向かわねばならなかった。ポンテヴェードラの彼方で難破した。そして、それからはサン・セバスチャンでも。でも幸いにも、偶然から彼は救われた。そのために、彼は神に感謝したのだった。

彼が感謝したのは、宝石入りの袋がいまだ帯にしっかりくくりつけたままだったからだ。その一部もなくなりはしなかった。こうしてとうとう砂浜のある浜に漂着したのだった。

彼にはカバンが一つあったし、どこへそれを運んだらよいかも承知していた。風が激しく吹きつけていた。それに、寒さには慣れていなかった。でもタラゴーナでは、噂によると、この地方に宝石が運び込まれて、売買できるらしかった。ただし、そこでは宝石を研磨したり輝かせたりする術がなかった。

彼はこの場所でなら、これまで味わってきた恐怖を忘れられるかも知れぬ、と想像した。ずっとそうなるだろうと考えた。宝石で金持ちになった。それで、さらに宝石を買いあさった。

彼は宝石を研磨する秘密を学んでいた。この技術にかけては、彼はみんなのうちで一番になった。宝石の光沢はいつもまぶしく見えるようにしていた。いずれの神でも、これ以上にうまくはできなかったであろう。

XII

私の父はファン・ゴッホの複製をする術《すべ》を知らなかった。それでそのことを悲しんでいるかの振りをしていたが、実は経済的理由からにほかならなかった。ファン・ゴッホの複製を仕上げるのはひと仕事だったのだ。ツーリストが好んで買ったのは、アムステルダムのヴィンセント・ファン・ゴッホ国立美術館で見られる絵に似たものだった。ところが、父はそれには成功しなかったのだ。「なあ、色は同じじゃないだろう?」と父は絶望したような言い方をするのだった。「儂にはとてもできぬ。こんな色は儂のものじゃなくて、彼だけのものみたいだ。儂にはできぬ、儂には何かが足りないんだ」。私の父はたいそう有能だったし、何も欠如してはいなかったし、うっとりさせるような複写をすることができたし、立派な力量のある人だった。ファン・ダイクを完璧に模写していたし、たとえば、暗闇に近いような、影の中のコップでも、水晶の輝きを引き立たせて、それにフォルムを付与するのに十分になるぐらいにする、といったように、どんなに厄介な物でも描くことができた。『夜警』のほとんど原寸大の複写も行っていて、この絵で大金を儲けていた。フェルメールでも、父はたいそう巧みだった。「儂が贋造者になったなら、ひと儲けしただろうよ」と父はよく言うのだった。それでも、父はファン・ゴッホの模写には成功しなかったのである。何が欠如していたのか? 私は合点がいか

なかったたし、何でもできた父が、ひまわりとか、黄色い窓ガラスや青い扉のあるあの寝室とかをうまく模写できないことを、私は不思議に思っていた。

私は当地にやって来て、ファン・ゴッホがプロヴァンスのアルルで見たものとあまり異ならないはずの、ここの光を目にするまでは、そのことが理解できなかった。父はオランダでさえも、旅したことは決してなかった。父はこの南方の光を想像しようと試みたのだが、そのつど、父には何かが不足しているかのようだった。父は自殺して果てたあの画家を模写しようと試みた。父はこの画家とは多くの点で異なっていたが、光が世界を支配しているという知識の点では彼に似かよっていた。光が性格を形成し、女性をより美しく、あるいはより生気をなくさせ、世界を変え、自身の体の感じ方、囲繞する人びとへの捉え方を変えることを知っていた点では。そのことを熟知していたからこそ、父は画家――手職の、専門的意味での画家――になったのである。父は芸術家ではなかったが、芸術家に関してすべてのことを心得ていた。どこか権威ある芸術大学の絵画課程で教えることだってできたであろう。父は色彩の秘密、その素材をすべて知り尽くしていたし、画法――十六世紀に用いられたものも今日でも用いられているものをも――すべて知悉していた。母と識り合ったとき、父はアムステルダム美術学校の若い学生だった。母はノルトウェイクへの路上で父と出会い、その後、ポルトガル人のユダヤ教会堂でも再会した。母は金持ちで独身だった。何百年も前からダイヤモンド研摩を業としてきた一家の出身だったが、早くにみなし児になっていた。生まれて数カ月後に父親が亡くなり、母親は十年後に亡くなった。不正な投資をやって遺産の一部を喪失してしまった祖母の許で育てられた。母が私の父と識り合い、絵画きをしているのを見たとき、すぐに訊いたのは、ファン・ゴッホを模写できるかどうかということだった。「儂は残念ながらできない、すでに千回も試みたのだが、と答えたんだ。うまくいったのは、『ジャガイモを食べる人びと』という絵だけだ。でもそれはすべてが影に包まれているから、光がないんだよ。いや、お前の母さんは別のものを欲しがったんだ。お前の母さんはゴッホのオリーヴの木を欲しがったんだ。しかも色彩を欲しがっていたんだ」。

私の父は色彩には成功したためしがなかったし、そういうものはパレットでは見つからない、内部から出てくるのだ、というのが父の口ぐせだった。いくどか私をヴィンセント・ファン・ゴッホ国立美術館に連れ出した。午前に出かけた。なにしろ父によれば、ファン・ゴッホは私を悲しませることができるような色調を採用していたのだからだ。午前の光のほうがよりふさわしく、ある絵の前では父はそれらを恐れているかのようにそそくさと通り過ぎ、逆にほかの絵では長く立ち止まって、近くからよく眺めるために、腰をかがめるのだった。でも父は一言も発せず、何も説明しなかった。ほかの絵の前では何時間でも説明できたくせに。見ると、父は絵を成り立たせているこれらの色の山、絵筆のタッチに怯えて、黙って立ったままだった。それらの色彩があまりに部厚くなっていたため、その前に立つと、絵画というよりも彫刻に対面しているのではと思うほどだった。一度だけ、私は父に向かって、なぜファン・ゴッホを模写しなかったのかと尋ねたことがある。すると、たいそう簡単な返事が返ってきた――「儂にはできぬのじゃ」。

私はこの返事にはあっけにとられた。私には、父は世界で最高の画家だったのだ。何でもやれたのに、いかにも不格好に見えるこれらの顔やこれらの部厚い色彩の絵をどうしてできないというのか？　そして、ある絵の前ではまるで怖がっているかのように、視線を逸らしたのは、いったいなぜなのか？

「ヴェッリ、儂は南部に行ったことがないんだ。絵の具もないし、描くべき絵もない。できるのは模写することだけなんだ。でも、全部とは限らん。だって、ある色彩はこんなふうにどっしりしていて、儂が見たこともないものだし、これらを模写することは儂にはかなわないんだよ」。すると私は父に（しばしば、あまりにも頻繁に）尋ねたものだった——それじゃ、どうして一緒に南部へ出掛けないの？　と。返事はいつも決まっていた。「お前の母さんが望むなら、そうしよう。でも、彼女は欲しないだろう」。父が欲求をなぜ実現しないのか、私には不可解だったし、母がなぜ南部、色彩、太陽、一言でいえばあの光を怖がるのか、私には不可解だった。そして父がなぜ母に従ったのかも、私には不可解だった。私はこんな取り決め、私には不条理に思えるこんな合意で、なぜ締め出されたのか？　成長したとき、私は先祖の歴史、オートラントという場所を、母の幻影と結びつけ始めた。その後、万事は迅速に進んだ。母は海岸に行きだしたし、父はファン・ゴッホの或る絵に対してしたかのように、遠くから私の母を観察していたのだ——恐怖、敬意、要するに嫉妬をもって。どうしても模写できなかった、あの狂気の画家に感じていたのと同じ嫉妬をもって。父はファン・ゴッホを、絵の具に生命を吹き込むことのできた人と考えていた。ゴーギャンが彼を南部に連れ出したのは、彼に異なる光を見させるためだった。だから、このオランダの画家がそこでより偉大になったとしたら、それはゴーギャンの功績だったのであり、ファン・ゴッホがその後狂気になった——あの光の爆発、あのフォルムの熱に耐えられなかった——とすれば、それはゴーギャンの罪だったのだ。私の父の肉体は長らく北方暮らしをしてきた人のそれ、自衛することに馴れた肉体だった。ところが私の母の肉体はまったく異なっていた。まるで何かソフトなものの上を歩むかのように動き回っていたし、曲線美豊かだったし、硬い感じはまったく与えなかった。二人が一緒に歩いているのを見ると、二人の動きから、二人が二つの異なる世界の出身だと分かった。父は控え目で、世の中の空間を占めるのに、軽やかで、慎重だったが、それとは反対に、母は力強くて、きっぱりしており、同じ強度、同じ誘惑力をもって、消えたり現われたりすることができた。私が母の後を追ったとき、そうしたのは好奇心からばかりではなく、その仕草や身のこなしがきれいだったからなのである。

私が出生したとき、両親はまだ若かった。しかも、私は風変わりであまり母親らしくない女性の一人っ児だった。父は大半の時間を私と一緒に過ごしたし、父が絵を描いている間、私は傍に坐っていた。母は完璧なイメージを示していたし、歩を速めるとか走りだしたりしたときに引き締まって動く、そのまるまるしている胸は完璧に見えた。遠くに居る母が私は大好きだったし、母が姿を消すと、私はついて行かなければ実際にすべてをなくしてしまうだろうことが分かったのである。オートラントはどんなものであるにせよ、私を海岸の砂丘や、北西の風や、北方の光から救い出せる唯一の可能性だったのだ。オートラントは家族ではいつも話題にされながら、誰もかつてやったためしのない、〝戻り旅〟だった。母の家族は金持ちだったのに、航海者は家族に居なかったし、旅に出掛ける者はいなかったし、そんなことはほとんど何の役にも立っていなかった。かくしてとうとう私だけが、ある日立ち去ることを想像したのであり、私だけが実際に、アムステルダムではなくてライデンで勉強することになったのだ。女性修復師になる決心をしたとき、私はモザイクや堅い石を選んだのだが、そのわけは色彩や画布やフレスコ画を直すことで父を越えたくはなかったからである。私は自分だけの夢想世界だったもの、父が私に絵を説明してくれたり、細部を示唆してくれたり、奇妙奇天烈《きてれつ》な寓話みたいに描写術を物語ってくれたりするたびに、その声と私に結びついてきたものを、他人から――ひょっとしてより巧みに――学びたくはなかったからである。父が私に語ったとき、ほとんどとぎれることなく伝授してくれたような教訓を、私はとても他人から受けることはできなかったであろう。父は私に何かを明らかにしようとするときはいつも、絵の具に訴えるのだった。ある日、私が些細なまずくなった恋愛事件で項垂《うなだ》れて悲しげに帰宅すると（このことを思い出すと、今日でも私はあきれてしまう）、父は何か起きたに違いないことを直感で悟るのだった――私が些細だが、解き放たれることのない、苦い幻滅を味わったことを。当時の私にはその問題が一大事に思えたのだった。今となっては、その少年の名前さえ思い出せないのだけれど。父は私の腕を取り、画架の上にすでに用意してあった白い画布を置き、きらきらとした活気のある明るい緑色の絵の具を塗りつけ始めた。それを大きな刷毛で配分するのだった。それから、休止することなく私に話しかけた。「ご覧、ヴェッリ、この緑色の美しいところを。以前、これは〝パオロ・ヴェロネーゼの緑色〟と呼ばれていたんだ。銅の亜砒酸塩〔この亜砒酸塩は緑色の化合物であって、色の鮮明さと美しさが際立っている。（訳注）〕でできているんだ。実に素晴らしい。長く持つわけではない。固定した色ではないのだよ。ちょっと日光に晒《さら》されるだけで、変色しだし、しまいにはほとんど黒くなってしまう。光に当たると、絵の具は本性を露呈し、お前がそれを見捨てられるかどうかをお前に迫るのだ。ヴェッリ、お前が緑色をよく眺めねばならなかったとしたら、それを日中に持ち出し、陽光に当てるべきだったのだよ。お前はそれをたいそう信用し、その輝きがそのまま残るだろうと思ったが、お前は騙されたんだ。銅の亜砒酸塩は光には耐えられないのさ」。

私の些細な失恋事件は、父にとってはこの奇妙な名称をもつ物質――銅の亜砒酸塩――みたいだったのだ。ところが母にとっては、こんなことはすべてほとんど問題ではなかった。母は私がこのような国に生きていけるとは思ってもみなかった。私は家にはきっと留まるまい、私は立ち去らねばならぬ運命にあり、〝舞い戻る〟ようになるであろう、と常々母は言っていたのである。まだうまくいっていたときには、母は遠い昔の話や、ラテン語の奇妙な文書のことを私によく話してくれたし、そして私が十分に成長したときには、それを実際に見せてくれた。そして、これらの行間には、開かれねばならぬ扉がある、と言うのだった。

ずっと後に、アフメドが言った、「神がトルコ人を遣わしたのは、気まぐれを満足させ、モザイクに意味を持たせるためだったんだ。その日、太陽はかつてなかったみたいに、サレント全体を照らしたんだ」。母の話では、地中海世界からやって来た彼女の先祖はおそらく、この地方でダイヤモンド研磨術を修得した嚆矢だったらしい。この先祖とともに始まった家系は私に伝わったのであり、そこから出た富は徐々に消え失せてしまったのだ。私の祖母は大金持ちだったが、破滅に終わってしまった。ある日、或る霊的な会合で、歪んだ顔をした霊媒が仄めかした話で、私の祖母も母も狼狽させられてしまう。霊媒が言うには、一家の財産はずっと以前に遠い場所での盗みから始まったのだから、お金は残るまい、とのことだった。盗みの後、あちこちの海を超えて、長い逃亡があり、さらに殺人も行われたという。また、財産は一家の運命を定めるものではなく、ダイヤモンド研磨もお金を稼ぐための職業なのではなく、遠くからやってきた挑戦、ある輝く朝に海に背を向けた冷笑する神、不可能なるものとの競争なのだ、と。実際、私の父の絵があり、そこでは疲れた腰の曲がった男が都《まち》の垣間見える海岸の岩壁に背を向けているのである。この都《まち》はシモーネ・マルティーニのフレスコ画に由来するらしく、男はウフィッツィの自画像の中のレンブラントなのだ。その都《まち》は想像されるだけだ。なにしろオートラントに関してわが家にあったのは、一九三七年刊のイタリア・ツーリング・クラブの本だけだったからである。それはイタリア南部地方に関する写真集だった。オートラントについては百九ページのキャプションで述べられていただけだった（よく憶えているが、私は濃い青色の紙のこの本をしばしば取り上げては、当時はまだイタリア語も読めないままに、そのページをめくっていた）。そこに出ていたのは三枚の白黒の写真だった。一枚はモザイク、一枚は大聖堂の内陣、一枚は都《まち》と港の全景（城塞が目立っていた）だった。ほかの要素は私にはなかったし、父もそれはなかったから、この遠い都《まち》では、どこでもあり得る要塞の壁を描くだけに止めていた。誰もほかの書物を探して、もっと知ろうという努力をしたことはなかった。オートラントは私たちにはあたかも何世代にわたりその魔法から身を護らねばならないかのように、絵のない場所だったのだ。私が初めてそのモザイクを見たのは、フィレンツェで或る美術書においてだった。折り畳み式の四部分から成る、カラーのページに、モザイク全体が載っていた。私は誰かしら何かを発見しなくてはならぬかのように、よく眺めることの恐怖を覚えたという印象が残っている。私はイタリアに来ていたし、遅かれ早かれ当地に行き着くだろうことは分かっていたが、それでもしばらくフィレンツェに踏み留まり、研究することにしたのであり、すぐオートラントにまで出掛けたくはなかった。その時代が私に理由づけしていたのだ。つまり、私は日程を自分で決められなかったし、簡単にどれかの列車に乗れはしなかったし、立ち去ることができなかった。私はオートラントへは、自分の意志からではなくて、運命の偶然から到達することになろう、と決心していた。ひょっとして私がそれを招き寄せたのかもしれない。なにしろモザイクのすべて――ラヴェンナのそれも、モンレアーレのそれも――やがて私は知るに至ったからだ。まだオートラントだけは欠如していた。そこで、とうとうほかの者たちと一緒に、私もオートラントに派遣されたのだ。でも私が十歳だったときに、空想の中では、どの列車、どの船もそこへ行き着くものと思っていたし、そして十分に大人になるやすぐさま、独りで旅立つことになろうと確信していた。ノルマンディーの前を通り過ぎ、ブルターニュを回り、遠くからバスク地方を眺め、しばらくリスボンに留まって（この都《まち》を知るには数日だけでよい）、それからタンジールに出掛けて、そこの街路に馴染むことになろう。父宛てに長文の手紙を書き、父が見たこともないあの色について語ることになろう、と私は考えていた。私の冒険は父には、色彩の冒険だけになったであろう。私は海がいかに多くのニュアンスで描きうるか、また、水平線から眺めると、山の色がいかに変化しうるかを父に書くことになろう。父に長文の手紙を書き送り、そしてとうとう地中海を超えてオートラントに到着することだろう。当地では、私は十五世紀末に先祖がやった旅についての小説を書き上げるであろう。私は小説『オートラント城綺譚』を読んだことがあるから、オートラントでは幽霊を探すことになろう。私は写真帖をつくり、そして読書が好きではない母にそれを送ろう。こうすれば、母はここの城や大聖堂やモザイクがどうなっているかを見れるだろう。子供の時分、私は表紙カヴァーに見た城が、私たちの城だと思っていたし、そして私たちが勇敢に防衛した後で初めて、それをトルコ人たちに手渡したのだ、と思っていた。そして、ときどき私がここの通りを歩き、私を見て、ここの場所を知るために遠方からやって来た外国女のようだと考える視線に出くわすと、あの灰色の午後のことを思い返すのだ――自分が少年であるかのように、独りで部屋の中で戦争ごっこをして過ごしていたときのことを。父は一風変わった、石膏細工の城を造ってくれていた。それは真っ白であって、尖塔も跳ね橋もなかった。中央には大きな中庭があり、小さな建物が付属していた。全体は城というよりも、陽光を採り入れるためのテラスみたいな狭い窓と平たい屋根のついた小さい村に見えた。私がオートラントに直結するプッリャ州に着いて〔オートラントはプッリャ州に位置している。(訳注)〕、要塞化された農家を目にしたとき、これがまさに父が私のために造ってくれたあの石膏細工の城のモデルと同一だと分かった。私がおもちゃにしていた城だったのだ。

両親にはほかに兄弟姉妹がいなかった。母は私を産んでから重い憂鬱症に陥り、父が言うには、当時母は声と呼んでいたものが聞こえ始めたらしい。その後、すべてが通り過ぎたらしく、母は二、三年は私の面倒を、黙って軽々しく見てくれた。母は午前中だけ、工房で働いた。ダイヤモンドを研磨していた。母はそれを学ぼうとしていたのだが、祖母は反対しており、これは母の仕事ではない、石を磨いたり、反射させたりすると、理性を失わせる、と言うのだった。ところが母が言うには、ほかのことはやれない、それだけが自分にいくらか慰めを与えてくれる唯一のものだから、どうしてもやりたい、と頑張った。母は長い間働き、社交性に欠け、理解しがたかった彼女のような女性にしては、はなはだ長い間働いた。毎朝たいへん早く家を出、午後二時頃に帰宅するのだった。私は母の帰宅時間を知っていたので、霧や雲でほとんど消されてすっかり見えなかったが、遠くから、自転車のひ弱な黄色い光を見ようと、戸口で待ったものである。

母はダイヤモンドを研磨することができた。オランダで第一人者だったジョヴァンニ・レオンダリオはコンスタンティノープルで或るアメリカ先住民からか、それともルートヴィヒ・ファン・ベルケンから、この技術を学んでいたが、彼と同様だったのである。ルートヴィヒは後にブリュージュに赴き、その腕をブルゴーニュ公シャルル二世（勇胆王）の前で発揮して見せた。その後、それはレオンダリオの三人の息子、そして当然ながら、彼の孫たち、等々の職業となった。それから、この職業は断絶があり、三世代以上にわたって、誰もこの光沢を出す術を学ぼうとはしなかったのである。私の母はそれをやろうとしたのであり、母のこの決心に対しては誰も反対することができなかった。母はこの繊細で厄介な仕事を十年間行った。ところが或る日、もうやれないと言いだした。そう言ったのは、父が母にスープを注いでいた或る日の食事時のことだった。私たちは小さい台所に腰掛けていた。小部屋の壁を取り払って、台所を拡大する以前のことである。私は父がスープ鉢を手にしながら、テーブルの前に立ち上がったのを憶えている。私は皿の前に座っており、母は私の傍で、テーブルに肘を突き、片手を項《うなじ》に当てがっていた。コップはさえなくて輝きがなかった。テーブルの中央には、父が花市場でよく買うことにしていた黒チューリップの入った花瓶があった。母は項《うなじ》を神経質そうにこすりながら、こう言うだけだった――「もう出勤することはできないわ。もうやってはいけない、とみんなに言われたの。どうしてなのかは分からないけど」。

父はスープ鉢をゆっくりと置いた。それからやや驚いて、気遣わしげな声で言うのだった。

「もう仕事をしてはいけない、と誰から言われたんだい？」

「みんながそう言ったの。最近みんなはわたしにルビーとエメラルドしかくれなかった。わたしがそうするように頼んだの。もうダイヤモンドは見たくなかったし、世界がこのところいつもひどく暗く見えたし、空は灰色でひどく鈍《にぶ》く見えたから、耐えられなかった。それでみんなが言うには、わたしはもうできない、もうやっちゃいかん……て。」

父は座りながら、母の言った言葉すべてに注意深く聴き入った。母は父を見つめないで、中庭の煉瓦の壁に面した窓から、外を凝視した。それから、スプーンを皿に置いて言うのだった。

「今朝、わたしはそこへは出掛けなかったわ。町を出てから、ノルトウェイク灯台への道をたどったの。そこでみんなはわたしに言ったわ、それはもうわたしの問題じゃなく、ヴェッリの問題だろう、って。ヴェッリなら戻れるかもしれない、と。わたしが運命に挑戦するのをみんなは望んでいないし、わたしはもうやれないわ。」

私が母から灯台の話を聞いたのは、それが最初だった。でも、何のことなのかは皆目理解できなかった。私がどうやって戻れるのか、私は知らなかった。そもそも自分がどこなのかも知らなかったのだ。私の遊びにして、欲望の対象たるオートラント市、私の空想の、最後の僻遠の場所が、別のニュアンスを帯びたのは、これが初めてだった。つまり、いつも最後の場所だとはいえ、今や私がそれに対して何も為し得ない、指図された運命の場所になったのだった。当時の私のような幼児がはたしてこういうすべてのことを考えられたのか、それとも今初めて私にはこういう言葉を理解するようになったのか、どちらも言うことはできない。とにかく、私はそのことで狼狽していた。父がひどく真っ蒼になったのを見たからでもある。その日、父はもう仕事をしないで、私と一緒にじっとしていた。父が言うには、母はひどく疲れたんだ、私が誕生して以後、そうなったし、母は仕事を少し休むほうがましだろう、とのことだった。朝、工房に出掛けなければ、母はもっとよく私と一緒におれるだろう、とのことだった。でも、こんな言葉は無用だった。それがなんにもならぬことを分かっていたのだ。

母が部屋の傍の揺り椅子に座っているのを見ていたからである。実をいうと、私が見ていたのは母ではなくて、母の膝、両脚、両足だけだった。母はじっと独りぼっちで、薄暗がりの中に居た。父が時たま描いていた、あの暗い、光のない絵のようだった。私はこれらの絵が好かなかったし、その椅子は揺らすためのものだったとはいえ、動かないでいたこれらの脚が気に入らなかった。母は眠っているのだと言ったかも知れないが、母が目覚めていることを私は知っていたし、母が何を考えているのか、なぜ何も言わないのか、なぜそこにぽつねんと座っているのかを私は知りたかった。金髪の医者は、他人の生涯を支配するような幽霊が居ることとや、日常世界には住めないような幽霊に追い込まれた生き物が居ることを知ってはいない。彼が私に語ってくれたのは、みんなからは生きていると思われている、死んだ彼の父が都《まち》の中をうろついているのを見るのがいかに苦痛か、ということである。私にとっては逆だった。私は母を観察してきたし、母のじっと動かず、没頭し、悩ましげな、その眺め方に私は胆をつぶしたのだった。

あの日について私がとくに憶えているのは、立ち上がって、ある歌を大声で張り上げ、ほとんどどら声で歌ったことである。隣の部屋からキーキーといううきしり音がし、あの動かなかった両脚が揺れだし、そこで何かが動きだし、空が開いて、そのときまでは私が夢みることのできなかったような青色を自ら現わしたものと希望していたのだ。これまでそんなものをどこでも見たことはなかったからだ。ところが何も起こりはしなかった。すべてはじっとしたままだったし、それで私は泣きだしたのである。

その日に私がはっきりと悟ったのは、光がほとんど射し込まず、海が冷たく、諦《あきら》めの色を呈しているような場所ではもう住みたくはないということだった。私は逃げ出したかったし、去りたかった。これが運命だったのか、それとも偶然だったのかは、今日初めて言える。今ここで、この聖都——あらゆる色彩が飽和し、光が息つく暇を与えず、街路が幽霊で充満している——に来ているのだから。

ノルトウェイクの灯台の声は、蛇の塔の声みたいだった。それは響きではなくて、旋風だった。囁きやチーチー鳴きのようだった。暗闇の中で海の匂いを満喫できるように、蛇の灯台までそれらの音が私に随伴したとき、それらを聞くことができた。その音は祈祷用絨毯〔イスラム教徒用の。〕みたいに織り込まれた、言葉と声から成り立っているかのようだった。

囁くような言葉から成るこの渦巻きが、ある灰色の日に彼女を捉えた。風が吹きつけている日のことだった。ノルトウェイクの砂丘はいつになくきらめいているようだった。

無限の根っこをもつ樹木の最先端の枝みたいに続く砂丘が、彼女を運ぶのだった。この青空の下で、彼女は緑の泡を出す海とともに居た。だが、彼女の運命は指示されていたのだ。声の世界に入り込んだ者は、いたるところへと弄《もてあそ》ばれ、もはや自由にはならないのである。

私は彼女が水平線に挑むのを見た。オートラントを幽霊みたいにさまようのを見た。子供たちは彼女をとっつかまえようと後ろから追いかけた。彼女の目にキスしようとして。

だが、声はさらに彼女を引きさらって行くばかりだった。いつまでも。ダイヤモンドが不可思議な幾千ものカットで爆発して発する光線みたいに、それらの声も混ぜ合っていた。

XIII

驚いたことに、こうした時間がすっかり経過してから、彼が見つかった。曲がった杖を支えにして大聖堂の前に立っていた。見てすぐには彼と分からなかったが、それから彼が私に合図したので、私はガラティーナ出身のあの老人のことを思い出したのだ。今度こそ彼を逃がさないでおきたかった。それで私は接近して行って、サン・ピエトロ教会まで同伴してくれるように頼んだのだ。「ゆっくり歩いてくれないか、儂は老人だし、脚もしっかりしてはいない。あんたがあのとき持ってきた油は、まだあるのかね?」彼は私の返事を待たずに、うなずいて、満足の素振りを示した。「マダム、どうやってオートラントに住みついたのかね? この都《まち》は気にいっていますか?」彼の名は? どうして舞い戻ってきたのか? 私はこのことをじきに尋ねた。「儂が舞い戻った理由が分からないのかね? あんたは儂をこれまでガラティーナ出身と呼んできた。儂はオートラントで期待されていると言われてきた書状を入手したんだ――《当時のように、大聖堂の広場で。外国女性が汝に話しかけてくるはずだ》という。儂はずっと以前からもう郵便を受け取ってはいない。封筒の上には、儂の戸籍簿にある洗礼名アントニオが記させていた。いいかね、誰からも儂はアントニオと呼ばれたことはないんだ。さらに姓も記されていた。当地では姓を用いる者は誰もいない。通称が用いられているんだ。身体的

欠陥からとか、格別に背に低かったり高かったりとか、土地を耕していたり、オリーヴの木を所有していたりとか、車で行ったり、四足獣——つまり、動物——で行ったりとか、で。それに、儂は読み書きができない。郵便屋が、封筒に儂の姓名が書かれている、と告げたんだ。数年来、郵便屋を見たことがない、きっとこの男は他国者に違いない。それで、儂は彼に、封筒を開けて、中に書かれていることを読んでくれるように頼んだんだ。その中の手紙には、オートラントでは事態がどうなっているか、教会の前の広場で儂が待つことになるだろうことが書かれていた。マダム、あんたの言う大聖堂の前でだ。それで、儂はずいぶん前にあんたに出会ったことを思い出したのさ。そして、今ではすべてが再び整頓されており、舗床も元通りになっていることを考えてみた。それに、マダム、あんたにさしつかえなければ、儂はこの舗床を見てもよい、とね。見てのとおり、これは古い話だし、儂は今ではガラティーナに一軒家を持っているんだ。でも生まれたのは、この教会の後ろだったし、窓からはこれらの石を見られたんだ。それから儂は立ち去った。外国の少女と識り合い、結婚したくなったのさ。儂が若造だったことを分かっておくれ。でも、儂は何とかしてずらかりたくなった。来る日も来る日も、海が怖くなりだしたもので。お分かりのとおり、当然の恐怖であって、儂はもう海を眺められなかったし、波の音にもう耐えられなかった。儂は司祭に、海が怖いことを話していたんだ。海を見たり聞いたりする必要のない場所に行きたいことも。すると、儂はガラティーナにやって来て、一軒家を見つけ、おまけにオリーヴの林も手に入れた。さらに、数頭の家畜も。文句は言えなかった。でも子供らは生まれてこず、きたがらなかったし、一人の娘も生まれようとはしなかった。何でも知っていることでみんなに知れ渡っており、子息が生まれないかどうかとか、運命が悪化したらどうすべきかをたくさんの人びとが尋ねに訪れる、土地の婦人が居て、彼女がわけの分からぬことを言っていた。なにしろ、喋っている最中に眠り込んでしまったからだ。するとそのとき、別の女性が彼女の顔に水をふり掛ける。すると再び目覚めて話し続けた。でも、その目は閉じたままだったんだ。で、彼女が言うのには、儂は海を怖がってはいけない。今日日《きょうび》はもう誰も海を超えて行くことをしないから、と。だから、儂は戻って、大いにお祈りしなくてはならない、と言ったんだ。マダム、だからこうして舞い戻って来たわけさ。そして教会に入る前に、泥だらけの、儂のオリーヴ林の土みたいに赤い靴をいつも脱いだのだ。そこには怪物、動物に、王冠をかぶった王、悪魔、何でもござれだった。子供の時分に言われたことを思い出したよ――《海を眺めて、何かが浮かび出るのを見たら、すぐに向きを変え、捕まってはならぬ》。マダム、儂にはここの舗床は儂を救ってくれた場所なんだ。救ってくれた、と言っておくよ。儂はほっと安心したし、あちこち歩きながら、これらの光景や、樹木や、月や、季節や、象たちを眺めたんだ。そこには海も陸地もあった。王冠を戴く王もいた。弟を殺した兄もいた。ある日、教区司祭が儂にこれが気にいったかどうかと訊いた。彼の声は重々しく響いたし、天に昇っていき、儂はびっくりした。なにしろ、こんな大きな空の教会の中で、やって来るのを見かけもしなかった誰かがいきなりこんな質問をするとは予期していなかったからだ。それで、儂は何を言うべきか分からなかった。すると彼が儂に説明をし始め、生命の木の出ているこの光景全体が何を意味するのかを語ってくれたんだ。儂が歩いたり眺めたりしたとすれば、それは儂が救済の道をたどったようなものだった、と。結局、儂の罪はもう存在しないだろう、と。そこで儂は彼に言ったんだ――マダム、これは何年も前のことで、今みたいには、よく見えなかったんだ――儂らには子供が居ないし、土地の女性が言うには、儂は戻らなくてはいけないとのことだ、ということを。すると教区司祭は儂に訊いた、その女性は何者なのか、と。そこで儂は彼女の名前を告げ、彼女がよく失神したり、気分が悪くなり、世話されねばならなくなることを話した。あるときは、彼女が倒れ込んで、腰を痛めたことを。教区司祭が言うには、子供は生まれまい、とのことだった。それで儂は主に感謝しながらも、せめてひとり、娘を恵んでくださるようにと祈った。でも、子供には恵まれなかった。それに儂の両手は、仕事をするのに十分ではなかった。それでまたもあの女性の許に、今度は独りで出掛けたんだ。妻を連れずに。すると女性はとうとう面と向かって言うのには、もう儂は海のざわめきが怖くなくなった、と。ただし、運命が遠い昔の罪のために、儂を選んだ。トルコ人がやって来て、儂の家族の一人がその頭を購《あがな》わさせられた時代の罪のために。マダム、彼女はこう言ったんだ――彼は頭を購わさせられたんだ、と。つまり、お分かりのとおり、金銭でだ、それでパシャのトルコ人は彼の首を切らずに、別人の首を切った。そして、彼はトルコ人の友人となった。ただし、こういう出血だけですべてが足りたわけではなかった。はたせるかな、その後カラーブリア公がトルコ人をオートラントから追放したとき、彼はオートラントから隣接する都《まち》に逃亡した――トルコ人に購わされたことは誰にも言わずに。女性はこう言ってから、少し待つように儂に命じたんだ。儂が我慢すれば、彼がどの都《まち》に逃亡したかも言ってあげよう、と告げて。そしてしばらくしてから、彼女が言ったところでは、彼がごく近くにいるのが感じられるし、彼はまさしくガラティーナに居るはずだとのことだった。だから、そこは同じ場所、海から儂が逃亡してきたまさにその場所だったわけだ」。

　この老人の歩みはゆっくりしていた。その声は単調な鼻声みたいだったし、話し合っている間に、彼は節だらけの杖にやっともたれたり、こっそり儂を覗き見した——儂に気づかれずに、自分の言葉の効果を絶えず確かめたがっているみたいに。彼の話ははたして本当だったのか？ 遠い過去のことを語ることができた女性はガラティーナには存在していたのか？「マダム、あんたがここで待っていたことは、儂には先刻承知なんだ。当時、儂はオイルの瓶をもってやって来た。教会の中ですでに聞いていたんだ——外国女がやって来てモザイクを修復するはずだし、彼女は博物館に面した家に住みついている、とみんなが言っていたんだ。だから、儂はあんたを待っていたのさ、お分かりかな？ でも、あんたはあのオイルの瓶を壊したんじゃなかったのかね？」

《あのオイルの瓶を壊してしまったのではないか？》都《まち》に不幸をもたらした油、トルコ人が殺戮していた間に街路に流れ出たあの油への言及のことは、私は今もよく憶えている。これは当時、私を狼狽させたのだった。オートラントの蛇の灯台も油で機能していたし、この蛇は飲み込もうとして、塔の上を這《は》っていたのだ。都《まち》の紋章ですら、油を飲み込むために、塔にからみつく蛇を示している。その都《まち》では、蛇はイドロ河の象徴だと言われている。そして、オートラントという名称にしても、*Hydruntum*（ウミヘビ）に由来するのである。「マダム、油は大変な宝なのです。トルコ人は油樽を破壊して、それをすっかり引っくり返してしまった。宝の損失だ。この油は彼らにも役だったろうに。でも当時、彼らがしでかしたことは、理性に屈することではなかったらしいし、それは神の——彼らの神の——恩寵を外れていた。純粋の狂乱——絶叫、わめき、破壊——だったんだ」。

かつて、自分がそこに居合わせたかのように、この出来事について語ってくれた者もいた。まるでオートラントが引き延ばされた時代——百年が十年に値し、数世紀が星屑から成る物質みたいに、衰弱し、歴史が巨大な核みたいにどっしり押しつぶされて見える――に生きているかのように。たしかに、これがオートラントなのだ。小さい核、衰弱した星なのであり、そこには宇宙全体が包み込まれているのであり、そこは、日常生活と歴史がかち合う場所、年月が経過せず、すべてが互いに浸透し合うように見える場所、街路で幽霊が出没すると話されている場所、異世界だとみんなが知っている場所、時が自分自身で湾曲し、直線なのではなくて、円形に閉じる場所でもあるのだ。人はオートラントへやって来ても、何も気づくまい。仮象の彼方を見抜くことができないであろうから。でも、この都《まち》の停止した時間の中に入り込めば、そこでこそすべてが可能になることがお分かりになろう。

「マダム、もう一つ言っておかねばなりません。つまり、最初にあなたを見たとき、大きな印象を儂に与えた、と言わざるを得ません。こう言わざるを得ないのだが、どうか不躾なこととは受け取らないでください。何年も前に儂はここへやって来て、教会に出入りしているし、あまりにもこのことには馴れっこになってしまったため、たとえ靴に泥がついていなくてもいつも脱いでいるんです。外国人も含めて、たくさんの人びとと識り合いました。ご存知のとおり、オートラントは狭い。儂はみんなに話してきたのです、儂のせいではないが、ある罪で儂が神から罰せられていて、子供を授からないこと、そしてこの罰が妻に言わせると、儂を若返らせてきたのだ、と。妻はまた、儂が別人、聖人にすらなったみたいだ、とも言ったんです。でも、こんな言葉はたいして意味はなかった。もちろん、儂は実際にたいそう気分が良いのだが、こんなことはあんたに言いたいことじゃないのです。儂はバスでガラティーナからここへ到着すると、決まって城壁の外側にある市立公園で降りることにしてきたのです。この公園のことはきっとご存知でしょう？　ところで、ある日公園のベンチに見知らぬ外国女性で座っていた。もう何年も前のことです。彼女は美人だったたし、儂が初めてあなたを見たとき、あのときの女性では、と思った。水滴二つみたいにそっくりだったもので。でも、こんなことは信じられなかった。当時からずいぶん経っていたし、人が老いず、永久に同じままにいれるようにできるのは、神だけだから。マダム、もしやあなたは儂が何年も前に見掛けた、しかもオートラントでは外国女性と呼ばれてきた、あの人ではないでしょうね？」

私ではなかった。永遠の若さを私に授けてくれる神はいなかったし、年ごとに都《まち》をうろついて、ぱっと現われてぱっと姿を消すための力を私に与えてくれる神はいなかった。私にそっくりだった女性、コジミーノも話してくれていたあの女性は私の母でしかあり得なかったのだが、論理、世間のすべての論理はそんなことがどうしてありうるのか、その理由を私に説明できなかったのである。それに、私と父が三晩眠らずに過ごしてから、ノルトウェイクの警察署にいたときのことをも憶えている。警察はすでにほとんど希望をなくしかけていた。母が見つからなかったとすれば、それは推定死亡の確証になろう、とのことだった。それでも私は言い張ったのだった——ママは死んでなんかいない、海にさらわれたんだ、と。でも制服の男は目を上げようともしないで、片手の書類の記載内容をじっと点検しただけだった。とうとう眼鏡までかけて、データーをよく読もうとした。どうやら、浜辺で見つかった、母の身分証明書だけが、彼に関心のある唯一のものらしかった。これは母が実在したこと、したがってまた、もはや存在しないことの現実の証拠だった。彼にとっては、ほかには何もなかったし、びっくりしている少女の言葉なぞが、彼の観念した友情を揺り動かすことはあり得なかったのである。

「ここにある姓は、“p”なんですか、“b”なんですか？」と彼は写真つき証明書を手の中であれこれいじり回してから尋ねた。

「“p”……です」と、父は疲労でほとんど消えかかった声で答えた。

署員には、これだけが疑問点だった。ほかに不明な点はなかった。こんな海に入れば、誰も生き延びたりはできない。遺体に関しては、きっと見つかるだろうし、誓ってもよい、とのことだった。ところで、誰にも見つけられなかったし、日々が経過するにつれて、死亡はますます推定の線が強くなり、ますます不確かとなってきたのである。ガラティーナ出身の老人が私とそっくりの女性と識り合ったことを私に告白したとき、私の母の姓を尋ねた、あのオランダの官憲の目つきが記憶によみがえった。今や私がその老人をちらっと覗いて、彼の訪問が偶然だったのか、それともひょっとして誰かから命じられたのかを確かめようとしたのだった。アフメドには少し前からもう会っていなかったし、金髪の医者にしても、私が知る限り、消え失せたのかも知れなかったし、私はもう彼の許に出向くことはなかったのだ。ところが今や、この老人が舞い戻ってきたのであり、私はまたも怖くなり出していた。何か計画があるという感じがした——状況、場所、記憶、符合からなる計略がある、という感じがしたからだ。絵の具を混ぜようと父がしかけたときの、そのすぐに疲れる有様までもが、私にはそのうちに把握すべき謎のメッセージに思われたのだった。とりわけこの大モザイクは、解くべき謎であり、戦闘やあらゆる偶然の符合がすでに予見されていた場所であり、歴史の歩みや、埃や、ほかのもろもろによる破壊から救出して、永遠性を回復させるために私が召喚されていた幾千ものはめ石から成る神託でもあったのだ。オートラントがこのモザイクなしにそれだけでなし得たもの——

時間のないオートラント、殉教のオートラントが永遠に不変のモザイクを欲したもの——を、私はこのモザイクで行ってきたのである。

「更新されたそのモザイクを見せてくれます?」と老人は私に訊いた。その顔つきたるや、自分がこのモザイクの真の主人なのだ、という人のそれだったし、許しを乞うたのも、ただたわむれの儀礼からに過ぎなかった。決して返事を待ったり、それを欲したりしているとは見えなかった。私が彼にモザイクを見せようが、見せまいが、そんなことはどうでもよかったのだ。そのモザイクは彼のものだったし、あるいは彼のような誰かのものだったかもしれないし、私はたんにあらかじめ定められていた者にすぎなかったのだ。でも、何のために、また何ゆえに? 私が水滴みたいに他人とそっくりだったあの女性は確かに私の母だった、と言うべきだったのだろうか? そして私がそう言ったとしたら、私はあのカーヴした時間、再び出口の見つからぬような曖昧なあの時間に、これを最後に踏み込んだりしたであろうか? 私が生きているのか、幽霊なのかも分からないで、正午の悪魔みたいに街角にこうやって姿を現わしたりしただろうか? それに、あらゆる特権中のこの最高の特権を享受しないわけがあろうか? オートラントのモザイクの中の、あの山羊にまたがったアーサー王は何を意味しているのか? 民衆の信仰によれば、アーサー王はさまよえる魂の群れを導いたとのことだ。そして、さまよえる魂でいっぱいの場所があるとしたら、それはオートラントなのだ。そう、そのとおりだった。さまよえる魂の王なら、私も、私たちみんなをも導いて行ってくれるに間違いない。

私の心に分け入るという、驚くべき能力をもって、老人は私のほうを向き、古代の秘儀の神官みたいに、私にこう尋ねるのだった。

「それで、あなたはモザイクからアーサー王の冠を取り去ったのですかい?」

私はびっくりして、本能的に答えた、「この王冠が取り去らねばならなかったことを、あなたはどうして知っているのです?」

「マダム、儂らがここの出身なんだということはお分かりかな? 儂らがこんなことも知らないとしたら……。」

「アーサー王の王冠が十九世紀に下手くそな修復者によってくっつけられたことは、私だって知らなかったわ」と、私は応じた。

「その修復者は下手くそだったんじゃなくて、命令を遂行しただけなのです。」

こう言いながら私に投げかけたすばやい眼光はひどく印象的だったが、それもほんの一瞬のことだった。まるで扉が突風で押しやられて、ちらりと未知の空間を垣間見させるかのように、網膜の上にイメージが固定してからすぐ解消してしまうのには十分だった。老人はあの見なれた温和なやり方で、じきに私を眺め返した。

「彼は下手くそじゃなかったし、王冠はくっつけられるべきだったし、アーサーが王であり、群れを導くのが王の任務だったことは、少数の者にしか信じられていなかった。王だけの仕事であって、ほかの者の仕事ではないことを。でも、これ以上のことは儂はあんたに申し上げられん。」

私は当初穏やかにして、何とかいくぶん内気さをもって賛意を得るべく、彼に話し続けてくれるように乞うた。でもそれから、彼の冷たく、動じない、耐え難い視線を前にして、私はあらゆるコントロールを失くしてしまったのだった。あるときは私の質問する能力からコントロールができていたし、あるときは不如意ではないと感じており、無力ではなくなっており、配慮を求めはしなかったし、翌朝、わけの分からぬ現実に妨げられて、いらいらしながら目覚めたりはしなかった。偶然を運命と接触させ、あり得ざる世界の知識を導入させる、この両方の細い糸を結びつなぎ合わせるのが私の課題だということは了解していたのである。私は自分が何者なのかも知らずにオートラントで生きてきた。私は海を前にして座ったり、残酷な殉教史における一人の殉教者みたいに、すべてが生起するのを待望したりしてきた。私はそこでトルコ人を待っていたのであり、トルコ人の幻影を待っていた。そこで、魂のない、平安のない男たちが、さながら魔女の宴《うたげ》の上演ででもあるかのように、踊り回るのを待っていたのだった。でも、今や私はこのヴェールを引きちぎらねばならなかった。そのために滅びるという犠牲、一番に逃げ出したかった世界の中に入り込むという犠牲を払ってでも、アーサー王の王冠が元来のモザイクでは存在していたことを、無教養なガラティーナ出身の老人がどうやって知り得たのか？《少数者にしか信じられていなかった》と彼が語ったとき、いったい何を言わんとしていたのか？

「マダム、あんたはあまりにもたくさんのことを知りたがっておられる。それらのことはあんたにお話した。でも、あんたが儂の話を信じたくないことは分かっていた。こんなことはあんたが怖がらせるだろうことは。日光が照りつける日に、あんたはもう存在しない人びとを見かけることになろう。またそれから夜中には、これらの人びとの夢を見るだろう。あんたが最初この都《まち》にやって来たとき、あんたは舞い戻ったのだと考える者がいた。しかもそのときその男は、あんたがすでにすべてのことを知り尽くしている以上、あんたに何も説明する必要がない、と考えた。マダム、あんたが既知のことをどうして儂に訊くのかね？　どうしてこれらのことがあんたを怖がらせるのかね？　不幸にさいなまれた老人の儂があんたに何を言うべきなのかね？　儂の妻がどうして儂らに子宝が恵まれないのか、その理由を分かっていなかったことをかね？　その理由が古い歴史にあったことを、儂はあんたに説明できなかった。だって、ここオートラントでは、この城壁の内側ではすべてが、実際にすべてが或る古い歴史と絡んでるんだからね。あんたもだ。あんたがそんなことを知らぬとはとても信じられん。みんなそんなことは知っているんだ。」

彼に対してさらに何を訊くべきだったろうか？　城壁の傍を当てもなくさまよっていた女性がはたして私の母だったのかどうかを訊くべきだったのだろうか？　そんな必要はなかった。なにしろそうこうするうちに、それは分かっていたし、私は確信していたし、母がどこへ行こうとしていたのかと自問するのも無用だったからだ。母がここに来ていたことが分かったし、陽光が強烈な日の正午の時刻に、いつか母も眼前に見るだろうことを予期していたからである。

「マダム、それはみんなが知っているよ。ここじゃ、時間が止まっているんです。八月十二日に時間が止まったんです。奇跡だったことはお分かりかな？　あの虐殺はすべてを変えてしまった。家々の石とて、もう同じではない。それらの石でも、すべてのことを憶えている。こんなことを言うと、マダム、あなたは儂は馬鹿だ、石が記憶することなぞあり得ぬ、と思うでしょう。ところがここじゃ、石でもそれができるんだ。この都《まち》は火に覆われた火山の麓にあるようなものなのです。裏に回れば、かつてそれがどうだったかすべてありのままに分かります。ここの海にしろ、災厄がもたらしたものなのです。澄みきった日にアルバニアの山脈を見ると、遠方から叫び声が聞こえることがあるのをご存知かな？　それは子供らの叫びだという人もいます。トルコ人が一番初めに殺害したのは子供たちだったからです。そのほうがたやすかったし、子供らは弱かったし、しかもオートラントの男女はこれら獰猛な狂った野獣を見てひどく怯えたために、恐怖で縮み上がり、もはや自衛する力がなくなってしまったのです。だから、海のかなたからの連中の出発地たる岸を眺めると、低い叫び声が聞こえるし、対面の土地が消えると、声は止むのです。儂も或る日その叫びを聞いたことがあり、そのために海が怖くなったことがあるのです。」

これが彼の最後の言葉だった。もうこれ以上質問を待つことなく、彼は後ろを向き、ゆっくりと立ち去り始めた。私は後を追わなかった。でも、角の後ろに消える前に、突如ぎくっとして、立ち止まった。数秒間じっと動かなかったため、具合が悪くなったと確信して、私が助けに駆けつけるや、彼は数歩踏み出した。でも、それは一瞬のことだった。彼は背後で起きたことを点検しようと、軽く振り向いた。それから再び歩き出したのであり、しかもその速さたるや、これまで思ってもみないものだった。その後、静寂になり、あたりはすべて静止しているように見えた――風さえもが。その静けさは、世界のどの場所でも考えられぬものだった。そして初めて、私は自分にあるとは思いもしなかった内面の力をもって、怖がることなく、座って待つことにしたのである。

さて私はどこでその外国女性を待つべきだったのか？　今や、すべての海の波が彼女に到達していたのだ。しかも、例の声が彼女を遠くに連れ去っていた。そして光が彼女に示したのは、見知らぬ国だった。今では彼女は私たち同様に、オートラントを歩き回ることができた。彼女は私たちのうちの一人になっていた。そしてその歩みは、もっと軽やかであり、私はためらわず、静かだった。

私は霊たちが岩壁の上をさまようのを見た。城壁の上を円形にさまようのを見た。私は彼らに慈悲を垂れてくれるように、しかも全員が一緒に現われないように、と乞うた。彼らはもう一つの質問――彼女のどの運命が留保されたのか？　彼女をどうしたらよいのか？　彼女は何を予期しているのか？――をもって応えた。

こういう質問への回答は存在しない。こういう謎を明らかにできる光はない。どの悪魔も王冠をつけたあの騎士を止めさせることはできまい。

私は平然と歩いて行く生者たちをかき分けながら、彼が馬に乗って走り去るのを見た。その冠は陽光できらきらと輝いていた。かの外国女性は彼の姿を見たらしく、打倒されないように脇へ跳びのいた。

XIV

すべての霊が姿を見せるわけではない。でも今回は、私は一つの幽霊と話したものと確信があった。それが私に軽く触れるようすに気づいたのだ。その体は、私がクッションにぶつかったみたいに、空ろで、柔らかいように見えた。すべての霊が話すわけではなく、全員が一つの声を有しているわけでもない。私の母の霊たちは、かつて母が言ったとおり、「言葉からではなく、声から」成り立っていた。おそらく、彼らがここにやって来たとき、とうとう姿を現わしたのだろう。それとも、私の母はたった一つの幻だったのであり、あの冷たくて灰色の北海に呑み込まれてオランダで姿を消してから、再びここオートラントに到達して、みんなに姿を現わしたのかもしれない。あるいは、私は夢を見ていたのであり、アムステルダムの私の子供部屋――歩道に面した窓からは運河への保護手すりが見えた――を見捨てたわけでは決してなかったのかもしれない。私はこれまで行ったことのない都《まち》のことをたんに想像しただけだ、と信じることもできた。つまり、オートラント行きの列車に乗り込もうとしている夢を見たのだが、そうはしなかったのだ、と。そうする代わりに、そこから二、三本上の線路の、ハンブルク行きの列車に乗ったのだ、と。でも、これは自衛の一つの方法にすぎなかった。この老人はいったい何者だったのか？　彼はお金でもって「自分の頭を買い戻し」た、あの男の霊だっ

たのか？

　私はオートラントに来ていることが疑わしくなった。生身の人間たちと話したのかどうかが疑わしくなった。自分が生きているのか、修復師であるのか、オランダ人であるのか、大聖堂内のモザイクを自分が修復したのかさえ、疑わしくなった。一昨日、私は家を出てから近道をして、城壁を外れたばかりの所にあるキオスクに出向いた。新聞売りの女性の前にやって来て、私は彼女の顔を凝視してみた。彼女も幻影だったのか、私に殉教者たちのことを話してくれるだろうか？　彼女も何かを知っていたのか？　私は何かの新聞を買い、そしてさらにオートラント市案内や、モザイクに関する絵入りの書物が陳列されているのを見た。豪華版の表題は『オートラントの謎』とあった。私は自分の謎がやがて解けるものと思った。でも、もう知っていることだとも思った。私は何も為すすべはないだろうし、すべての謎がひとりでにやがて解消するのを待つだけなのだ、と思った。私はいかなる意味も、いかなる説明も期待しなかったし、回答も解明も求めはしなかった。私の悪魔たちには、私の生活全体をかき乱さないように乞いたかった。もちろん、彼らの後を追うよう私に要求しないことも。でも、これらの思いはいかなる意志にも服従しようとはしなかったのである。

　キオスクの女性は私に新聞を手渡しながら、視線を私に向けた。かなりの間隔を置いてからも、お互いにほとんど挨拶をしなかった。それから彼女は低いテーブルの上に隣り合わせで並べられた書物に私の目が向いているのを見て、言うのだった。「あなたはこんなモザイクのことは全部ご存知のはずですよ。今日、モザイク再公開のための大司教のミサが大聖堂で行われる、と新聞に書いてあるわ」。

　ミサ、このミサのことを私は忘れてしまっていた！　新聞をそっちのけにして、私は駆け出した。

家を出たとき、何も変わったことに気づかず、そのことを忘れてしまったというのはどうしたことか？大司教のミサだというのに、こんな僅かな考えを思いめぐらす間もなく、私は大聖堂の脇の入口に来ていた。でも、そこから入りはしなかった。正面入口から入りたかったのだ。大聖堂前の広場はどこにも何ごともないのかのように、すっかり空っぽだった。私が中に入ってみると、誰もいなかった。あのキオスクの女性は間違っていたのだろうか？　見ると、二人の老婆が祈っていた。一人は祭壇の前に跪いており、もう一人は頭を覆ったまま、立っていた。私は殉教者たちの礼拝堂に赴くために、彼女の傍を通り過ぎた。私はこの日が正しいことを確信していたが、もう何が起きつつあるのかを自問したりはしていなかった。もう分かっていたのだ――たとえ事前に推測を試みなかったにせよ、自分が出来事を展開させるべきだったことを。私は長椅子の上に座して、自分の両足を見ると、バベルの塔のはしごに触れているのが分かった。ひとりでに笑わずにはおれなかった。自分の戸迷いや、学んでもいないのにときどき話せる奇妙な言葉のことを考えてみた。そして気づいたのは、モザイク仕事が終了していたことだった。さらに、気づいたのだ――自分ではいったい何の仕事をしているのか、深くは分かっていなかったのだということに。私にとって、このモザイクは永遠の回帰だったし、時間を超越していたのだ。それは救出されるべき記念碑ではなかったし、むしろ焦点合わせされるべき一つの歴史だったのだ。

見回してみたが、何も起きてはいなかった。私は大聖堂に戻ってきていたのだが、私はそんなことをしなかったほうがましだったろう。自分の内面に起きたことと、ほかのすべてのこととの間に、奇妙な不均整がまたしても見られたのだ。私には定点がなかったし、確たるものもなかった。自分は幽霊たちの都《まち》に生きてきたのか、それとも何にも——キオスクの女性の言葉すらも——もはや理解できなくなってしまったのか？

再びキオスクに戻ったところ、もう閉っていた。ちょうどそのとき、ツーリストを舟で運ぶ仕事をしている漁師のゴジミーノが通りかかった。

「明日はモザイクのための大ミサが行われるんでしたね？」と私に訊いた。

まるで空が突然ぱっと開いて、不意に激しい嵐がすべての雲を追いやるときみたいだった。コジミーノは明日と言った！　明日のことだったのだ。たしかに大聖堂は空っぽだったが、誰も消え失せたわけではなかったのだ。私は海に出掛けて、もう日光から身を隠さずに、海水浴したくなった。それで、コジミーノのほうを向き、舟でポルト・バディスコまで運んでくれまいか、と訊いた。すると彼は大変驚いて、私を見つめた。そして、しつこく尋ねたため、私も決めかねなくなってしまった。トルコ人たちが見たのと同じ視線で——つまり、海から——陸地を眺めるのが怖かったのである。この瞬間まで、私はまるで海には危険が潜むかのように、オートラントから海へ出掛けはしないできたのだ。海が怖いかのようにして。日中、耐え難いほど暑かったときでさえ、私はいつもほとんど海水浴をしなかった。私とこの海との間には、捉えがたい何かが横たわっていた。恐怖と尊敬の入り混じったものが。でも今やそれをやりたかったし、今やコジミーノには真っ青な地点に止まっておくれと言うつもりだったし、私は舟から海中に飛び込むつもりだった。そして長く泳ぐことだろう。きっとそうするものと、私は確信していた。

半時間後に、私たちは港で落ち合う約束をした。彼は日光を除ける藁葺き屋根のついた小舟を所有していた。〝ミネルヴァ号〟と称し、新品ではなかった。私はポルタ・アルフォンシーナから海に降りた。太陽は天頂にさしかかっており、私は誰かに見張られているような感じがしたが、もういかなる耳打ちにも留意しまい、と心に決めていた。

「マダム、どちらへお連れしましょうか？　岸の下に沿って行きますか？　岸の近くを進んで、何でも見られるようにしますか？」

こう質問しながら、彼はモーターを始動させながら、港から出発した。初めに私は海からオートラントを眺め、岩壁の上の城壁を見やった。下からはほとんど見えなかったが、一人の婦人を連れた一人の老人の姿を区別できた。しかも彼をすぐに見定めた——私が彼と初めて会ったまさしくあの場所に戻ってきたパイプオルガン奏者だったのだ。私はコジミーノに彼のほうを指し示し、あの男をかつて見たことはないか、と訊いた。「マダム、あれは大聖堂のパイプオルガン奏者ですよ。大変上手に演奏することはご存知でしょう。以前は儂らは会うこともできたんです。彼の一人息子は、たぶんご存知でしょう。精神科医をやっています」。

コジミーノがこんなことを話しているうちに、例の男はだんだん小さくなり、とうとう私たちの視野から消え失せてしまった。その日は実に奇妙に始まっていたのだが、今や私は異常な光の中に沈潜してしまっていた。その光はあらゆる側から、空や海から射し込んでいた。私は城壁の上のあの人物のことを考えた。彼は私らに挨拶するために、義務でも果たすかのように、外からやって来ていて、私たちの出発を待ち構えているかのように見えた。コジミーノにとってはこの男は大聖堂の一介のパイプオルガン奏者に過ぎなかったにせよ、私はそこに何かメッセージか、予告があるのではないか、と考えてみた。仮にそうだとしたら、あまりに多くのことが次々に生起したものだ、と思いたかったし、私は内面でひどく心が揺り動かされたのを感じたために、そうこうするうちにずっと住み続けているように見えた、この幻視状態から脱出したいものだと欲し始めていた。

コジミーノのほうは私のこんな思いには無関心だったし、もう港を出ていて、今や南方へ進んでいた。間もなく蛇の塔を、今度は海から見ることになろう。以前ならこういう眺めをほかの何よりも恐れていたのだが。ところが今や私はすっかり落ち着いていたし、遠くからその塔に気づいたとき、オランダの住居に住んでいて、海へ出たことのなかったことに思い当たった。船に乗ったり、ボートに乗ることさえしたことがなかったのだ。運河までしか行かなかったし、公海に出たという感じはまったくなかったのだ。コジミーノのボートは小さくて、岸からあまり離れなかったとはいえ、私が海の上に居たのは、これが生涯で最初のことだった。とうとう私は岸を眺めることができたし、コジミーノには、ボートを岸伝いに走行させながら、ツーリストたちに話さねばならない多少変わった事柄すべてを語らせておけばよかった。でも彼は私を疑いの目で見つめて、何を知りたいのか、と尋ねるのだった——本当のことか、それとも彼がみんなに語ってきたことか、と。多少ためらいがちに、私を信頼してよいものかどうか、知ろうとするかのように、私に尋ねるのだった。もちろん私は真実のことを聞くことに関心がある、と言ったのだが、でも彼がツーリストたちに語っていることも知りたかったのである。

「もちろん、決まりきったことですよ、マダム。アイネイアス、ポルト・バディスコ、塔、塔に巻きついた蛇の話、といったような。それに、漁の仕方とか、また洞窟がどうしてそんな呼ばれ方をしているのかとか……。」

「で、本当のこととは、どういうものなの？」と私が訊いた。

「本当のことですかい？　そんなに多くはありません。ここの湾がどう呼ばれているかはご存知でしょう？　オルテ湾です。オルテとは、出現すること、生まれることを意味するんです。ここからは太陽が海から現われるのが見えるんです。」

それだけだったのか？　私が自問しているうちに、コジミーノが引き返そうとしだしたことに気づいた。明らかに、彼は私を信用してはいなかった。私もこれ以上彼に質問しようとは思わなかった。さしあたり、彼から知りたいことは何もなかったのだ。私が眺めていたのは、岸、とりわけ海からやってきて私の目を眩し始めた光のきらめきだった。それは青、白、それから黄色になり、さらに緑色になった。その色は時間として、動きとして存在していた。どの色を見たのかは言えなかったし、入れ替わる光の戯れが同一時点で私を襲ったのだった。私は父のことを考えた。絶えず変化し、一緒に混じり合うのではなくて予見しがたい色合いのうねりを繰り返す、さまざまなニュアンスを帯びたこの海を描くために、父ならどんな絵の具を用いただろうか？　まるで色彩画法の競技をやり合っているみたいだったし、私は視線を逸らすことができなかった。でも、コジミーノが私の注意を彼に引きつけようとして、言うのだった。

「儂はいつもツーリストたちに言っているんです――海中での太陽のきらめきはダイヤモンドみたいです、って。するとみなさんはそのとおりだ、と言います。たぶん、儂を喜ばせるためなのかもしれないけれど。」

「私の母はダイヤモンドの研磨をやれたのよ」と私は口をすべらせてしまった。自分でも何を言っているのか考えることもしないで。こう言いながら、私はびっくりしてしまった。ことさら理由はなかったのだ。母がダイヤモンドを研磨できたことがどうして秘密にしておく理由があろう。コジミーノに沈黙を守っておくべき理由があろうか？ それでも、私は隠しておくべきことを洩らしたかのような、恐怖に襲われたのだった。私は母のことはあまり喋りたくなかった。私は父とは母について長く話してきたのだが、でもそれは対話ではなくて、自衛手段なのだということをよく心得ていたのである。二人とも、他人には分からないようなことを話し合えたのだ。人びとが私の母は数日前にノルトゥウェイクに到着した誰か外国人と一緒に逃げ出したものと考えて導き出した推測や言葉に、二人とも傷つくのを恐れていたのだ。人びとからは、私の母が死んで、海に呑み込まれたのではないか、とも思われていたのだ。私たちは都《まち》の誰とも私の母のことを話さなかったし、母の消息を尋ねる者もいなかった。隣人たちも、界隈で毎日見かける人びとも、一言も尋ねはしなかった。私が外出しても、誰かから母のことを訊かれるという恐れはもうなかった。私は母を自分の内に閉まっておき、欲することだけを想像することができた。今やオートラントでは、母の運命の徴がより切迫しており、ますます明白なりつつあったときに、聞き捨てにできなかった漁師に対して、そんな文言がふと私の口から洩れてしまったのである。

「それは難しい仕事に違いない」と彼が言った。それで、私としてももう簡単には話題を切り替えられぬことに気づいた。自分が驚いたことを、あまりにもはっきりと露呈してしまったことを。「じゃ、あんたの母さんは本当にダイヤモンドを研磨できるんですかい？」と彼は当地で聞き慣れていた馴染みの言い方で尋ねるのだった。

「もちろんよ。でも、今はもうやらないわ。」

「あんたのお母さんはオランダに住んでおられるんですね、マダム。ご当地にも、ここみたいな海があるんですか?」

「海はないわ。」

私は自分でも何を言っているのかもう分からなかった。こんな答えが狂っているのは分かっていた。でもそう答えずにはおれなかった。私はあの海水、あの背景を見ていた。コジミーノの皺だらけの、乾いた、精悍《せいかん》な面魂を見ていた。この男は読み書きはほとんどできなかったし、ラテン語を知らず、たぶん書物を開いたこともなかっただろう。それでも彼は何か特別なもの——ここではほかの男たちにも見られた何か——を有していた。私には未知な別のやり方で形づくられた或る種の知恵を。こういう同じ感覚を覚えたのは、モザイクを眺めていて、人が考えつく以上に多くのことを知っている、見すぼらしい人びとにそれが向けられたものだと分かったときである。私が生まれ育ったあの場所には、学者もおれば、何も知らず、勉強したこともなく、周囲の現実を把握させてくれるような知識も、掟も持たぬ人びとも存在する。ところが、ここでは冒険のそれという、中間の方途があるのだ。それはモザイクの途、つまりモンレアーレやラヴェンナにおけるような優美さ、練達を欠如した粗野な図形、荒削り、それにもかかわらず、反射・暗示・可能性というこの一式があるのだ。こうした人びとを眺めていたり、オートラントでの私の出会いを再考したりしていて、私はこう言わずにはおれない——司祭パンタレオーネがこのような都《まち》にこのようなモザイクを創り出したのは正しかったのだ、と。

「マダム・パラシーアの海胆《うに》をご存知ですかい？　ここにはたくさんいるんです。美味《おい》しくて、司祭長の海胆《うに》と呼ばれているんです。どうしてなのかは知りませんが。」

オートラントは答えのない場所であって、海胆《うに》のようなごく陳腐なものでさえ意味がなくなり、誰ももう何もその意味を理解してはいないのだ。コジミーノはさらに南方の、一つの小島を指し示してくれたが、それを目にしても、どれぐらいの大きさなのか、私には分からなかった。ひょっとして、岩崖にすぎないのかもしれない。鳥がたくさん飛んでいたり、遠方に建物みたいなものが見えたりした。コジミーノを見やると、私に注視してはいなかった。舵を放さずに、自分でうつわをつくりだそうと試みていた。私としては自分がどこに居るのか知りたかった。

「あれはサン・テミリヤーノ島です。ご覧になったことはないですか？」

そう、私はこれまで見たことがなかった。飛び回っている鳥は鴎《かもめ》で、大勢いた。そして、ボートが進むにつれて、塔があることに気づいた。コジミーノはモーターのスイッチを切った。と、鴎のけたたましい叫び声が聞こえ、まるで冬にでもなったみたいにぞっと身震いさせられた。天候が悪化し、北風で海は暗くなりだし、雲がもくもくと張り出してきて、またたく間に、ダイヤモンドの輝きを発していた太陽がかき消えてしまい、波頭ももうほとんどなくなり、ますます弱々しげに行き来するだけになった。鴎たちの白い羽根が、水平線の真珠の灰色の上で飛び跳ねていた。奇妙な静寂――田舎に見られる静寂――が弘まっていた。この世のどんな理由があっても、こんな小島には降りたくはならないであろう。植物は一切なく、あるのは石ころ・岩、その他少々のものだけだった。

「この塔は十六世紀のものです、マダム。教会があったとのことですが、壊されたようです。壊したのはトルコ人です。」

トルコ人がここからあらゆることをしでかした――みんなを殺し、あらゆるものを破壊した――ように思われることがある。コジミーノもトルコ人の話をしたとき、話し方を変えるのだった。何か秘密を打ち明けようとして、声の調子を落としたのだ。草木の生えていない風景、冬に吹きつける寒風、破壊された塔、壊された教会、これらすべてもトルコ人のせいだった。トルコ人は何でもこなごなにした。大聖堂も、そのフレスコ画も。あのモザイクを除き、すべてを壊したのだ。モザイクだけは無傷で残った。鴎の叫び声がもう存在していない世界から発せられているかに見えるあの場所の小教会が、トルコ人により破壊されたのかどうかを私は知らなかったが、そんなことはたいした問題ではなかった。今になって私はあの若きフランスの研究者が言っていたことを理解したのだった。さいころ遊びをする神により送り込まれたあの殉難が、この都《まち》を世界でもっとも聖なる場所に変えたのだ、と彼が言っていたことを。私が振り返ると、背後に見えたのは、やはり私の塔をも消えかかりながら、私からゆっくりと遠去かる風景の中に溶け込ませてゆく姿だった。

「ここがポルト・バディスコです。ポルト・バディスコの話をお聞かせしましょうか？　儂はよく知っているのです。ボートでここに案内する客たちは全員、儂に話してもらいたがります。でも客がすでに承知のときには、儂は黙って、湾にお連れしています。そこでみなさんはボートを降り、何の恐怖も抱かず、ほっと安心なさいます。アイネイアスみたいに。アイネイアスもサン・テミリヤーノじゃなく、ここに降りたのです。彼は英雄だったけれども、サン・テミリヤーノは彼でも怖かったに違いありません。」

アフメドはかつて私に、ここへの旅は過去へ溯る旅みたいだ、と言っていた。考えてみれば、この場所は西洋文明の発祥地みたいなものだし、アイネイアスもここに到着したのだ。ユリウス氏族〔古代神話によれば、トロイアの伝説的な保護者アイネイアスとその息子ユルウスは、ユリウス氏族の起源である。（訳注）〕の元祖が。アイネイアスから、ローマ帝国、神聖ローマ帝国、そして今日にまで及んでいるのだ。この小さな峡湾ですべては始まったのに違いない。でも、これはあらゆる伝説中で、もっとも間違った、もっとも安直な伝説なのだ。あのモザイクが原罪からの救済の道だけを意味していると称されているようなものだ。それがすべての伝説中、もっとも間違ったものだ、と私が言っているのではない。この聖域の司祭長アフメドがそう言っているのだ。彼は私に言ったのだ、「ひょっとして私がここにたどり着けたとしたら」無花果《いちじく》の林に注意するように、と。そして、無花果の林がディオニュソスには神聖なものだったことにも、さらにディオニュソス崇拝がアレクサンドロス大王によりインドにまで導入されたことにも注意するように、と。これらの樹木はギリシャから伝わったのだった。アイネイアスのように。しかも、ポルト・バディスコには二通りの読み方がある——かつてモザイクや、ここで降りかかったすべてのことと同じく、二つの並行的で相対立する読み方があるのだ。アイネイアスとディオニュソスとの。

「マダム、『アエネイス』がこの場所をどのように述べているかご存知ですか？　こう述べているのです——『望ましき微風は一段と強まり、バディスコ湾はすでにより近くに広がり、丘の上にはミネルヴァ神殿が姿を覗《のぞ》かせり』。詩人ウェルギリウスがそう言っているのです。」

またしてもミネルヴァ神殿、またしても微風だ。私はボートから降りた。太陽は焼きつけ、雲に隠れているときでも、皮膚を焦がすのだった。私が考えたのは、周囲の沈黙、海上に突き出ている野性的な岸壁のことだけだった。自分がやったためしのないこと、たぶんその準備ができていなかったため、あんな海には決して飛び込みはしなかったこと、脅威として夢みてきた場所で泳ぐのを恐怖が妨げたこと、を考えた。私はコジミーノから、戻る時間になったので、と呼びかけられるのを聞くまで、目を閉じて何も考えないでいたかった。もう岸を眺めたりはしまい、別の側に――外洋へ――向きを変えよう、と心に決めた。未知なるものの恐怖、耐えがたい水平線を見つめる不安に挑む決心をしたのだ。そう、そうするつもりだったし、視線をできるだけ遠くに向けるつもりだった。すると一瞬、アルバニアの山脈――アフメド・パシャのトルコ人たちの出発地点――が見えた。そしてオートラントに戻る際には、私は誰かに見つめられていると確信しつつも、海上から稜保を眺めるつもりだった。

あの光が私に答えを与えてくれたらなあ。港を襲う船の材木を燃やす有様を海上で見かけたあの光が。都《まち》の白壁の上にまぶしく輝いていたあの光が。人に目を閉じさせ、盲目にしかねないあの光が。もろもろの形を混乱させながら、それらを危くさせ、それにより、それらの真の性質を露呈させるあの光が。

だから、それはあの光なのかもしれない。あの正午の、波を停止させ、風を黙らせ、街路を焼き焦がし、もろもろの力を燃やす、あの光。すべてのものを停止させる。不動にさせる。恐怖を開示するのだ。

あの光なら、何が起きるかを彼女に言ってくれよう。何かが起きうる以上は。あの光はすべての悪魔を従えている。あの光は正午を産み出す。その力があふれんばかりになると、伝説も言わんとしているように、日光の一射しで処女を孕ますことだってできるだろう。

正午の光から判断が生じることをあの外国女性が知ったらなあ。そのときには、生きる意欲は後退し、砂漠の水みたいに、無関心によって吸い込まれることだろう。

XV

母が働いていた工房では、光が摑まらぬ矢みたいに一つのテーブルから他のテーブルへと突っ走っているのよ、とよく言っていたものだった。一つのダイヤモンドがランプの光を粉砕するか、何らかの反射光と接触してただちに発射火薬か、無音爆発と化せば十分だった。。ダイヤモンドの光は影を生じさせないし、千本の針みたいに細く、あまりにまばゆくて、網膜の上に長らく黒い定点をしっかりと残すため、目を閉じてもこれらの斑点が白く残り、消え失せることがないのである。

母は家に戻っても、目を閉じて、網膜の上に刻まれたままの小さな白い円の数々を見ないようにしている、とよく語っていた。私は母が働いていた現場に行ったことはなかったし、母がダイヤモンドを研磨することができ、工房の中でよもや働いているとは思わないようにしていたのである。最初の疑念が私に浮かんだのは、どうして毎朝当方にきちんと受診に来ないのか、と問い合わせる近所の保健所からの手紙が、母の姿が消えてから数週した後で届いたときである。父が言うには、これは何かの間違いで、これは古い話であり、きっと取り違えたものらしい、とのことだった。父はまたしても、私に関係のない真実から、私を守りたかったのだ。でもその夜、すべてが嘘であり、私が想像していたあの魔法的な仕事を母がやってはいなかった、との考えを払拭することはできなかった。でもこれは一時の疑念だったし、それから、工房で働いていた母への思いがまたしても真実となったのだ。もちろん、夢の真実ではあったのだが、それがどうしたというのか？　それは数々の小説を成立させているあの真実の一つだったのだが、小説が何らかの現実よりも真実だ、ということは周知のとおりである。母の生涯の小説の中にはこの物語、この小さな工房があったのであり、母は毎朝仕事に出掛け、そこではあらゆる種類の素敵な宝石が研磨されていたのだ。父の話では、母はダイヤモンドしか知らなかったとのことだったが、ダイヤモンドだけが世界中の鉱山からそこに届いた唯一の宝石だったわけではなかった。ルビーの光沢はボヘミアから届いたときは赤味を帯びていたし、カリフォルニアから届いたときは暗赤色だったこともあったのだ。ウラル山脈のエメラルドはもっとも鮮やかで、もっとも美しい緑色をしていた。シャム産の藍玉（アクアマリン）は鮮明な青色をしており、青金石（ラピスラズリ）は金色の斑点のついた紺碧色をしていた。一つとしてほかのものと同じ石はなかった。母は父にこういう色彩のことを話していたものである。いずれにせよ、ママはなぜあまり喋らないの？と父に訊くと、父は私にこういう話をしてくれるのだった。父によると、ママはさまざまな石の色とか、一緒に働いており、それらの宝石をすべて区別できるひとりの男について話してくれた、という。その男は一点の疑いもなく、一つの宝石をほかの宝石から区別できたらしい――みんなには、完全に同一のものに見えたとしても。しかも一切道具を使わずとも、肉眼だけでそれができたらしい。父に言わせると、これは大いなる技であり、油絵の具を混ぜ合わせて、好みの色に変えるそれにも等しい、とのことだった。ただダイヤモンドだけはどんな定義づけにも当てはまらなかった――まぶしい白色と言えば、それは冒瀆みたいだったのだ。

その光沢は人が知りうるもっとも純粋なものであり、それだからこそそれは敬わなければならないのだろう。その仕事仲間の男も、純粋なダイヤモンドをほかのそれと区別することはできなかった。なにしろ――父によれば――絶対の純粋さには度合いがないからである。しかも、この光沢、この反射は決して模倣することはできない。はるか南方の遠い場所、つまり太陽が天頂に達すると空が引っ込むように見える場所で、陽光の或る種の輝きにそれらダイヤモンドを比べるのであれば話は別なのだが。

母の工房は小さかった。そこで働いていたのは数人だとのことだった。その場所では、運河に面した低い窓が付いており、射し込む光でピンポンができるものと私は想像していた。球を跳ね返らせながら、ほかでは出せないような素晴らしい効果を引き出せるだろう、と。小さい鏡みたいな数々の石で幼児なら日光を壁に反射させたり、通行人の目を眩《くら》ませて注意を引いたりすることだろう、と私は想像していた。ダイヤモンドを研磨するのに必要なダイヤモンド・ダストのことやダイヤモンドを薄片にするために立ててある刃や、正確を要するハンマーの打ち下ろしのことを考えていた。さもないと、ちりぢりに砕けてしまうだろうからだ。父に言わせると、ダイヤモンドのカットは困難な技であって、その宝石のもっとも弱い箇所を知らなければならないし、つまりどのダイヤモンドも内部の堅さが違っており、それを直感しなくてはならない、とのことだった。私を魅惑したのは、一つのダイヤモンドが別のダイヤモンド、つまりそれ固有の粉《ダスト》でのみ研磨できるという事実である。だから、オーストラリアの鉱床から産出した未加工の宝石はさらに一層厄介だったのだ。なにしろオーストラリアのダイヤモンドはすべてのうちでもっとも御しがたく、もっとも硬くて、しかもほかのオーストラリア産ダイヤモンドでしか研磨できないからである。

母が帰宅して言うのには、知り尽くしている街路なら、休むために目を閉じながらでもペダルを踏めるが、ダイヤモンドを研磨する旋盤の音は耳に長く焼きついて放れない、とのことだった。ほかの宝石では特別な音を発しないのに、ダイヤモンドは格別で、旋盤から出るピューという鋭い音でそれと識別できるらしかった。

ある夜、母は夢をみた。それはあまりにも精密かつ細部にわたっていたため、母が父に語る決心をしたとき（幾日も後に）、父はメモ帖にそれを忘れないようにするために、書き留めたのだった。その夜、母の夢の中にジョヴァンニ・レオンダリオが現われた。座って、話を聴け、と命じたのだ。話は、今日ゴルコンダと呼ばれている都市の近くで、地中に妙なもの――世にも不思議な光を発する素晴らしい石――を発見したインド人の幼女に関するものだった。その石は神聖なものと見なされて、はるか南方のスルランガム寺院に運ばれ、ここで土地のブラフマ像の額にはめ込まれた。ところが数年後、レオンダリオがトルコ人たちの捕虜としてコンスタンティノープルにやって来る少し前に、あるアルメニア人がこのダイヤモンドを盗んでマドラスに運ぶことに成功したのだ。そこから彼は長旅を続けた。まず海を渡り、次に山脈を超えてから、コンスタンティノープルで一休みした。彼の行き先はヴェネツィアだった。彼はこの光沢を発する素晴らしい宝石とともに、ほかにも研磨を要するより小さな宝石をも所持していたのだが、例の大きな宝石はカットも研磨も必要としなかった。そのアルメニア人は船で識り合ったジョヴァンニ・レオンダリオにその話をし、そして空が白んでくると、彼は船から足を滑らせ、海中に落下してしまう。オートラント市の灯はもう近くに見えていた。宝石入りの小袋は、少々の衣服の詰まった小さな行李と一緒に甲板の上に残されていた。レオンダリオはその小袋の中を覗かなかった。そういう宝石の研磨の仕方を習っていたし、その宝石の光が注目されるようになることを恐れていたのだ。極美のダイヤモンドは夜中の、光がないように見えるときでも輝くからだ。オートラントに上陸してから初めて、彼は他人の視線を避けながら、二百五十カラットの大きさの、その宝石を見た。矩形の大テーブルだった。オランダに着いても、それは売却されないで、評価できないほど貴重な価値のある宝物として保管された。ところが、それからそれが忽然と消失した。売られたのか、たぶん盗まれたのであり、そのときから、誰もうそれを目にはしなかった。夢の中でレオンダリオは絶望していた。その青い蛍光発光から〝光の海〟とも称されているその宝石がいったいどこにあるのか、彼にも分からなかったからだ。

当時、私がコジミーノと一緒にポルト・バディスコへ向かっていたとき、その青い蛍光発光が再び脳裏に浮かぶことになろうとは、とても想像できなかった。光の海。ペルシャ語でダリア＝イ＝ヌル。藁屋根茸きの小ボートに乗る決心をしていたあの日には、すべてのことが意味を有しているみたいだった。やはり今回分かったのは、オートラントの光が火山のマグマ、溶岩流の白い落下なのであり、これが視線を捉えるのだ、ということである。光といっても、それはほかの視線を浴びながら、再び表面に浮かぶために潜り込める場所に射し込むのだった。この火山のマグマには対照をなすもの、裏面（ママの工房で代表されるそれ）があることを私は了解した。これは私が見たことがなかったのだが、私の想像によれば、そこでは光が個々の光点や輝く針に分解されるのだ。それらはちくちく刺すように痛いのに、いかなる情動もかもしはしなかったために、見る人びとはひどく驚いたのだった。私が見た場所では、テーブルは暗かったし、壁も暗かったし、仕事に使われた機械も暗かった。そこの内部の雰囲気は不変の色、褐色の色調を帯びており、とどのつまり、世間、思考、身振りにたんなる一色を与えていた。見ると、あの工房の労働者たちやエキスパートたちはまるでレンブラントの大きな絵ででもあるかのようだった。私はその工房は想像しかできなかった。なにしろ私はそこに入ったことがなく、みんなが仕事にとり掛かろうとしていた瞬間に、スナップショットみたいに立ち止まっただけだからだ。ある人は仕事机のほうに行きつつあったし、ある人は両手に寄せ木細工の箱（宝石が入っていた）を摑んでいた。ある人は自分が絵の対象になったのを驚いたように、画家のほうを向いていた。彼らは時流の服を着ており、背景には丸天井や小道具の数々——私には込み入っていると思われたが、その絵では暗示されていただけだった——を備えた大きな空間が垣間見えた。母はこの絵では、二列目の右に立っており、高窓の下で、髪がほどけ、目を下のほうに向けていた。暗い絵であって、光に乏しく、ただ中央では明るい色の服を着、大きな帽子をかぶった宝石研磨工場長が識別できるだけだった。

私はこの絵の話を父にした。すると父は思案深げに私を見て、言うのだった。「お前が話しているのは、家族の異形である『夜警』のお前の変種だよ」。数日後、私は想像していたその絵を見た。父が描いたのは、私が父に話したのと同じ色彩、同じ顔をしているものだった。父と私との間には、共通の独特なコードに服した、ひとつのコミュニケーションがあったのだ。どうやら父は私の言ったすべてのこと、どんなに些細な夢、暗示しただけのものでも理解しようとしていたらしく、これらのことを図形や、色彩に変えてしまうのだった。今回は『夜警』の家族版だったのであり、絵の片隅で父はみんなに背を向け、テーブルの下にはネコが丸くなって寝ており、一人の紳士が大きなトランクと、革袋のついたベルトを手にしている。でも、私が想像していた私の絵では、この紳士は居なかった。いったい誰なの？　と訊くと、父は答えるのだった。「すべてが始まる人物さ。ヴェッリ、よくご覧。お前の母さんがいつも夢みていた人物だよ。オートラントからやって来た男なんだ」。

でもこういうことはみな、父が巧みな無口の役者として、私たち全員を信じさせてきた、暗示遊戯、伝説だったのでは？　私には確かだった。でもとりわけ、母には？　ここ数年ずっと、私は当時抱いていた夢や恐怖のことをいつも考えており、はたしてわが家の過去の或る人物たちを自分で考えたのか、それとも父の絵とか、父が描いた複写とか、あるいは有名な絵の写真入りの或る書物とかで父が私に見させてくれていたものなのかどうか、もう私は言えなくなっているのだ。こういう考えが初めて浮かんだのは、私がロンドンに初めてやって来たときだった。ナショナル・ギャラリーで私の気分が悪くなったとき、警備員たちはそれを、私がこれらの作品に対面したために生じた興奮に帰したのである。でも、私の気分の悪化は別のことに起因していた。画布に描かれた人物たちの顔のせいだったのだ。自分だけの夢の中に居るように思われ、これらの描かれた顔がみな何か馴染みのあるものだったのだ。父が『夜警』――ママの働いていた研磨工場が収められている異版――を私に見せてくれて、私がベルトに革袋をつけた例の男を見たとき、それがナショナル・ギャラリーのレンブラントの肖像の顔なのだとはすぐには分からなかった。ところがそれから、ロンドンでまさにその絵を前にして、私は気分が悪くなったのである。後になって、私がこの有名な絵に対面するとなぜよく興奮するのか、その理由が明らかになったのだ。これらは絵から絵へさまよい、私の生涯に出入りしてきた幻影なのであり、私がともに育った幻影、私が幼時から一緒に遊んできた世界なのだ。私のおもちゃはこういう油絵だったし、これらの筆致の厚みは、近くから見ると山脈や丘の連なりに見えたのだ。そしてこれらの絵に顔を近づけると、乾いた油の匂いがしたものだ。当地で、オリーヴの収穫期に大気中に漂っているあの匂いに似ていた。

現実が絵の中で終わるような世界を想像できようか？　しかも、絵が現実に対して、物事をより魅惑的にするためにはそれらをどう変えるべきかを示唆できようか？　私の金髪の医者によれば、人が想像と現実とを区別できたときには、もはや狂気を招く過程の始まりなのだ、とのことだった。この絵、レンブラントの再来たる『夜警』を見てから、その後で初めて、私は毎朝母が仕事に出掛けていたあの工房——まさしく、あの人物たち、あの工具、そしてあの光を具備していた——を想像し始めたのだった。実態は似ても似つかないものだった。雰囲気はもちろん違っていたし、視線はそれほど張りつめてはいなかったし、日々の単調な仕事が、人びとが働き始めようとしているまさにその瞬間に画像により現場で把握されていた、あの場面の代わりになっていたのだ。父がその日までに描いてきたすべてのものよりも大きくたいそう大きく引き延ばしたがっていたあの画布の中に、実際に何らかの真実が含まれているのだということを言えるとしたら、それは私の母だけだったであろう。私は母が実際にこう言ったのを覚えている——母は父を微笑しながら見つめてから、工房は白壁になっていること、窓は誰も押し入れないように、堅い鉄格子で守られている、と説明したのだ。そして、その鉄格子が日中には不規則に舗装された舗床の上に奇妙な網目を投影するのだ、と。でも、それらは暗示的な、にじんだ跡を残した灰色の帯にすぎず、光は影にスペースを残すすべを知らないみたいだったのだ。要するに、その大きな絵に描かれた空間は、母の仕事場のそれとは無関係だった。でもそんなことはどうでもよかった。私はその描かれた場面を眺められて幸せだった。ほかのものではなくて、それが私には現実だったのである。母が実際にダイヤモンドの研磨ができたのか否か、毎朝一緒に働くほかの大勢の人びとのいる工房に母が出掛けたのかどうか、そんなことはどうでもよかった。大事なことは、私の記憶、私の視覚上の想像力の片隅で、あのイメージが私らの生活のニュアンスとぴたり合致する色調とともに、避難所を見いだしていたということだ。それ自体の周囲に軽く絡みつき、絡みながら果てしがないかに見える長い絹のショールみたいに、こんがらかった、待ちの生活の。何年も後に、私からあらゆる意欲を奪ったあの光の海上で、私はあのショールを思い出させるものを見たのだ。コジミーノはそれを魚網（augliara）と呼んでいた。私らがポルト・バディスコから戻ろうとしていたとき、ある漁師の手の中で同じようにその魚網は絡んでいたのだが、このときは網漁には適していなかったのである。私もすべてをこんがらかせていた。私の記憶はもちろんながら、とりわけこれを収容する時間をも。私は記憶を乱し、置き換えてから、一緒に整頓し直した。こうしてどうなったかというと、それは無定形の感覚、素材、色調の塊に終わったのである。そして、私はこれこそわが生涯だったのだ、と考えた。ここ数カ月間、ここオートラントで私はよく手の爪を眺めるのだが、大変短くて、少々痛んでいる。毎日やや違った色になっていた。私が仕事をしていたモザイクの地帯や、そこの色に応じて、変わっていったのだ。ところが何日も経つと、色はもう区別できなくなったし、爪をよくブラシにかけるだけでは十分でなくなった。なにしろとにかくますます漠然となり、ますます色褪せてゆく、軽い色合いが残ったからだ。私の記憶も爪みたいになった。消し去りがたくて、識別しがたい、もはや解読しえない色調を残したのだった。

では、私の人生はどこにあったのか？ 父のふわふわした人生、寓話、色彩、絵からなるあの世界にか？ 謎めいているか、狂っているだけの母と、理解できない、とりわけ理解すべきではなかった幼女との間を、疲れも見せずに、絶えず仲介していた父にこそあったのだ。宝石の仕事に母が出掛けていたあの場所に着いて、私はどれぐらい疑いを抱いたことか。こんなことはみな、母の空想でしかなかったとしたら？ だがそれから、彼が軽やかに、小さい姿でやって来て、木製テーブルの上にチョークを走らせ始めたのだ。これが始まりだったし、私は少し離れて後ろに座り、彼の動きをすべて追うことにした。彼がやって来ると、そこの問題の場所は小テーブルないし大画布の上の絵と化した。別の——安心させる——ルールで再構されたゲームだった。そして私には、その世界は石化したかのような、汚れた絵筆の一本にも似た、魔法の杖により、そこで再合成されるのを自ら受諾しているのだった。異様な形に硬化した絵筆のブラシは、多彩な色をした毛髪の人形みたいだった。こういうすべてに、私はどう対処することができたか？ 濃淡法により世界を見ている父が語る寓話では、絵の具は混ぜられることにより、立派な騎士になったり、悪しき龍になったりするし、その寓話では、世界が絶えざるヴィジョン、無限の絵ともなるのであり、独自の想像をすることすらできない、不在の生が見つかる絵になる、という。他面では、ここオートラントではみんなによく識られているはずの女がいたのだ。コジミーノにしても、私が彼に私の母のことを話しているうちに、私の描述があのシニューラ・レタに思える、といった。シニューラ・レタとは、サレンティーノ語で、幻影の意味である。

私は幻視者たちの家族の出身者なのだ。母の幻影が本当だったのだとさえすれば、私はかつて或る司祭、ある祓魔師《ふつま》の許に出掛けたことさえある。それはフィレンツェでのことで、私がオートラントへ出発する少し前だった。彼は私を迎え入れ、聴き入れてくれた。それから、私がすでにオートラントを知っているか、と尋ねだした。そして言うのには、そこのモザイクはキリスト教の記念碑であり、それが新たな生命に目覚める希望は、私の内にある、とのことだった。オートラントはキリストのための犠牲が最高かつもっとも劇烈な一瞬に達した都《まち》らしい。こうして彼は長々と私に説教を垂れた。それから何かにショックを受けたみたいに、わけのわからぬ言葉を口ごもり、私にさらに質問した。それで私は答えようとしたのだが、はっきりした考えは思い浮かばなかった。私は世渡りするためのコード、ルールがもうなくなっており、おそらくそれらを手にしたこともないのだという、自分の絶望を告白した。さらに、父母のことについて知っていると思ってきたすべてを、話や伝説に基づき彼に打ち明けた。ところが彼は私をすぐに阻止して、〝夜鬼の集団〟の存在を信じているすべての人びと全員を激しく非難しだしたのであり、いつも南から北へと馬に乗って駆けつけてくる、頭部のない、恐ろしい騎士隊のことを私に語ったのである。そして、誰も立ち止まれなかったことをも。私は彼が興奮してサン・マルコ僧院の回廊を行き来している間、ずっと喋らせておいた。

帰路、私はあの司祭によれば、あの騎士たちやあの夜鬼の集団に頭がなかったのだということを考えてみた。つまり、彼らはオートラントの殉教者たちとそっくりに、頭がなかったわけだ。その夜鬼がアーサー王——つまり、生者の世界と死者の世界とを結びつけた人物——にほかならないことを、私はまだ知らなかった。そして、夜鬼が〝アルルカン〟(Herlechinus)とも呼ばれていることも。千の色をしたこの仮面を、私の父はまるでシャガールのヴァイオリン弾きであるかのように、私のために描いてくれたことがある。その絵は入口の間に吊るされていた。私が永久に去ってしまう前の家について、脳裡にあった最後のイメージである。

彼女が漁師と一緒に、海を超えて南へと立ち去ったことは知っている。以前、彼女が何かを探すかのように教会に入って行ったことは知っている。彼女が私の傍を通り過ぎるたびに、世界が停止してくれればと私は欲したものだ。そしてそのとおりになった。今では私にはあまり期待すべきことはもう多くはない。彼女は私にとりとめもないことをいろいろと尋ねながら、彼女だけが答えを握っているのだということを分かっていない。

グラナダ王国の彼方に姿を消してしまったあの息子のことは、私はもう何も聞いてはいなかった。ほかに聞いたことがない。トルコ人たちも都《まち》を去っていたし、衰退は二世紀にわたって、ゆっくりと続いていた。

今では彼女は恐怖を免れており、何も見ようとはせず、万事を覆い隠す理性に自分を任せている彼女は理性を空想に変えている自分ではこうして理性から脱していると思っている。でも φαντασία は〝示す〟（φαίνειν）に由来しているのだ。それは逃げられはしまいし、たぶんそれが既知のことを自ら繰り返すのを聞かざるを得ないであろう。

彼女の運命は彼女に示されるであろうし、他国者の彼女がなぜみんなから待ちかまえられてきたのかを、人は彼女に話してやるであろう。こうして初めて、ミネルヴァの聖なる丘は血から拭われうるであろう。

私はトルコ人のアフメドや、老人を見た。若い金髪男も。落ち着かぬ影が記憶の谷間で待ちかまえていた。それが何を意味するのか、私には分かっている。もう時間がないことを意味しているのだ。

XVI

私は記憶欠落に罹《かか》っている。それが分かっていることもあれば、分かり始めることもある。私の時間はどこにあるのか？　私の時間は私のテラスから見える、あの大空の彼方で屈折している。そして閉じている。どうしてしばらく前からアフメドを見かけないのか？　もう私にあえて尋ねようとはしなかったろうし、とどのつまり、私よりも驚いているように見えた、あの私の医者はいったいどこに居るのか？　トルコ人たちに身代金を払って自由になった自分の祖父が、自分の息子をも自由の身にすることができなかったのか、支払う意志がなかったのか、すべての真相を私に語る勇気のなかった、あの老人はいったいどこに居るのか？　結果、彼の息子は八百名の殉教者のうちで、神聖ローマ教会にとっての至福の殉教者になったのだが、ガラティーナ出身のこの老人には不幸者となったのだった。

私は記憶欠落に罹っている。わが家の部屋がいくつあったのか、もう思い出せない。いつも一つのことで数え間違いをするし、そうなるともう一回数え直すのだが、そうしている間に、まるで映画の中みたいに、部屋や廊下をゆっくりと動き回るのだ。五、六、七部屋に、台所、そして父のアトリエ、さらに溝つき窓のある小部屋——そこからは急な四段のはしごを降りて、中庭に出られた——があり、そして最後の段は隅が壊れており、尖がった角になっていた。そして、私はうたた寝中に右腕に触れ、軽く持ち上がった傷痕を感じると、父が私を病院に運び込んだあの日のことや、出血していたことを夢み始めるのだ。そして、痛かったことよりも、自分が言いつけに服従しなかったことにびっくりさせられるのだった。父は段ばしごの近くで私がとんぼ返りするのを厳禁していたのだが、それでも私は言うことをきかなかったのだ。傷はたいして痛まなかったが、私を腕に抱えて走ったときの父のけわしい視線のほうがこたえたのを憶えている。初めて私は父に背いたと思ったし、二度とこんなことはもうしでかさなかった。私が長らく不在にし、きっともう永久に戻るまいと父に告げた日でさえも。父なら、どんな絵で、どんな色彩で、この話を語っただろうか？　何を選んだだろうか？　何も選びはしなかったと、少なくとも私には思われる。父は私に——私にも——行かせてくれたし、父は決して見たことのなかった（私が今眼前にしている）光や、父が想像できなった幻影や、いつまでも父には、無縁のままだったであろう世界のことを、さらに夢み続けたのである。私は分かったのだ——女性に対するもう消え失せた情念を、あらゆる良識を超えて、世界の奥に父がなおも見つめていること、そして、父がいかなる苦痛をもそれでもまぶしく光る色彩の絡まりに変えてしまう（つまり、人生を目の錯覚にほかならぬ前望的効果に則して考える）というやり方を。その日、父は私の出血している腕を描きはしなかったし、私の苦痛、私の恐怖を絵に昇華させたり、負傷した幼女の不安を想像力で克服するすべを知らなかった。黙って私を病院に運び、傷口を三、四本の糸で縫合させたのだった。生涯に一度、ほんの僅かながら、父が背後を襲われたときにも、父は画布の舞台にそれを置くことはできなかった。私の母でも事態はまったく同じだったのであり、父は母を描いたことはほとんどなかったし、またノルトウェイクの灯台や、オートラント城（私たちの観光案内書で見られる）でも事態は同じだった。もし父がここにやって来たり、またはもっと南にさえ足を伸ばしたりしたとしたら、こんな光にどうやって耐えたであろうか？　いや、父は描くのを止めたであろうし、もう何も想像できなかったであろうし、この光の海に埋没して、壊滅させられたであろう。父は私に色彩の世界を教えることはできたのだが、私としては、こういう骨折りの背後に私ができるだけ早く逃げ去るように万事を片づけること、という唯一の命令があるのを理解したのである。父の絵はすべて、生前に売り払われた、と私には告げられたのだ。父が所有していた一切、私の旅立ち以後父が描いた一切合財が。父は私が戻りはしないだろうことを知っていた。そして私に残った疑念、それはひょっとしてそれらの絵の一つに、私の顔、私の体、父が知悉していた私の自己表現法が見つかりはしまいかという疑念だった。それとも、叱責とか、負傷にびっくりした、幼女の私すらも。そして私は思ったのだ――当時、私はこれを叱責される最後にしよう、不服従を決め込む最後にしようとしたことを。以後、私は自分自身、父そして母にも用心することを学んだのだった。私と同衾したどの男も、最後には、私にどうしてこの傷痕がついたのか、と尋ねるのだった。そして私にそのことを訊いたどの男も、このようにこと細かく前望的に（そう、これは想像力の真正な前望なのだ）この小さなひび、（私をとうとうここまで連れ出すに至った）危機の時点、私の一生の苦痛の、象徴的な中心を見抜けはしまいということを知らなかった。こういう無意味な質問がなされるたびに、私は自分の光、自分の色彩、自分の部屋、そして自分の諦念のことを考え始めるのだった。ここに、この真正な光の中に到着してから、この後戻りをしようと決心をしてから初めて、他人には無意味な、この腕の小さな傷痕が、私にとってもほとんど無意味になり始めたのである。そしてアフメドが私の腕に唇を軽く触れながら、ためらいがちに立ち止まったあの日、あの場所で、彼にはもう私に質問する必要がなくなったことを私は悟ったのである。実際に、彼は何も質問しなかった。言うなれば、それは偶然だったし、言うなれば、彼にはそんなものは無意味だったし、また彼がもっと分かるかと私が自分で錯覚していたことも、隠しておきたかったのである。

ときどき思うのだが、私はすでに全部見たのであり、かつてそこに居たことがあって、それから数年間に父が描いた絵を探し求め、その中にアフメドの顔、ガラティーナ出身の老人の顔、金髪の医者の顔、そしてその父であるパイプオルガン奏者の顔を見つけられたらよいのに、と。でもこれは一つの夢であり、そんな絵はもう見つからないであろう。ひょっとして、一つ二つはより有名な画家の名前の下にどこかの美術館に収まっているかもしれぬし、しかも決して知られることはなかろう。なにしろ、その画家は何でも、私たちの生涯をも模倣できたのだから——彼にその生涯の持ち分を放棄できる特権が与えられているものと仮定しての話なのだが。こういう特権は、いかなる名誉も切望しない才能《タレント》への報賞として、彼に永久に授けられたものなのだ。

私がここオートラントで、これらのことをいったい誰に語ることができたろうか？　誰が私を理解したりしただろうか？　しかも、私が夢に耽っていたとしたなら？　あのときには目覚め際に、私はテルペンチンやオイルの臭いを感じたに違いないし、あのときにはざらざらした布でブラシの剛毛をこすってそれをより軟かく緩めようとするときに発生する、あの馴染みのザラザラという音が聞こえたに違いないのだ。しかも、私はこんなもろもろの示唆はすでに十分に持っていた。さもなくばいつも同じように繰り返され、いつも同じような、ゆっくりして目立たぬ身動きの中で、淡く、落ち着かせる、やや生気のない色合いの家の中の、日常性のうちに繰り返される生活に余儀なくさせられた一人の女性の示唆を。

オートラントの家並は白かった。それらの白さはフランドルのどの色よりも強烈で濃厚だったし、すべて――穴、漆喰の割れ目、ねじれた壁――を曝す陽光で虐待された白さだった。あまりにも濃厚な白だったから、それを薄めて、私の父が絵の具のペーストを溶かすのに用いていたあの溶剤を混ぜたくなったものだった。でも、私が目覚めるや否や、ある朝、風に運ばれてきたかのように、この都《まち》の中であの溶液の匂いを感じる、というようなことがどうしてあり得たのか？　ここオートラントにまさしく同じ匂いが到達することがどうしてあり得たのか？　ひょっとして、それは或る画家の家の、とあるアトリエから漂ってきたものなのか？　どうでもよかった。大事なのは、私の運命の計画だったし、それ以外のものではなかった。光のたわむれに加えて、この匂いのたわむれこそが大事だったのだ。

あの金髪の医者が私に言わんとしたのは、この思い込みの匂いが嗅覚の錯乱だということだったのか？　いやそうではない。私が怯え、迷い込んだ世界の中でびっくりしているのを見つめながら、彼本人も誤ってそこに入り込み、そこからもう脱出できなくなったのであろう。

翌日には、高位聖職者による盛大なミサが行われた。土曜日だったのだ。月曜からは、大聖堂は完全に礼拝一色に戻った。つまり、埃やトラックも、往き来する労働者も、広場でよく見かけた雑踏もすっかりなくなった。オートラント大司教のほかに、第一級のすべての権威者や市民たちが参加して、厳粛で、公式の盛大なミサが挙行されたから、大聖堂は立錐の余地もないほどだった。私が真のオートラントを見たのは、この時代を通じてこれが初めてだった。そこの住民たち、市長、市会評議員たち、私がよく出くわしていたほかの人びと、そしてときたま挨拶を交しただけの人びとが参加していた。これほどの群衆を、そんなに通行人も多くない都《まち》の中で目にしたのは、初めてのことだった。そのとき、私は儀式の目撃者として、ベンチに腰掛けていて、例のモザイクに目をやり、香の匂いに埋没してしまった。言葉や式文を聞きながら、私のモザイクを見やると、あらゆる種類の染みで覆われていた——黒色や褐色の靴、婦人の履物でつけられたものだった。そして、群衆がむき出しにしたはめ石は、意味をなくしているかに見えた。二月の光景に靴のかかとを軽く打ちつけている人がいるかと思えば、グリュプスを押しつぶしているように見える人もいたし、またある老婆は——聖ジョージ〔イングランドの守護神。（訳注）〕が悪竜を退治しているみたいに——殺そうとするかのように、翼のある怪物のちょうど口の上に杖をもたせかけていたりした。これほどの大群衆が、モザイクに目もくれずに、これを消し去っているのを、私はこれまで見たことがなかった。昔はこの舗床の上を裸足で、ためらいがちに、畏敬に満ちながら歩いて、背を丸めてよく眺めようとしたのだ、ということが私の頭をよぎった。ところが今日では、ほんの僅かの人びとだけが、群衆を両翼に区分する通路や、ベンチの間から眺めようとしているのである。この通路はモザイクの条痕を生命の樹で解放していた。どうやら、司祭パンタレオーネにより合成された光景は失われてしまい、この樹木の枝はまさしく今日の人びと——祈ったり、典礼書の言葉を反復したりしている人びと——で呈示されているみたいだった。みんなが無知で、ぼんやりしていたし、みんなが何かを解読したり、理解したりする力をもってはいなかったのである。

でも彼らは何者だったのか？　都全体《まち》が私から滑り落ちたと信ずることはできなかった。彼らが何者なのかと自問し続けたし、いつも私と話してくれていた人たちがどこに行ったのか分かろうと努めた。彼らは私の散歩に同行してくれたり、私の力が消え失せ、弱みを感じたときには、私を支えてくれたりした。あの幻影どもは、節だらけの杖を携えた老人たちはどこへ行ったのか？　とりわけアフメドはどこへ行ったのか？　司教の声が私の注意を引いた。その瞬間、彼がラテン語を話すのに私は気づいた。イタリア語のミサではなかったのである。司教は「入祭唱」（*Introitus*）を読んでいた。私は振り向いて周囲を眺めたところ、誰も驚いているようには見えなかった。それで、傍に座っていた、見知らぬ一人の婦人に「あれはラテン語ですよ！」と言ったのだが、彼女は肩をすくめるだけで、何も応えなかった。「ミサではもうラテン語を読んではいけないのに」と私はつけ加えた。でも、これはなんにもならなかった。誰も私に応えようとはしなかったのである。そうこうするうち、香の匂いは光と入り混じり、教会を何か別のものに変えたように見えたし、すべてのものが膨張させられてしまい、もろもろの形が互いにこんがらかり、円柱はカーヴして見え、大司教はみんなから切り離されたかのように、別世界からやって来たように見えた。私は黒装束の群衆を眺めた。「汝をそれ故に」（Te igitur）。そしてそれから、「汝記憶せよ」（Memento）。そしてさらに、「共に与《あず》かる者たちよ」（Communicantes）。私はベンチの上に寄り掛かり、あたり一面を見渡し始めた。私の頭は澄みきり、人を小ばかにしていた。私はこんなところで罠に落ちるつもりはなかった。こんな試練から堂々と脱出するつもりだった。現実や、生命や、私の全存在の新たないかなる中断にも耐えられなかった。私はモザイクを修復してきたのだし、大司教がミサを司宰しているのも、この事業を祝うためだったたし、都《まち》全体が参加していたのである。そう、でもどういう都《まち》なのか？　この黒装束の紳士たち全員の都《まち》は？　よく眺めてみると、彼らは黒装束をしており、びくとも動かなかった。ほんの僅かも、身動きしないということがどうして可能なのか、まるでロボットであるかのように、みんながじっと前方を眺めたままでいることがどうして可能なのか？　そこで私は或る考えが浮かんだ。自分が幼かったとき母が聞かせてくれたＥ・Ｔ・ホフマンの魔法使い砂男〔幼児の目に砂をまき、眠気を催させるという小人。（訳注）〕の話が。私は怖かったのだが、そう言うだけの勇気がなかった。それでそのときはシーツを噛んで、何も言わずにいた。すると母は読み続けた。私の大司教が読み上げたのと同じように、抑揚をつけて。あれまあ、どうしてそんなことが可能なのか？　私をこの夢から脱出させておくれ、私はオートラントなんぞに行ったためしはなかったし、こんな光、こんなモザイクを目にしたことも全然なかったのだ。私はトルコ人たちを知らなかったし、父も描き方を知らなかった。私は君たちに誓ってもよい（もし私にできたなら、叫んだことであろう）、そんな砂男の話は聞かせないでおくれ！　と。そのことは、私が或る晩、すっかり疲労困憊して金髪の医師の許にやって来て、両脚もほとんど利かず、闇を恐れていたときに、彼にも言ったことがあった。なにしろ、この話は私の脳裡にいつも焼きついていたからだ。ところが彼はホフマンを読んだことがなかったし、私が語ったことを理解しなかった。「ヴェッリ、いったいどうしたの？」と彼は尋ねたのだ。「ナタナエルは敏感な、空想にとりつかれた児であって、暗い幼児期に成長しているんだ。なにしろ養育係が彼に話したところでは、砂男が幼児たちの目に砂をまき、目が充血して頭から飛び出すまでになったんだからね」。あれまあ、金髪の医者も分かり始めて、私にその先を話り続けるように要求したのだった。「話は込み入っているの。今でも込み入っているわ。

私は母を遮り、もっと詳しく説明して、と頼んだの。ナタナエルによると、砂男は彼の父の友人で、錬金術の実験を行ったコッペリウスなる者にほかならないらしい。この人物はよく物語に顔を出している。そこではロボットみたいに動く人形オリンピアを発明した魔法使いも登場するわ。ドクター、私は幼いとき、ロボットのオリンピアになるのが怖かったのよ」。すると、金髪の医者は私の顔を見つめて、理解しようと努めるのだった。ところで、今私が見つめている人びとはみな、じっと動かずに教会の中で座っており、司祭長も居り、香の匂いが漂っていた。「ここの全てはこの人のためなり」(Per quem haec omnia)。「ところで、ナタナエルが成人してから、オリンピアをロボットとも知らずに、彼女に恋したみたいに、ドクター、あなたが私に恋したとしたら、いったいどうなるでしょう? そう、彼は彼女に恋して、理性を失うのです。でも、彼がこの恐ろしい代物、オリンピアから解放されることを考え、自分の昔のフィアンセに立ち返ったとき、悲劇が起きるのです。彼は塔の上に立ち、上から都《まち》を眺めます。そしてコッペリウスの視線に出くわすと、魔法にかけて、塔から身投げするように強いるのです。ドクター、あなたもこの物語を読み、そうしてください。私は城塞の小塔の一つが照らされているのを見ました。それでまた怖くなり、シーツを噛みそうになりました。でも、それは何の助けにもならなかったのです」。

「神の小羊」(Agnus Dei)。私はこの話を一息に金髪の医者に語った。初めてのことだった。こんなによく憶えているとは考えてもみなかった。多年にわたり、それを隠してきたのだった。ところが今になり、大司教の声調に、かつて母がやっていた朗読の仕方を感じとったのだ。そして群衆を見ると、オリンピアのようなロボットでできているようだった。振り返ると、パイプオルガンの響きが聞こえた。パイプオルガンは祭壇の右手にあった。私のよく見分けのつかぬ男女が演奏しだした。セザール・フランクの『プレリュード、フーガと変奏曲』を。近づこうとして、立ち上がり、群衆をかき分けて進んだ。誰も私にかまけはしなかった。聖体拝領、ホスチアの授与が始まった。パイプオルガン奏者の顔がよく見えた。彼だった。いつも同伴の妻も一緒だった。よく眺めてみると、金髪の医者も発見した。さらに、ガラティーナ出身の老人、アフメド、そして振り返りもしないで私の窓の下を通り過ぎた例の奇妙な修道士も、互いに傍に座っていた。私の父の絵から出現したように見える人たちだった。私は目をこすって、もう一度眺めた。バラ窓から射し込む光が、教会中のちりみたいに拡がり続けており、私が捉えるのを妨げていた。金髪の医者が接近して来て、そっと私の腕をつかんだ。

「モザイクの仕事が完成したもので、みんながあんたを待っているよ」と、彼が言った。私はあえて何も訊こうとはしなかった。大司教を見やると、ホスチアを持ち上げていた。パイプオルガン奏者を見やると、音をやや強めており、『変奏曲』に達していて、典礼書を朗誦する声が聞こえたし、それで私はもう逃げられないこと、彼らに――彼とほかのすべての人びとに（たとえ彼らが誰なのか知らなくても）――従わざるを得ないだろうことを私は理解したのだった。私は再び腰掛けて、足許を見つめた。今居るところは地獄だった。私の下にあったのは、サタンと一緒のモザイクの部分だったのだ。そこには、モザイクの地獄の生き物たち、ほかの怪物を貪る怪物たちと並んで、彼ら全員が居た。文字 *Infernus Satanas*（地獄の悪魔）、*Abra*（召使女）、*Ysac*（イサアク）、*Cervus*（鹿）、*Iacob*（ヤコボ）が読み取れた。もう時間がないことを知った。金髪の医者は私の真後ろの絵を指さした。殉教を表わす絵だった。長いラテン語の刻文が付いていたが、うまく読解できなかった。この絵はこれまで目にしたことのないものだった。大聖堂はよく知っていたのに。私は振り向き、もう一つの絵を見た。またも未知の絵だった。明らかに高位聖職者である一人の男が、トルコ人たちから断首されているところが描かれており、そこには受胎告知の奇跡も表わされていた。この絵にも印象的なラテン語の碑銘が刻まれていた――「遂ニおーとらんとノ城壁倒壊セシトキ、蛮族聖ナル寺院ニ押シ入リ、不埒ナル破壊モテココヲ冒瀆シ、数々ノ殺害ヲ始メタリ。彼ラノ一人、エチオピア人ハ民衆ニ敬虔ニ聖体ヲ授ケ来タリシ司教ステファヌスノ頭ヲ胴体ヨリ刎《は》ネタリ。カカル悪辣ナル凶行ニヨリ、寺院ニ掛ケラレシ主ノ母ニシテ聖ナル乙女まりあノ像ハ聖ナル奇跡ニテ消エ失セタリ」。

金髪の医者はもっと離れたところにある、第三の絵も指さしてくれた。でも、群衆のせいで、何が描かれているのかは識別できなかった。この絵の出所は？　オートラントが解放された後で、一四八二年にアラゴンのアルフォンソにより委託されたものだったのか？　この絵がどこにあったものなのかは、誰にも分からなかった。その瞬間にこの絵が再び現われたとしても、私は少しも驚かなかった。私は頭をすっきりさせようと努め、その絵に触れて、それが錯視なのか、本当に存在しているのかを摑みたかった。だが、それは不可能だった。あまりにも上のほうに掛けられていたからだ。金髪の医者はゆっくりと私を教会の外に連れ出した。

「あれらの絵はときどき姿を現わすらしい。以前にもあったんだ。光にも独自の記憶、かつて照らしたことのあるものの記憶があって、その絵の視覚効果をつくり出せるみたいだ。実際にはあれらの絵は存在しないし、ああ、不思議な虹、説明がつかぬ蜃気《しんき》楼《ろう》みたいなものなんだ。また一説には、虐殺から四百年後の一八八〇年八月十二日の夜に、聖なる奇跡で消え失せた聖母像も数時間見られたらしいのだが、これは伝説にすぎないんだ。」

大司教が「行け、ミサは終わった」(Ite missa est) と言ったとき、私はちょうど出口のところにいた。誰かが私の手を握った。ほかの人びとは親しげに挨拶してくれた。狭い広場は、多かれ少なかれ私の識っている一般の人びとで満杯になった。すべてが終わったかに見えたし、またしても聖母への受胎告知のこの大聖堂はその奇跡の一つを成就し終えていた。私たちは広場に立ちつくした。多くの人びとは私に、これほどの大きな込み入った仕事を成し終えるのはさぞ難しかったろう、と尋ねるのだった。管理人は私の耳元で、後で晩餐会があることを忘れないように、と囁いてくれた。開け放たれた正門入口のほうを眺めて、私はこの奇妙な高揚した感性の瞬間を把握しようと努めた。中で見かけたすべての人びとがぞろぞろと出てくるのを見たかったのだ。そうやって眺めていると、修道士、ガラティーナ出身のあの老人が私にちょっと挨拶した。また、パイプオルガン奏者は婦人を伴っていた。私は脇門の段でためらっている彼を見て、駆け寄り出した。その瞬間、私は腕に、燃えんばかりの激しい握手を感じた。腕がそのとき負傷したみたいに焼けているのではないかと思われた。私は振り向いて、誰が私を引っ張っているのかを見てみようとした。見ると、またしてもそれは例の金髪男、あのいつもずっと信用してきた医者だった。

「今は駄目」と彼が言った。

あたりはすべてが停止しているかのようだった。少し前まで見受けられた、挨拶や握手の交換からなる、くつろいだあの雰囲気はもう見られなかった。でも、それはほんの一瞬のことだった。パイプオルガン奏者が急に教会の後陣に向かって姿を消したかと思うと、すべてが再び動き出したのだ――

一瞬充電が切れた、故障してしまった機械仕掛けの人形芝居の劇場みたいに、すべてが再始動し始めたのだ。私は金髪の医者のほうを向いたのだが、今なお彼が言った二語「今は駄目」が耳に焼きついていた。でも、この二語も消え失せながら、遠くに飛び去り、狂った球みたいに家々の壁の上にぶつかっているみたいだった。今は駄目、とはどういう意味なのか？ さらに（今となっては、これは私がもう防御する力のない一種の修辞上の戯れだったのだ）彼は本当にそう言ったのか？ それとも私やほかの大勢の者たちを驚かせてから、遠去かった、内心の声、はるかな声だったのか？ 自ら姿を現わしたがらない、からかい半分の悪魔から発せられた声だったのか？

もう一度、周囲を見回した。すべてがごく自然に思われた。そこで、私は教会に入り直し、自分に示された、あの殉教の絵をもう一度見ようと思った。左側廊のほうに進み、見上げてみると、すべてが黒かった。光はそこまでは届かず、今や祭壇や右側廊の一部を照らしているだけだった。たしかに、光には記憶力があり、もうそこにないことを自ら思い出すことができ、もう存在しないものをも示すことができるのかも知れない。私たちは自分の脳裡の底に由来するものをすべて幻覚と呼んでおり、しかもそれが私たちの外部にあるかのような印象を引き起こしているのだ。私たちが内部に持っている私たちの幻影が、自らを奇跡（私たちの思いや私たちの不安を外に投影させる奇跡）によって示すことができるものと、私たちは考えているのだ。でも、あの日に起きたのは、何か逆のことだったのであり、光、あらゆる悪魔の原型にして首領が、もはや存在しないものの錯覚を私の目にあるかのように見せかけたのだ。完全な錯覚だったのだ。

ところで、私が見かけたすべての人びと、私に語られたすべての話もそうだったのか？ 唯一ありうべき慰め、唯一我慢できるものがあるとしたら、それは光からなる神がいかなる謎をもかくも完璧に開示できると信ずることであろう。でも、私はそんなことはあり得ないのを知っていたし、悪魔たちが決して安心させるものではないことを知っていたのである。そこで私は地面を眺めたのだが、すると一瞬葉っぱのつむじ風が見えた。その風は生暖かくて、新鮮で、過去の声、古いゼラニウムのざわめき、しつこいノスタルジー以前のため息、幻滅に満ちていた。私は誰にも、もういかなる時間もないのだ、と思った。私が到達したのは、偶然が私を到達させようと欲したところなのだろう、と。そして私が欲したのは、偶然が恐ろしいものではなく、また啓示でもなく、破局でも、隠された事物の暴露でもないことだけだった。私は偶然がただの運命、出来事であって欲しいと願った。存在するものが何かでしかなく、理解できないものでしかないこと、したがって、私がそれでも、光のあらゆるヴェールの裏に神の顔を見るという危険を犯さずに、生き続けられれば、と願った。私に可能なのなら、そしてそれが可能になるように、私はヨナのように海中に飛び込んで、教会の中で私の周囲にいた普通の人びとが固有の人間性をなくさないように、ロボットの群れと化さないように、とそのことだけを願ったことであろう。私は過去の声でいっぱいの風が私の肩をかすめて、私の腕を撫でるのを感じた。アフメドが一言も言わずに私の傷痕に軽く触れたときにやったみたいだった。かくて、風がこの都《まち》の家々を永久に均《な》らすことのないように、私は海に身を投じなくてはなるまい、と悟った次第である。

風が吹き続ける理由はなかった。私にできるものなら、風を凍らせたいところだった。その背中の上に寒気を走らせるために。この素晴らしい背中の上では、私は脊椎を数えたり、それらに次々と触れたりできたであろう。とうとう分別や、感覚をなくしてしまうまで。

私は彼女を大聖堂の近くで見かけた。これが初めてではなかった。彼女は海に通じている道を眺めていた。重要な一日だった、と思う。彼女はミサから出てきたところだった。

彼女は何を待っているのか、分かりかねていた。どんな運命が彼女に定められているのか理解できずにいた。しかも、運命の書の中のページはすべて同じでは決してないのだ。それに、そこには理解できることは何も書かれていないように思われた。それらのページを風は当てずっぽうにめくるのだ。

彼女を見やると、海の彼方を眺めていた。もう再認できなくなったあの広場に、じっと立ったままだった。彼女は風が怖かった。過去の声に満ち満ちたあの風が。

彼女にどの声が届いているのか、私は分かっていた。そのとき彼女がどのように見えたか、今日では要塞の上を散歩するとき、彼女がどのように見えているかは、私に尋ねられたい。でも、なぜ彼女が舞い戻ったのかは尋ねないでおいてくれたまえ。

XVII

ピンタ塔の地下祭室にある低くて狭い通路に入り込むのにかがむとき、どれほど心臓が高鳴るかをご存知だろうか？　都《まち》から数キロメートルしか離れていないのに、すべてから隔離されているように見える場所にある、記憶の谷の中心で。心臓は突如活発になり、激しく鼓動を打ち、脈搏もはっきり見えるほどに高まるのだ。そして高鳴ることになる。地下室の天井で大太鼓が鈍《にぶ》く響くみたいに。肉体はかっかし、どの筋肉、どの神経も可能と思われるよりはるかに活気づく。この場所では何か奇妙なこと、筆舌に尽くせないことが起きることが分かっている。ここにやって来ると、地下祭室への入口の小さな扉を見るや否や、これまで身に備わっているのを知らずにきた、真正なエネルギーが自分の内に浸み込んでくるのが感じられる。ところが遠ざかり、農園から地下祭室への入口に通じている小階段を昇ると、すべては再び平常に戻るのだ。そういう奇妙な感覚をもつのは内部にいるときだけなのだ。

地下祭室がどうなっており、そして、死体仮置場、椅子、円形構造、壁龕を備えた、この奇妙な建物が何の役を果たしているのかを知っている者はひとりもいない。俗信によれば、壁龕は骨壺を置くために彫られたらしい。異説によれば、周囲の谷や、ここに見つかるいくたの洞窟から、死に瀕している老人たちがゆっくりと骨折りながらこの場所にまで赴き、石のこの長いベンチに座って、死を待ち、それから火葬してもらうのだ、という。これが本当なのかどうかは誰も言えない。でも私ができたのは、ここに――記憶の谷に面したこの場所に――来て、私が得たかったような答えを待つことだけである。すべてのことが書かれているあの大いなる書物にまだ何か質問するとしたら、まさにその瞬間だった。どうやってここにたどり着いたのかは言いたくない。もう暗くなり出していたから、つき添われてやって来たのだった。そしてここに取り残されたまま、私は入口の前で座っていた。夜を待ち、そして夜になったら、何が身に降りかかるのかを考えるために。私は高鳴る心臓とともに、時間を過ごしたのであり、経験してきたすべてのことを追考してみた。再び明るくなり、日の出になるのを、不安も、恐怖もなくじっと待ち続け、見られる限りの僅かな星々を区別しようと努めた。朝は厚い雲に覆われていたが、それから晴れてきて、太陽が顔を出した。

私は正午を待ち、太陽が天頂に達するまで追い、月光に包まれて周囲のすべてが燃え上がり、さながら悪魔が姿を現わさんと欲しているかのような有様を目撃した。なにしろ開示されるすべてのものは光一色だからだ。私は太陽光線が、雲のフィルターで無理に覆われ隠れるよう強いているのを突き破るにつれて、色の調子が変化するのを見た。アフメドが深淵の海や、光を見るのを妨げている闇について語ったとき、私に何を言わんとしていたのかが理解できた。「深淵の海はその致命的な危険、その逸脱、その眩《めくらま》しにする狼狽を伴った下の世界なんだ」。私は雲が速やかに遠ざかるのを見たし、そして次の言葉を再考したのだった――「雲は誤った意見、接近不能のカーテンになる腐った白昼夢なんだ。光を発見できるためには、その彼方を眺めなくてはならないんだ」。

今や堂々と鳴る、完璧な秩序の成果として、すべてが開示されつつあった。空は紅海の海水みたいに分かれており、私の頭の真上の中心では、青い筋が形成されて、さながら青金石《サピスラズリ》みたいに輝き、金色の反射をしていた。谷間も、これに存在とまでは言わないにしろ、生命を授ける水源に照らし出されているように見えた。私はその夜を何が起きるのだろうかと自問しながら過ごしたのだが、今になってそれが分かったのだった。私は戦闘態勢の昔の軍隊みたいに動く空を前にして、黙ったままじっと動かずにいた。雲はというと、大舞台におけるように飛ぶように流れては姿を消して、ほかの場所で再び姿を現わし、またも消え失せるのだった。とうとう、こういうすべての経過の後で、金色の反射を伴った青が、灰色のあらゆる痕跡を消し去り、もっとも小さなちぎれ雲だけを残すのだった。こういう雲はそれらのおどけた形や厚い白絵の具の色もろとも、ある画家によって描かれたように思われる。その白さたるや空中の雪——氷の光が反射させることができ、輝いているように見える雪みたいな外観を呈していた。

これは私に許されたヴィジョンだったのか？　またも周囲を振り向いてみると、すべてが変わり続けていた。色はもう同じままではなくなっており、空気までが変化したように見えたし、光を届くことのできない所で配分しているように見えた。言うなれば、雲を追い払い、空にごく瞬時しか眺められない、火の玉を再点火した風によって運ばれたかのようだった。完全な日食になれば、空中にあの途方もない炎を投げかけている太陽の表面を見られるのにと思った。そうなれば、大地はすべて、思いがけぬ影の中に消え失せるだろうし、もろもろの色は私が知悉しているあの色調を帯びることであろう。なにしろ、それらは言うなれば、内在的な、引き止められた光の色調だったのだからだ。私の父が生涯にわたり対面してきたその絵では、画布を切り裂き、それを開くことにより、ほかでは見られなかった光のすべてを、内部から発散させることができるかのようだった。なにしろ、その光が内部に無理やり押し込められていたからだ。その光は、私たちにぶつかり、私たちを面くらわせる何かみたいにほとばしり出ることであろう。その瞬間、私の日食は私が読み取れぬ秩序を空にもたらしたことだろうし、私が記述できぬ秩序を色彩にもたらしたことだろうし、そして光の海の彼方にあるものを私に見させる秩序を、強力な、灼熱の太陽や神のうちにつくり出したことであろう。でも当然ながら、それはほんの願望にすぎなかった——時折私を眩まし、目を開いていることを妨げていた、あの閃光に耐えられたら。というのは、そのとき私は目を閉じたのであり、そしてあちらからこちらへと移動して私の内部で回転している星々を、まるで私に光を創造できるかのように、しかも——冒瀆行為ながら——世界を生命で照らすことができるとでもいうかのように、眺めたのだった。そんなことがあり得たろうか？　思うに、こんなことはすべてなかった、ということはあり得たろうか？　しかも、私がほかの所に居て、冒瀆的な（これは確かにそうなのだが）天地創造において、存在しないし、存在しないであろうものを創造するために、光と運命の世界を呈示し、しかもモザイクの中のアレクサンドロス大王の軍団みたいに、空中を駆けるのを私が目撃していた、あの雲と同じ一貫性をもって旅に出掛ける物語の世界を呈示しようとしたということが、あり得たというのか？　もっとひどいことに、昼時（circa meridiem）に、戦車や鷹や犬を引き連れて、狂ったように馬に乗り、いかなる質問にも答えず、そして武力で通行を止められたりすると、空中にさっと消え失せた、あの頭のない夜鬼の騎士団の世界をも。

もう教会の中には存在しなかったものを見た今となっては、私の母をあの冷たい海へと駆り立て、そこからさらにこの場所へと追いやったのと同じ声に私が随伴されてきた今となっては、いったい何をさらに要求すべきだというのか？　説明してもらうことか？　雲の秩序、風の秩序、よく変わる天候や、空中に消え失せて永久に宇宙の空虚の中をさまよう声や話の理由を、どう説明できるというのか？

こうして私は勇気が湧いたのであり、両脚は大聖堂の円柱みたいに重く、背骨は大理石像みたいに硬かったのだが、立ち上がり、どんな話し声も物音も呑み込んでしまって、自分が突如耳が聞こえなくなったように見えるほどの場所へとゆっくりほっつき歩きだしたのだった。地下祭室へは何回も入り込んだ。ある時点で、見上げてみると、太陽は天頂に達しており、上から光の射し込んだ部屋は円形をしており、屋根がなくて、空へ開かれたままだった。私はその場所をじっと凝視してみて、彼女をこれから見ることになるだろう、と分かった。そのことをあまりによく知り過ぎていたために、かつて実際に彼女を見たのかどうかも、自分では言えない。彼女はあそこにいたのか？　それとも、私が凝視することにより、いわば私の意志が具現したかのように、彼女を投射する前に、雲やコバルトブルーの空や、空気や、光（樹木や石をホールダーから持ち上げて、私を襲い、ほとんど押しつぶしていた）を見つめたのだったか？　それは分からないけれども、あえて言わせてもらうと、彼女は存在したし、永劫回帰がついに私たちに開示され、車輪をもう一回長々と回転させるため、しかも私たちに分かるような意味もなく、最初から再出発させる可能性を私たちに持たせてくれるのだとの幻想、慰めをどうか私に残させてもらいたいものだ。彼女は存在したたし、同じ髪の毛をしていた。靴ははかず、あの日彼女が灯台にまで行き、もう戻らなかったときと同じ服装をしていた。首の周りには、首飾りみたいな傷痕が付いていた。黙って私を見つめたため、私は近づかないで、彼女の視線に耐えねばならぬことが分かった。ところが、私の背骨が突如氷のように凍ってしまい、もう身動きすることも、振り返ることもできなくなった。本当はそうしたかったのだが。なにしろ、私の背後に何やら人気を感じたからだ。どのぐらい経過したのか、何かをする――指一本だけでも動かす――こともできずに、何分間じっとしていたのか、自分でも言えない。永遠だったのかとも自分には思えたのだが、私がなおも聞こえたのは、風――これで、日光が天に向かって開かれた円天井へ、垂直に射し込むように空に余白を残させていた――この風の音だけだった。

私は物語を知っていたし、ずっと知っていた。たぶん私自身でこれをでっち上げていたのかもしれない。ちょうど司祭パンタレオーネが三世紀後にその運命が起きることになろうとも知らずに、オートラントの聖者、暴行、殉教の話を語っている彼自身のモザイクをでっち上げたのと同じように。私がオートラントのことを知っていたこと、オートラントからオランダに到着した先祖のことを知っていた、と言えば十分だった。また、ダイヤモンドのことも知っていたし、彼がこれを手に入れようとして殺害を犯したことまでも知っていた。私が読んだことがないため知らなかったのだが、本の中に、多くのこと、すべてのことが記されていることも分かっていた。まるで私自身が、少なくとも外見上は、ページがお互いに追いかけ合いをして、順序を見失うような書物の中の張本人であるかのようだった。私のこの本から、こんな予言、こんな伝説、またはひょっとして、こんな真実を読み取ったのは、いったい誰なのか？　テイレシアス〔ギリシャ神話に登場する。(訳注)〕または私のパイプオルガン奏者みたいな盲目の見者か？　それとも、私本人が話の糸を紡いでから、これをほどいて、ときどき変更したのか？　もちろん誰も私に語ってはくれなかった。悪魔たちは語らないし、しかも彼らを見ると人は理性をなくする。けれども、私は理解していたのだ——私の母に酷似しており、地下祭室の円い部屋の中央に立っていたあの女性が実際に彼女だったこと、しかし彼女がまた、ずっと以前にサン・ピエトロ教会のまさしく小広場で剣のたった一突きで殺害された、あの不幸な女性でもあったことを。この女性についてはアフメドも私に語ってくれたことがある。絶望的な目をし、不信の念を抱いた顔つきの女性のことを。私がとうとう振り向くことができたとき——とにかく恐怖、真の恐怖がそれを可能にした限りで——分かったのは、私だけが彼女と一緒だったのではなく、あの男（教会でパイプオルガンを演奏していた盲人、要塞の上を散策していた人物）もいるということだった。金髪の医者の話では、彼は本人の父親の幽霊だったとのことだった。彼は見えるらしかったし、彼にとっては闇の色を帯びているに違いない、空虚な空を眺めていた。彼ははたしてジョヴァンニ・レオナルドの父親だったのか？もちろん、今では私は分かっている——この男がアフメドにより殺害されたあの女性の恋人（彼女との間に一人息子がいた）であり、この息子がトルコ人の捕虜にされて、コンスタンティノープルに連れ去られ、しまいに解放されたこと。それ以前に、彼がインド原産で、一アルメニア人の冒険旅行によりもたらされた、不思議なダイヤモンドを研磨していて、光の秘密を発見していたことを。すべてのことには何か意味があるようだった。それとも、光の空想にすぎなかったのか？　光のカオス、すべてを照らし出し、こんがらかせ、隠しては開示する粒子のカオスを約束している一つの場所に、秩序をつくりだそうという意志だったのか？　アフメドは同じ日に息子の母親をも殺害していたことを知らずに、彼の視覚を奪ったのだった。それは彼が眠っていた夜のことだった。神は彼に運命として闇を与え、そしてその息子にははるかな、インドの神の額に由来する光を贈ったのだ。さいころ遊びをし、いつも勝つあの神が、光が夢みられる場所へと偶然彼を連れ出させたのだ。私は生涯この光を夢みた母を眺めたし、彼女の目を見つめた――まだ生きていたときでさえ、私を見ることができなかったあの目を。私は近づこうとして、母のほうに一歩進んだのだが、私には無力な何かの奇跡、何かの幻覚の中にいるかのように、母の輪郭は消え失せてしまった。それで、一歩、二歩と後退りすると、再び彼女のイメージがはっきりと、正確に、驚くばかりに現われた。今や彼女は私を凝視し始め、頭を私のほうに向けながら、私を眺めているようだったし、その目は無表情に私を見つめるのだった。それからほんの一瞬、この無表情の目が活気づき、私の気を紛らわすのに十分なだけ高く、ある一点のほうに向けられた。同じ瞬間に彼女はかき消えてしまい、馬のひづめの音が聞こえ、はなはだ多くその数が増え、接近しつつあることが分かったし、何ごとかが起ころうとしているのが分かったのである。これは頭のない騎士たちだったのか？　悪鬼の群れが私のほうへ駆歩《かけあし》で近づいて来たのか？　何を答えられよう、何を言えよう？　何も見えなかったし、太陽は焼きつけていたし、谷間は光で溢れ出ているように見えたし、目の前には、私の気分を悪くする暑熱の産物か、ほかの何かの産物らしい影がちらちら走っていた。盲目のパイプオルガン奏者も、私の母なのか、一四八〇年にオートラントで殺害された女性なのか、今となってはもう私には分からない、あの女性も居なかった。私は都《まち》からはるか離れた、あの寂しい場所にひとりぼっちで舞い戻った。そしてアフメドを初めて見たとき、怖くなったことを思い出した。当時、彼はモザイクのことを私に尋ね、そして殉教者たちの礼拝室や、あの斬首された石（ミネルヴァの丘から運び出してから、地下聖堂《クリプタ》に保存された）のことを私に語ってくれた。アフメドによると、本物の石は大聖堂で見られるものではないことを知っている人は少ないという。「それが偽物で、本物はどこかに隠されているという人もいる。そんな石をどうして公けにできようか？　生贄の痕跡のついたそんな石をみんなの目に曝すことはできない。そこからすべては始まり、すべてはそこに戻るし、すべては終わるのだから」。

本物の石はここの地下祭室の下に埋められたと考えている人もいる。また私にも、アフメドが現われるのが見え、ためらいがちに近づいてくるのが見えるような気がした。そうだったとしたら、それが彼であって、ヴィジョンや空想にすぎないのではなかったとしたら、私たちは凝視していたのだし、思うに、五百年前にすでに起きたことが今繰り返され得たらしい。刃が日光に曝され、閃光を発して、遠くに消えゆくさまは、石が絶望の奥で転がりながら、藪の中に消えてゆくみたいだった。私は自分の血が流れるのを見、その男の目を見つめていたのかもしれない。たぶんこういう同じ所業が数世紀にわたり繰り返されることだろう。アフメドは私を探し求め、そして私の前には私の母を探し、それからは誰かほかの女性を、どこかの世界で探し求めるように強制されているのだ。私には馬が何頭もこちらに駆足でやって来るのが聞こえた。私はまたも回れ右をして、地下祭室へ入り込んだ。誰もそこには居なかった。すべては後の始末だった。アフメドは影にすぎなかったし、彼は剣を持っていなかったし、あの女性は姿を消していたし、あの盲目のパイプオルガン奏者ももう居なかった。彼の跡形も残ってはいなかった。当時あの昔の日に、アフメドは私に一本の樹の下に座らせてから、太陽を指し示して言ったものだった――「神々が死ねるのは正午だそうだ。だから、正午は地震の時間なのだ。神が亡くなると、自然はひっくり返り、四大は大混乱に陥るんだ」と。だから、私は正午の時間を、まさしく地震の時間、宇宙の力が地球を震動させ、噴火口から火を吹き出させる時間だと思ったのだ。そのときには、地球が震動し、私が望んでいたような、あの日食みたいに、空がしばしば暗くなるのだ、と。キリストにあってもそういうことが起きた。キリストが亡くなると、まず大地震が起き、直後に空が暗くなった。このことが起きたのは、六時課から九時課までの間、つまり正午から午後三時にかけての間のことだった。

また私は、この断崖から見える海や、光――私の父が書物を読むみたいに私に教えてくれていたあの光――のことも考えた。私は立ち上がり、今や分かったのだ、幻影がすべて消失してしまうものだということを――かの世界を私に指し示し、そして私の前に人生（永久に封印されないままの秘密みたいなもの）を経過させてきた以上は。また私は暴力と生贄に断罪された神々、これら神々や、オートラントの殉教者たちのことも考えた。そしてもちろん、私の父のことも考えたのであり、約束しておいた手紙をやっと書いたことが今になって分かったのである。色彩に関する手紙であって、父が理解することも想像することもできなかったここの色彩に関してのものだった。こういう色彩は模倣できないものだった。なにしろ言葉に表わせない場所に由来していたからだ。そしてもちろん、私が落下する前にしがみつこうとしたときにかき消えてしまった、あの金髪の医者のことも考えた。世界が論理と明断さから成り立っており、すべてが治療できるのだと私がまさに信じ始めたときのことだった。私が彼に話しかけようと近づいたときの、彼の思慮深い顔つきや、彼のもじゃもじゃの髪の毛を眺めていたものだった。さらに何を待つべきだったのか？　空が暗くなることをか？　太陽がやりきれないぐらいの奇跡により、ついに正午に沈んでしまうことをか？　殉教者たちの生贄が繰り返されうる、とはどこにも記されてはいなかった。私はひとりぼっちで地下祭室にじっとしていたのであり、オートラントへ戻ることはできなかった。太陽は谷間の背後に沈みかけていた。私はまたしても運命、恐怖のことを考えた。そして、あの古語――I chiantera mu 'rte's inpuno spassièonta mes stin strata : lamentevti ghià tin mànatti pu en enfani ghià macata.――のことも。私がマスターしてはいなかったが、分からなくても反復できた、当地でかつて話されていたあのギリシャ語の意味は、「夢の中で私が街路を散歩中に、少女が現われた。彼女はどうしても会わせてもらえない自分の母親のことを嘆いていた」。

今や私は彼女に会ったのであり、ほんの瞬時ながら、お互いに見つめ合った。そして、こう私は確信してもよかった――悪魔たちが姿を現わす決心をする、あの正午の時間を私は今や知ったのだ、と。

今やかの外国女性は光に秩序があることを知っている以上、彼女はこの秩序が無限連鎖ではなくて、ある第一源泉——光そのものであり、ほかのどこかから光を受け取るのではなく、そこから自らの秩序に則してあらゆる光を発散させる光源——に溯るのだ、ということをも知っているものと望みたいところだ。

どの光が最大の権利をもち、そう呼ばれるのにもっともふさわしいかを、今や彼女は知っているはずなのだ。その光はそれ自体で輝き、しかもそれ自体とは異なる万象を照らし出すのである。

今や当該の真理は明白だ。彼女は理解したのだ——《光》なる名称はとりわけ最高の光（これ以上の光はほかになく、ここからほかの森羅万象の上に光が注がれるのだ）にふさわしいのだ、ということを。

むしろ、私としては躊躇なくこう主張したい。第一の光に非る、ほかの諸物には、《光》なる名称はたんに隠喩にすぎない、なにしろほかのいかなる個物にも固有の光はないのだから、と。

おお、異国の女性よ、あなたの要求にびっくりしなかったわけではないが、とにかくあなたの質問に答えるために念頭に浮かんだのは以上のことなのだ。神意の深海に分け入るのはきつく、厄介な仕事ではあるのだが。

XVIII

金髪の医者は毎日、立派に仕事をやり続けている。彼の父親についてはもう私に語らない。アフメドについては何も知らない。きっと立ち去ったのかもしれないし、とにかく都《まち》でもう見かけなかった。あの老人ももうガラティーナからやって来なかったのだが、私はみんなから見られている感じがすることがあるし、後をつけられているとすら思っている。でも、これは本当ではないであろう。

私は住居を変えながらも、ここに留まった。今では私の窓は要塞から海へと面している。誰もいない夜には好んで散歩している。土地の人たちからは要塞の夫人《シニョーラ》と呼ばれているし、或る日のこと、どうして私がここにやって来たのかということや、私がモザイクの仕事をしていることをみんなは忘れてしまうかも知れない。こういう仕事はもうみんながかなり前から見られるようになっている。ときどき私も大聖堂に入って、それを眺めている。書物でも読むように、それを読める、と言いたいところだ。図形の上をぼんやり歩くツーリストたち全員には封印された書物なのだが、もちろん、私にとってはそうではない。

大聖堂の中に入るのは、お祈りするためでもある。天気が良いと、私は塔——断崖の上の蛇の塔——にまで昇り、自分の影が前に長く延び、断崖の彼方に消えるのを見るようになる、日没まで、じっと海を見つめている。

それから帰宅し、父宛ての長文の手紙を書くことにしている。私が海の表面に見た色の反射をすべて父に描述するのだ。そして、誰も目撃したことのない色を指し示す語が存在しないものだから、私は新語をひねり出すのだ。オランダ語、イタリア語、英語、ときにはドイツ語ででも。私はあらゆる言語の語彙を用いている。私が想像したり、見たりしているものをうまく説明するような語彙を世界中から追い求めるのだ。そして封筒の上にはそのつど、彼の名前、私たちの住所、そして左隅には斜めに、ヴェッツリよりと書くことにしている。それから切手を貼るのだが、オランダへ手紙を差し出すのにはたぶん不足しているだろう。しかも残念ながら、返事がこないだろうことは分かっているのである。彼に、毎日手紙を送ることにしていた時期もある。どこにそれらが届いたのか、郵便局で誰かが次々と手紙を保存しているのか、ものずきな誰か職員が開封し、読み、それに夢中になり始めたのかは知る人ぞ知る、だ。海や光の色について、新しい手紙がオートラントから届くのを期待しながら、というようなことは。とりわけ、私には聞くことができたが、今やもう聞こえない、過去の声に関しての手紙を。今では私は、あの運命、悪魔たち（この都《まち》の時間を永久に停止させてしまっている）のざわめき声に対し耳が聞こえなくなってしまったのだ。ただし夜だけは、もろもろの光が金の数珠つなぎの首飾りみたいに私の目を苦しめなくなると、自由を感じている。夜だけは、ふかふかした幽霊みたいに要塞の上を散策しながら、今なお勝手に近づいてくる、ごく稀ながら、恐ろしい通行人たちのほうを向き、私は彼らに哀願するのだ——昼の鎖から、正午の光から解放しておくれ、と。こうして初めて、私はあなたたちが夢の中に出現することから自由になるだろうからだ。

訳者あとがき

本書に出くわしたのは三年前に東京の国際ブックフェアで、偶然イタリア文化会館のブースにおいてだった。すでに著者の『不信の体系』(而立書房、2003) を共訳で上梓していたこと (本邦初紹介) もあって、著者の顔まで載っている原著を手にしたときはひどく感動を覚えずにはおれなかった。

著者がイタリアのアレッサンドリア出身と知って、なるほどと合点がいった。ウンベルト・エコと同郷なのだ。彼が右記の本を書いた理由が読めた次第。(残念ながら、『不信の体系』を訳出していたときには、彼の消息については何も摑めなかった。なお、F・パルミエーリ (拙訳)『ウンベルト・エコ作「女王ロアーナの謎の炎」逆 (裏) 読み』(而立書房、2010) 百五十ページにもコトロネーオへの言及がある。)

したがって、本小説『オートラント綺譚』(1997, 2009²) は言わば、エコ二世 (?) の出世作と言ってよい。言うまでもなく。〝セレンディピティー〟の造語で有名なH・ウォルポールの『オートラント城綺譚』(1765) がベースになっているのだが、コトロネーオはエコ風に、当地の大聖堂のモザイクを素材として、徹底的に歴史的な細部に入り込んでいる (サレントはコトロネーオの小説では基準点を成しており、二〇〇四年には『オートラントの女たち』も著している)。ミニマリズムにこだわった見事な結晶と言えよう。ウンベルト・エコやノーベル賞作家ジョゼー・サラマーゴにも通底する共鳴音をも感じ取れるであろう。

音楽家として、彼は『プレスト・コン・フオコ』(1995)ですでにカンピエッロ賞を受賞している。本書『オートラント綺譚』にはすでにドイツ語訳(1998)のほかロシア語訳(2003)まで存在する。ロシアのイタリア熱は相当なもののようだ(シェラリエーヴァ『巴比倫之塔《バベルのとう》是《これ》氷山《ひょうざん》』〔拙訳〕(2012、而立書房)を参照)。その他にもコロネーオは『完璧な年』(1999)、『一瞬私は自分の名前を忘れてしまった』(2002)、『ある夏の朝ひとりの幼児が。蔵書愛に関するわが息子への手紙』(1994, 2001^{2})、『音楽愛に関するわが息子への手紙』(2003)、『この愛』(2006)、『憎悪の風』(2008)等、いくたの著作を発表しており、すでに中堅作家の地位を築き上げているようだ。写真はウィキペディアから借用した。

訳出に際しては、右記の独・露訳を参考にさせてもらった。ロシア語版からはカットのほか、訳者注、解題も利用させていただいたことを付記する。『不信の体系』で、著者の文体には多少馴染んでいるつもりだったのだが、今回、完訳には想定外の時間がかかってしまった。とにかく、自信を持って江湖に送り込める作品であることは確言できる。ドイツ、ロシアに劣らぬ反響を我が国でも惹起できれば、これ以上の歓びはない。

二〇一三年九月十日　藤沢台にて

谷口伊兵衛

(付記)『バラの名前』を「取リ違エ」た「賢明ナル」〃愚〃訳者が、コトロネーオの名著(1995)をも訳出しているのには、心底驚きを禁じ得ない。(こちらのほうは、「エーコなどはまだまだ」という尊大な態度で臨んでいないだけ、救われた気がするのだが。）ただし、『不信の体系』については完黙を貫くというど神経ぶりを見せている。

〔訳者紹介〕
谷口　伊兵衛（たにぐち　いへえ）
1936年　福井県生まれ
翻訳家。元立正大学教授
主要著訳書『クローチェ美学から比較記号論まで』
『ルネサンスの教育思想（上）』（共著）
『エズラ・パウンド研究』（共著）
『都市論の現在』（共著）
『中世ペルシャ説話集――センデバル――』
『現代版 ラーマーヤナ物語』ほか

オートラント綺譚

2013年10月25日　第1刷発行

定　価　本体1500円+税
著　者　ロベルト・コトロネーオ
訳　者　谷口伊兵衛
発行者　宮永捷
発行所　有限会社而立書房
〒101-0064　東京都千代田区猿楽町2丁目4番2号
振替 00190-7-174567／電話 03(3291)5589
FAX 03(3292)8782
印　刷　株式会社スキルプリネット
製　本　有限会社岩佐

落丁・乱丁本はお取り替えいたします。

ISBN978-4-88059-379-1 C0097
装幀・神田昇和／カバー写真・イタリア文化会館提供